KB271701

바 램

바램

초판 인쇄 / 2004년 8월 15일
초판 발행 / 2004년 8월 20일

지은이 / 김상미
펴낸이 / 김형호
펴낸곳 / 아름다운날
주소 / (121-885) 서울시 마포구 서교동 351-10 동보빌딩 108호
대표전화 / (02)3142-8420
팩시밀리 / (02)3143-4154
출판등록 / 1999년 11월 22일
전자우편 / arumbook@hanmail.net
ISBN 89-89354-36-6

값 9,000원
Copyright ⓒ 김상미, 2004

바램

김상미 장편소설

아름다운 날

연우야,

그래, 네 마음 알겠다……．

시간을 줄게. 하고 싶은 대로 해.

네가 어떤 결정을 했는지……. 날 어떻게 잡았는지 다 알겠어. 너에게 최진우가 어떤 존재인지 알 것도 같다.

이제는 내가 할 차례지. 내가 줄 수 있는 이 시간 동안 난 네가 날 놓지만 않으면 괜찮아.

설령 네가 이 싸움에 이긴다 해도 난 지금 이 결정을 후회하지 않는다. 결코 후회하지 않을 거야.

너만 있다면.

어떻게 해야 당신을 잊을 수 있을까?

어떻게 해야 이 미칠 듯이 그리운 마음을 달랠 수 있지? 정말 보고 싶다. 준혁 씨, 괜찮으면 그냥 얼굴만 한번 보여 줘. 그러면 나도 조금은 좋아질 것 같아.

며칠은 그래도 더 버틸 수 있을 것 같아.

프롤로그

소녀가 살고 있는 곳은 전국에서 가장 더운 여름날을 보내고 나면 그 지독한 더위만큼의 추위가 찾아드는 대구 시내에서 한참 벗어난 동네였다. 우직한 사투리에 툭툭 던지는 말투로 오해를 받기 일쑤인 곳이지만, 사람들만의 정은 뚝배기처럼 은근하고 깊어 한 번 살면 떠나지 못하는 곳이기도 했다.

더욱이 낙동강가에 자리잡은 이곳은 기찻길이 동네 한가운데를 쭉 가로지르고, 조그만 간이역이 아담하게 세워져 있었다. 그리고 한쪽에는 윙윙 울릴 정도로 끊임없이 소음을 만들어내는 공항과 공군부대가 있었다. 그야말로 배와 기차, 비행기가 한꺼번에 공존하는 시끄럽고, 어지러운 곳이었다.

그날은 몹시도 추운 겨울날이었다. 하얀 눈꽃마저 드문드문 날리며 매서운 추위를 떨치고 있었다.

기찻길을 지나 꼬불꼬불 작은 골목길을 따라 안쪽으로 깊숙이 들어가다 보면 귀퉁이에 다 낡아빠진 빌라가 있었다. 빌라라고 하지만, 실상은 붉은 벽돌이 칙칙하게 퇴색된 다세대주택이라고 할 수 있는 낡은 양옥집이었다.

지은 지 10년이 넘은 집에는 1층엔 동네 아줌마들이 모여 부업을 하는 간판도 없는 상가와 2층에 두 집, 3층에 두 집이 살고 있었다. 가파른 계단을 올라가면 평범한 싸구려 황토색 합판으로 현관문이 나오는데, 그 중에서 가장 첫 번째 집이 소녀의 집이었다. 13평 남짓한 집에는 두 개의 방과 화장실 하나, 주방 겸 마루가 있었다. 하지만 비가 올 때마다 축축하게 습기가 올라 구석구석 곰팡이가 피어났고, 결국 지난 가을에는 새로 도배를 해야 했다. 그 덕분에 허름한 외관과 비교가 되지 않을 정도로 안은 환하고 깨끗했다.

주방 겸 거실로 사용하고 있는 작은 공간 속에서 텔레비전 앞에 쭈그리고 앉아 있는 소희에게 엄마가 상을 들이밀었다. 귀퉁이에 칠이 희뜩희뜩 벗겨진 밥상 위에는 김이 모락모락 나는 쌀밥과 갖가지 마른반찬, 그리고 소희가 좋아하는 찜닭과 잡채까지 올려져 있었다.

두 사람이 먹기에는 너무 많은 듯한 양으로, 누가 봐도 뭔가 특별한 날이 아닐까 생각하게 만드는 그런 푸짐한 밥상이었다. 밥상에서 김이 모락모락 나며 뭉쳤다가 사라졌다가를 반복했다.

상을 앞에 두고 묵묵히 앉아 있는 소희의 손에 엄마가 직접 숟가락을 쥐어주었다. 소희의 손가락에 차가운 숟가락의 쇠 감촉이 섬뜩하게 느껴졌다.

“거 가면 아무 거나 잘 묵고 말도 잘 들어야 한다. 엄마 말 알 아듣제?”

소희는 말없이 고개를 푹 숙이고 뜨거운 밥에 물을 말았다.

“이제부턴 뜨거버도 그냥 묵어라. 자꾸 뜨겁다고 찬물에 말으면 계속 찬밥만 묵고 살아야 되는기라.”

숟가락 끝에 맑고 차가운 보리차 위로 풀어진 몇 개의 밥알이 고였다. 소희는 조그마한 입술을 적시기만 할 뿐 숟가락을 밥그릇 위에 푹 찔렀다. 그리고는 고개를 들었다. 유난히 까만 두 눈동자에 처량한 눈물이 방울방울 맺혀 있었다.

“엄마, 내 안 가면 안 되나? 그냥 우리 둘이서 살면 안 되나?”

목 졸린 소리로 더듬더듬 소희가 말했다. 간신히 울음을 참고 있는 듯 꽉 막힌 가슴속에 가쁜 숨을 몰아넣는 소리가 간헐적으로 섞여 나왔다.

엄마는 딸이 눈물을 흘리며 애원하자 애써 외면했다. 그저 무거운 한숨만 내쉴 뿐 아무 말도 해줄 수가 없었다. 실제 나이보다 서너 살은 더 많아 보이는 엄마의 눈가에는 주름이 자글자글해 고단한 삶의 흔적들이 고스란히 묻어났다.

“공부 열심히 하그라. 서울 가서도 잘할 수 있제? 맨날 맨날 1등만 해라. 아무도 니 무시 못하게 공부 잘해야 한데이……. 엄마 말이 무슨 뜻인지 알겠나?”

“내가 거 왜 가는데? 내 여기서도 잘할 수 있다. 서울 안 가도 된다. 엄마만 있으면 된다. 왜 날 보낼라 그러는데.”

“잘 살아야 된다. 니만 잘하면 너그 아부지도 니한테 잘할끼다. 내캉 그래 약속했다.”

소희의 얼굴에 참았던 눈물이 주르륵 흘렀다.

"누가 내 아부진데? 누가? 그 사람이 내한테 해준 게 뭐가 있다고. 나는 이제까지 아부지 없이 살았는데, 인제 와서 내가 왜 그 사람이랑 같이 살아야 되는데? 내가 왜?"

소희의 언성을 높였다. 아니, 모든 원망을 한꺼번에 토로했다. 엄마가 못이 박인 투박하고 까끌한 손을 들어 소희의 말간 얼굴에서 눈물을 닦아냈다.

"가시나, 울긴 왜 우노? 거 가서도 이래 울끼가?"

소희가 작고 하얀 손을 들어 볼을 타고 흐르는 눈물을 쓱쓱 닦아내고 다시 숟가락을 들었다. 그녀는 꾸역꾸역 입안으로 들이밀어 넣어 겨우 한 공기를 비웠다.

밥공기 위에 둥둥 뜬 차가운 보리차에 위로 고집스럽게 앙 다물린 소녀의 턱이 비쳤다. 새삼 오기가 발동했다. 원망과 추악한 마음들이 차곡차곡 쌓였다. 자꾸 보내려는 엄마가 야속해 그녀는 고개도 들지 않은 채 넘어가지 않는 밥알을 꾸역꾸역 삼켰다.

소희는 대구 역으로 가는 버스를 타기 위해 버스정류장으로 나왔다. 한겨울 바람이 눈물기가 채 마르지 않은 소희의 뺨을 매섭게 훑고 지나갔다. 버스가 올 때까지 모녀는 아무 말도 하지 않았다. 참으로 시간이 더디게 흘러갔다.

얼마나 지났을까? 코끝이 발갛게 얼어붙을 때쯤, 버스 한 대가 기우뚱거리며 기어오고 있었다. 버스의 번호판을 식별할 수 있을 만큼 버스가 가까이 다가오자 엄마는 새로 산 소희의 크림색 모직 코트를 단단히 여며주었다. 바로 그때 묵묵히 버스만 바라보던 소희가 불쑥 가시 돋친 말들을 쏟아냈다.

"내한테 딴 거 기대하지 마라. 날 못살게 굴면 백 배, 천 배 내가 더 못살게 굴 거다. 그리고 반드시 성공할 거다. 그 아부지란 사람 돈으로 공부할 거고, 시집도 좋은 데로 갈 거다."

드디어 버스가 덜커덩거리며 다가와 정차했다. 그리고 급하게 문이 열렸다.

"그 집 돈, 내가 다 차지하고 말 거다!"

집어 던지듯이 마지막 말을 내뱉은 소희는 버스에 올라 요금함에 돈을 넣었다. 그러자 쟁그랑거리는 동전 부딪히는 소리가 요란하게 났다.

빈 의자에 앉는 딸의 모습을 창 밖으로 지켜보던 엄마는 끝내 오열을 터뜨리고 말았다. 혼자 몸으로 갖은 험담을 들어가며 키운 딸이었다. 그런 딸과 생이별하는 순간이었다. 엄마는 가슴 한 구석이 무너지는 아픔을 느끼며 앞만 뚫어지게 바라보는 소희를 향해 큰소리로 말했다.

"엄마 이자뿌면 안 된데이……. 엄마 보러 와야 한데이. 알긋제? 소희야! 소희야!"

버스가 부릉부릉 가래 끓는 소리와 함께 매캐한 연기를 내뿜더니 콜록거리며 움직이기 시작했다. 귓가를 때리는 애절한 엄마의 목소리에 소희는 손톱이 손등을 파고들 만큼 두 손을 꽉 잡았다. 그녀는 결코 뒤돌아보지 않았다. 만약 고개를 돌려 엄마의 얼굴을 보게 된다면, 당장 버스에서 뛰어내릴 것 같아서였다.

소희는 엄마가 어떤 마음으로 자신을 보내는지 이미 알고 있었다. 그래서 자꾸만 약해지는 마음을 단단히 붙들어 매야 했다. 하지만 그녀의 마음과는 달리 까만 눈망울에서는 쉴 새 없이 눈물이 흐르고 있었다.

　집은 참으로 으리으리했다.
　좁고 낡았던 대구의 집에 비하면, 이곳은 마치 딴 나라에 온 듯한 착각이 들 정도로 대궐 같았다. 골목 끝까지 이어지는 높다란 담과 정원수가 빼곡이 들어차 있는 을씨년스러운 정원을 소희는 어안이 벙벙한 얼굴로 정신없이 바라보았다.
　영락없이 텔레비전에서 나오는 재벌 집이었다. 골동품으로 장식된 거실은 커다란 가죽 소파가 놓여 위용을 자랑하고 있었다.
　그녀가 잔뜩 주눅 든 채로 들어가자 인정하고 싶지 않은 아버지와 아버지의 처, 그리고 세 아들이 모여 있었다. 그녀는 자신의 얼굴 위로 꽂히는 날카로운 시선을 짐짓 무시한 채 앉았다.
　상석에는 언제 봐도 낯선 아버지가 앉아 있었고, 소희의 바로 맞은편에는 화려한 보석으로 치장한 아버지의 아내가 앉아 있었다. 그런 그녀의 곁에는 호위병처럼 키가 큰 두 아들이 묵묵히 앉아 있었다.
　소희가 그들을 구경하고 있는 건지, 아니면 그들이 소희를 구경하고 있는 건지 헷갈리는 상황이었다. 더욱이 소희가 앉아 있는 소파 끝에는 남자가 몸을 깊숙이 묻은 채 턱을 괴고 생각에 잠겨 있었다. 그는 무심한 듯 걱정스러운 듯한 묘한 표정으로 말없이 상황을 지켜보고 있었다.
　하나의 거대한 제국 같은 가정에 느닷없이 불청객이 들이닥친 것이었다. 아내가 막내아들을 임신하고 있을 때, 남편이 밖에서 딸을 낳은 것이다. 그리고 그 딸을 그들의 호적에 올려놓았다.

이 한 가지 이유만으로도 아버지의 아내가 소희를 잡아먹을 듯이 노려보는 것은 당연한 일이었다.

"절대로 안 돼! 이건 있을 수 없는 일이야!"

아버지의 아내가 찢어지는 목소리로 소리를 지르며 한 장의 서류를 테이블 위로 내던졌다. 소희는 나풀거리며 내동댕이쳐진 주민등록등본을 마치 자기 자신이라도 되는 듯 바라보았다.

최성식이라는 이름 아래 줄줄이 나열된 이름들.

처 — 김금희
자녀 — 최현우, 최진우, 최윤우, 그리고 최연우

오늘부터 그녀는 정소희가 아니라 최연우였다. 이 집안의 돌림 자에 맞춘 이름이 그녀에게 붙여진 것이다. 그리고 미처 몰랐던 기가 막힌 사실 중에 한 가지는 소희, 아니 연우와 이 집의 막내 아들 윤우의 생일이 겨우 5개월 남짓 차이가 난다는 것이었다.

그러니까 아버지의 아내가 아이를 임신했을 때, 소리소문 없이 소희가 태어났다는 얘기였다. 이런 사람이 내 아버지라는 사실을 깨닫자 구역질이 치밀어올랐다.

아이들을 두고, 버젓이 바람을 피워 다른 여자에게 아이를 낳게 하는 사람이 내 아버지라니. 엄마는 이 사람이 유부남이라는 사실을 알고 있었을까? 아니면, 속았던 걸까? 알면서도 엄마는 이 사람을 사랑한 걸까?

소희는 떨리는 손으로 간신히 테이블 위에 서류를 내려놓고 목울대까지 치밀어오르는 혐오감을 꿀꺽 삼켰다. 바로 그때 잡아먹을 듯한 눈빛만큼이나 날카로운 목소리가 거실에 울려 퍼졌다.

"내가 지금은 이 집에 두지만, 착각은 안 하는 게 좋을 거야. 난 네 년 얼굴, 마주치는 것조차 역겨워 죽을 지경이야! 감히 내 집에 널 들이다니!"

연우는 자신의 감정을 꽤 잘 숨기고 있다고 생각했다. 그래서 아무 표정 없이 금희를 바라보고 있는 줄 알았다. 그런데 금희의 손바닥이 사정없이 그녀의 뺨을 후려갈기고 지나갔다. 아마 싸늘하게 쏘아보았으리라.

그 순간 자존심이 사정없이 바닥으로 곤두박질치고 있었다.

소희는 얼굴이 아니라 마음이 더 아팠다.

무엇보다 한마디 말도 하지 못한 채 얻어맞는 게 서러웠다. 저항 한번 제대로 하지 못한 채 죄인처럼 취급당하는 자신이 한심했고, 하얀 눈발이 날리는 버스 정류장에서 떠나는 버스를 하염없이 바라보며 오열하던 엄마의 모습이 떠올라 서글펐다.

바로 그때 크림색 코트에 핏방울이 뚝 떨어졌다. 금희의 손가락에 끼워진 커다란 보석반지가 소희의 뺨을 할퀴고 지나간 것이다. 금세 왼쪽 뺨이 벌겋게 부어오르며 털이 복슬복슬한 코트에 핏자국이 선명하게 번지고 있었다. 마치 빨간색 꽃이 환하게 피어나는 것처럼.

소희는 코트에 번지는 핏자국을 보자 얼굴이 더욱 화끈거리는 걸 느꼈다. 이번에는 그녀 역시 감정을 숨기지 않았다. 이를 악물고 금희를 쏘아보았다.

'날 못살게 굴면 백 배, 천 배로 갚아줄 거다.'

연우의 유난히 까만 눈동자가 차갑게 빛났다. 분노와 경멸에 찬 눈동자는 어느새 이상한 마력을 지닌 채 번득였다.

"이, 이 년이 어디서 눈을 똑바로 뜨고 봐!"

다시 금희의 손이 위로 치켜 올라갔다. 하지만 모두들 꿀먹은 벙어리처럼 그저 구경만 하고 있었다. 금희의 손이 다시 한 번 연우의 뺨으로 향하는데, 불현듯 공중에서 손이 멈추었다. 구경꾼들 중에서 한 명이 일어나 어머니의 팔을 잡은 것이었다.

"그만하세요, 어머니."

부드럽고 낮은 음성이었다. 그녀의 큰아들 현우가 자리에서 일어나 그 일방적인 싸움 한가운데 끼여든 것이다. 소파 끝에 앉아 찌푸린 얼굴로 소희의 뺨에서 흐르는 피를 물끄러미 쳐다보고만 있던 그였다. 소희는 그가 생각했던 것보다 더 키가 크다는 걸 깨달았다.

이제 막 큰오빠가 된 현우가 소희의 앞으로 나서며 자신의 어머니를 나무라듯 바라보았다. 소희는 그의 넓은 등에 시야가 가려 금희의 표정을 볼 수가 없었다.

소희에게는 화려하게 빛나는 조명 아래 검은 그림자를 드리운 그의 뒷모습밖에 보이지 않았다. 현우의 단단한 어깨가 산처럼 그녀의 앞에 떡 버티고 서 있는 걸 보자 묘한 안도감과 함께 목이 메이면서 눈물이 나왔다.

"현우, 이 녀석! 이 손 놓지 못하니? 어서 놔!"

금희가 악을 쓰듯 팔을 휘둘렀으나 장성한 아들의 힘을 당해낼 수는 없었다. 또한, 상황을 통제하는 그의 온화한 목소리가 이 추악한 공간을 잠잠하게 만들었고, 그녀의 표독스러운 손길도 멈추게 만들었다.

"어머니, 그만하세요. 제발 그만요!"

마침내 그가 어머니의 손을 놓자 금희는 무너지듯이 자리에 앉았다. 그래도 그녀는 분이 풀리지 않는지 씩씩거리고 있었다.

현우는 그제야 소희를 돌아보았다. 그러자 가려졌던 불빛이 그의 머리를 비추었다. 그는 조심스럽게 소희의 머리카락을 쓸어 올렸다. 그의 눈은 목소리만큼이나 온화하고 다정했다.

"병원에 가자."

현우는 그 한마디를 내뱉고 그녀를 그 대궐 같은 곳에서 데리고 나왔다. 그제야 그녀는 끔찍한 공간에서 벗어날 수 있었다. 비록 현우에게 손이 잡히긴 했지만.

졸지에 둘째오빠가 되어 버린 진우가 뒤따라 나오더니 흰색 승용차에 시동을 걸었다. 현우는 말없이 그 차에 소희를 태운 뒤 자신도 따라 탔다. 진우가 건네준 휴지를 소희의 뺨에 힘주어 누르고 있는 현우의 손길은 정갈하고 따스했다. 그녀가 그에게서 눈을 뗄 수 없을 정도로 사려가 깊었다.

얼얼한 뺨을 통해 전해지는 현우의 체온에 소희는 뻑뻑한 눈을 지그시 감았다. 꽁꽁 얼어 있던 몸과 마음이 짜릿하고 몽롱한 손길에 서서히 풀어지기 시작했다. 하얀 진눈깨비가 술술 흩뿌려지듯이 까만 밤하늘을 타고 내려와 차창에 들러붙었다.

그녀는 그제야 서울에도 눈이 오고 있다는 걸 깨달았다.

정소희가 최연우가 되던 날, 대구에도 서울에도 눈은 공평하게 내리고 있었다. 열여섯 살이 끝나갈 무렵이었다.

그리고 11년이 흘렀다.

귀로

똑같은 감색 사원복과 똑같이 올림머리를 한 비슷하게 생긴 두 명의 비서가 동시에 자리에서 일어났다. 오랫동안 교육받아 온 것처럼 군더더기가 전혀 없는 깔끔한 몸짓이었다.

"어서 오십시오."

즉각 자리에서 일어난 그들은 공손히 고개를 숙이고 인사했다.

"어떻게 오셨습니까?"

"최진우 씨 만나러 왔는데요."

"약속이 되어 있으십니까?"

비서의 얼굴에는 감정 변화가 없었다. 불시에 약속도 없이 들이닥치는 여자 손님을 맞는 건 최진우 이사의 비서가 된 이래 처음이었다.

그래서 현정은 꽤나 곤혹스러웠지만, 오랜 경험으로 티내지 않고 대답 대신 되물었다. 그러자 여자는 약속은 하지 않았다고 말하며 부드럽게 미소를 지었다.

같은 여자가 봐도 정말 예뻤다. 아니, 예쁘다기보다는 멋있다는 표현이 잘 어울리는 여자였다. 흰 실크셔츠에 검은색 재킷과 스커트 차림의 모습은 당찬 커리어우먼처럼 보였지만, 스커트 아래 자잘한 무늬 있는 검은 스타킹은 섹시하게 보였다. 검은 머리칼이 어깨 근처에서 찰랑이고 있었다.

언뜻 그녀의 여리고 가는 손목에서 명품이 분명한 시계가 반짝였다. 하긴 무엇으로 치장하든, 설령 그것이 짝퉁이라고 해도 진품처럼 보이게 만드는 분위기를 가진 여자였다.

세상에! 얼굴도 정말 작았다.

작은 얼굴에 오목조목 뚜렷하게 자리잡은 이목구비와 유난히 까만 눈동자를 지니고 있었다.

현정은 속으로 한숨을 내쉬었다.

그래, 예쁜 건 인정하자고.

"약속이 안 되어 있으시면 곤란합니다. 다음에 약속을 잡고 다시 와주시겠습니까?"

현정이 공손하게 거절하자 여자는 여전히 미소 띤 얼굴로 '이사실'이라 팻말이 붙은 웅장하고 거대한 문을 슬쩍 바라보았다. 엘리베이터를 내리면 정면으로 안내 테이블과 비서들이 흐트러짐 없이 반듯하게 앉아 있고 양쪽으로 이사실이 마주 보고 있었다.

왼쪽, 오른쪽.

어느 곳에 작은오빠가 있을까?

"그럼 제가 찾아왔다고만 전해 주시겠어요? 제 이름은 최연우예요."

현정은 다급하게 숨을 들이마셨다. 충실하게 감정을 숨기고 직업적인 예의로 대하고 있던 것이 깨지는 순간이었다.

최연우.

진성기업 회장 최성식의 딸이자 최진우 이사의 여동생. 예일대 경영학과 졸업. MBA를 마치고 다음달부터 새로 출근할 오른쪽 이사실의 주인.

현정이 얼굴을 알아보지 못한 건 당연한 일이었다.

그녀는 그동안 쭉 미국에 있었을 뿐만 아니라, 회사에 단 한 번도 온 적이 없었다. 더욱이 언제 귀국한다는 얘기도 없었다. 단지 다음달부터 출근한다고 준비하라는 통보만 받았을 뿐이다.

"죄송합니다, 들어가세요."

현정이 뒤늦게 사과의 말을 뱉으며 그녀를 최진우 이사실로 안내했다. 연우는 현정의 사과에 괜찮다는 듯이 살짝 미소를 지은 뒤 노크도 없이 불쑥 이사실 문을 열었다.

문을 닫아 주려던 현정은 회사에 입사한 이후 처음으로 상사의 커다란 웃음소리를 들을 수 있었다.

갑자기 아무런 예고도 없이 문이 벌컥 열리자 진우는 깜짝 놀라 책상 위 서류 더미에서 고개를 들고 즉시 문 쪽을 바라보았다.

불쾌하다는 듯 이마를 찡그리던 그가 순식간에 환하게 웃었다. 자기 사무실에 들어가는 것처럼 노크도 없이 문을 열고 당당하게 안으로 걸음을 옮기는 여자의 두 눈동자는 그를 향해 있었다.

잠시 진우는 멍하니 바라보았다. 거의 4년 만에 보는 동생의 얼굴이었다. 그의 여동생 최연우.

저절로 웃음이 배시시 새어나왔다.

여전히 예쁜 모습으로 당당히 서 있는 동생을 보자 무엇보다 웃음부터 나왔다. 늘씬하면서도 당당한 걸음걸이를 보자 건강해 보여서 좋았다. 살아 있어서 정말 눈물이 날 정도로 반가웠다.

일주일 전에 통화를 했는데도 실제로 얼굴을 보니 더욱 안심이 되었다. 통화할 때의 무심한 듯 무덤덤한 목소리와는 판이하게 다른 모습이었다.

"이야, 이게 누구야!"

연우가 활짝 미소를 지으며 그에게 다가왔다.

"누구긴 누구야, 최연우지. 그새 여동생 얼굴도 까먹었어? 이렇게 예쁜 동생을?"

"까먹긴 누가 까먹었다고 그래. 이렇게 예쁜 동생을!"

연우의 농담에 그가 웃으며 책상을 돌아나와 그녀를 껴안았다.

살아 있구나…….

그는 그녀를 다시 한 번 힘주어 껴안은 다음 소파에 앉으라고 권했다.

"왜 연락도 안 하고 왔어? 전에 통화할 때만 해도 귀국한다는 말은 한마디도 안 했잖아."

"깜짝 이벤트지 뭐."

"연락해 줬으면 마중 나갔을 텐데. 그래, 잘 왔다."

진심으로 미소를 짓는 진우를 바라보며 연우는 머리칼을 쓸어 올렸다. 4년 만에 만나는 작은오빠는 선이 더욱 굵어지고 따뜻하게 빛나는 눈동자에는 인내심과 신중함이 깃들여 있었다. 와이셔 츠와 넥타이를 맨 모습이 꽤 그럴싸하게 보였다.

4년 전 그가 그녀를 찾으러 미국까지 왔을 때만 해도 연우는 작은오빠가 아버지 회사에서 일하게 될 줄은 꿈에도 생각지 못했 다. 4년이란 시간이 좋은 약이 된 모양이었다. 세상에서 가장 아 픈 사람은 자신이라고 생각했는데, 허망하게 빛을 잃은 작은오빠 의 눈동자를 마주 하고 그녀는 애써 눈물을 삼켰었다.

얼마나 심적으로 견디기 힘들었으면 이억 만 리 미국 땅에 있 는 그녀를 찾아왔을까. 당시에 그를 지배하고 있던 음울하고 슬 픈 눈으로 좌절감에 빠져 있던 모습은 사라지고 없었다.

"작은오빠, 좋아 보인다."

연우의 말에 그의 얼굴에 가득하던 웃음이 잠시 움찔했다. 진 우는 천천히 고개를 끄덕이며 목을 죄어오는 넥타이를 슬쩍 잡아 당겨 풀었다.

"집에는 갔다 왔니?"

"아니, 어제 귀국했어. 바로 대구 갔다가 오늘 아침에서야 서울 로 올라온 거야. 그리고 오빠 보러 온 거고."

"그래, 뭐 좋은 꼴 보겠다고 집에 가니. 주말에나 나랑 같이 들 르자."

집 이야기가 나오자 어느새 남매의 대화에는 차갑고 가벼운 기 운만이 감돌고 있었다.

"아버지가 많이 안 좋으시다. 오늘 내일 하셔."

"오늘 내일 하신 지 벌써 2년째야."

아버지라는 단어를 말할 때 약간 끝을 늘어뜨리며 망설이던 그와 달리 그녀는 무심하게 대답했다.

"그래, 그 2년 전 오늘 내일 하실 때도 너는 오지 않았었지."

진우의 말에 비서가 내온 커피 잔을 들던 연우의 손이 공중에서 멈추었다. 그를 바라보는 그녀의 검은 눈동자에는 어느 누구라도 얼릴 수 있을 정도로 싸늘한 기운이 쏟아져 나왔다. 그야말로 오싹하게 만드는 차가운 기운말고는 아무런 감정도 느낄 수 없을 정도로 차가웠다.

진우는 순간 4년이란 세월 동안 변한 것은 아무 것도 없다는 사실을 깨달았다. 연우가 보여주는 옅은 미소에 그는 그녀가 살아 있다고 착각했던 것이다.

"지금 뭐 하는 거야?"

눈빛만큼 차가운 여동생의 목소리에 그는 눈을 감았다.

연우야, 연우야.

그는 주문처럼 속으로 그녀의 이름을 되뇌었다. 목울대가 울컥 올라오며 숨이 막혔다. 그는 간신히 한숨을 내쉬고 나서 연우의 말을 못 들은 척 말했다.

"밥은 먹었니? 나가자."

진우는 팽팽하던 긴장감을 끊어내기 위해 말했다.

"나가도 되는 거야? 지금 퇴근 시간 아니잖아."

시선을 돌리며 아무 일 없었다는 듯이 대답하는 그녀에게 그는 이번에는 속지 않았다.

남매는 서울 근교에 있는 잘한다고 소문난 한식집으로 향했다. 식당은 시간을 조선시대쯤으로 되돌린 듯한 착각이 들 만큼 옛날

식이었다. 오랜 세월 사람들의 발길로 반들반들하게 길이 든 대청마루에서 바라보는 정원의 풍경은 계절도 시간도 모두 잊게 만들었다.

마당 가운데 있는 연못 옆으로 세워진 자그마한 정자와 한겨울에도 시들지 않는 노송이 푸른 하늘을 떠받치고 있는 것처럼 보였다. 마침 스피커에서는 은은한 가야금 소리가 흘러나와 흐드러진 겨울 풍경을 더욱 운치 있게 만들고 있었다.

놋그릇에 담긴 하얀 쌀밥과 30여 가지쯤은 족히 되어 보이는 반찬, 찜과 신선로 등이 나왔다. 두 사람은 맛있게 식사를 한 후 9시쯤 되었을 때 서울로 돌아왔다.

두 사람은 다시 회원제로 운영하는 고급 술집으로 향했다. 중후한 매력이 풍기는 웨이터가 진우에게 반갑게 다가와 인사를 하더니, 곧바로 양주와 안주들을 내왔다.

그곳은 어두운 조명과 푹신한 소파, 재즈 음악이 은은하게 깔려 사람의 기분을 편안하게 만들어 주는 곳이었다.

진우는 잔에 얼음을 넣은 뒤 양주를 따라 한 모금 들이켰다. 두 사람의 목소리는 처음 얼굴을 보았을 때와는 대조적으로 낮았다. 또한 대화 내용도 두 사람의 신경을 건드리지 않는 일반적인 소재들뿐이었다.

그는 천천히 마셨지만 술잔을 입에서 떼지 않았고, 연우는 겨우 한 잔을 들고 두 잔째부터는 아예 입에 대지 않았다.

커다란 테이블에 팔꿈치를 기대고 술잔을 내려다보고 있는 연우의 모습이 진우의 눈에 낯설게 다가왔다. 재킷을 벗고 있어 흰색 블라우스에 감싸인 어깨가 여전히 작아 보였지만, 하얗게 드

러난 목덜미는 그가 기억하고 있는 것보다 훨씬 성숙한 여자의
모습이었다.

"세월이 무섭긴 무섭구나."

"응?"

그녀가 고개를 들고 그를 쳐다보았다. 어둑한 조명 아래 반짝
이는 눈동자는 더욱 깊고 맑아 보였다.

"최연우가 여자가 다 되었으니 말야."

"그렇지. 세월이 무섭긴 무섭지. 작은오빠가 벌써 아저씨가 다
된 걸 보면 말야."

"하여튼 넌 예나 지금이나 한마디도 안 지지."

그가 미소를 지으며 투덜거리자 그녀는 장난기 가득한 얼굴로
잔을 들여다본 뒤 한 모금 마셨다. 마침내 양주 한 병이 바닥을
보일 때쯤 되어서야 남매는 자리에서 일어났다.

연우가 자리에서 일어나 벗어놓은 재킷을 집어들 때쯤이었다.
진우가 무릎이 꺾인 듯 휘청거렸고, 그녀가 다급하게 다가와 그
의 팔을 잡았다.

"작은오빠, 괜찮아?"

진우는 연우를 힐끗 내려보고는 천천히 몸을 기대고 그녀를 품
에 안았다. 술기운으로 그의 체온은 높았고 심장박동 소리 또한
매우 빨랐다.

"난 언제나 작은오빠지, 형은 없는데 말야."

조용히 혼자서 되뇌듯이 내뱉은 그의 말에 감정 없이 차가웠던
연우의 눈동자가 순식간에 눈물로 일렁였다.

"……."

　그녀는 대답할 수가 없었다. 큰오빠는 없다고 말할 수가 없었다. 입 밖으로 내뱉으면 정말 큰오빠가 영원히 사라질 것만 같았다. 갑자기 온몸이 욱신거리기 시작했다. 눈도 목도 심장도.

　그녀는 이 아픔에 배어 나오는 진실을 또다시 외면했다. 4년 동안 인정하지 않았던 진실이었다.

　그녀가 진우를 마주 안았다. 그의 가슴에 얼굴을 묻고 눈을 감았다. 연우는 그제야 진우의 가슴이 얼마나 따뜻한지, 그리고 얼마나 편하고 넓은지 깨달았다. 또한, 두 사람 모두 큰오빠 현우의 죽음에서 벗어나지 못하고 있음을 깨달았다.

　"연우야, 오빠가 미안해. 널 끌어들이는 게 아니었어. 내가 이 시궁창에서 네 목을 조르는 짓인 줄 알면서도 그랬어. 미안해, 동생아. 미안해……. 넌 다시 여기로 돌아오는 게 아니었어."

　"내가 미안해. 내가 너무 늦게 온 거야. 오빨 혼자 둬서 미안해. 오빠, 내가 미안해."

　그의 입에서 제정신이었으면 절대로 하지 않았을 말들이 쏟아졌다. 마음속에만 담아두고 누구에게도 하지 않았을 말들을 가만히 듣고 있던 그녀는 팔을 둘러 그를 토닥여 주었다.

　"난 내가 너무 싫다. 이 숨막힐 것 같은 책임감도 싫고, 아버지도 식구들도 다 싫어. 아직도 어디 가서 살았는지 죽었는지도 모르는 여자를 기다리는 것도 싫어. 난 세상에 여자가 민주 하나뿐인 줄로만 알았어. 사랑이란 게 영원할 수 있다고 생각했었지. 형을 보면 그것도 아니었는데 말야."

　연우는 그가 내쉬는 한숨을 느낄 수가 있었다.

　"다 가버렸지. 모두 다 가버렸어. 형도, 너도, 민주도……."

"바보! 그런 얘기를 할 사람이 나밖에 없었어? 계속 이렇게 혼자였냐고!"

그녀는 그의 무엇을 보고 괜찮다고 생각했을까? 이 멀쩡해 보이는 모습 속에 그가 꽁꽁 숨겨둔 감정의 밑바닥은 이미 썩어 문드러져 되돌릴 수도 없을 지경인데.

"민주야, 민주야. 이민주!"

연우는 그가 혼자서 되뇌는 이름의 주인공에 대해 더 이상 묻지 않았다. 그녀는 그가 그 이름을 부르고 싶을 만큼 부를 수 있도록 가만히 기다려 주었다.

대리운전사가 진우의 승용차를 운전하는 동안 그녀는 뒷좌석에 앉아 옆에서 지그시 눈을 감은 진우를 바라보았다. 흔들리는 서울의 밤을 비추는 환한 불빛이 새삼 그녀가 얼마나 오랫동안 이 땅을 떠나 있었는지 깨닫게 해주었다. 그 시간이라면 그가 망가지기에 충분한 시간이었으리라. 연우는 새삼 가슴이 저며왔다.

그가 혼자서 살고 있다는 오피스텔에 도착했다. 웃돈까지 얹어준 그녀는 대리운전사와 함께 진우를 부축하고 문 앞에 바듯이 섰다. 대리운전사가 돌아간 뒤 그녀가 열쇠를 찾는 동안 진우는 벽에 기댄 채 졸고 있었다. 차에서 자던 척하던 그는 정말 잠들어 버렸고, 11층까지 올라오는 동안 비몽사몽인 상태였다.

연우는 그를 조용히 다독이며 침실로 데려가 뉘었다. 침대에 누운 진우를 보고 나가려던 연우는 다시 몸을 돌리고 신발과 양말을 벗겨준 뒤 넥타이를 풀고 와이셔츠 단추를 세 개까지 풀어주었다. 혹시 넥타이를 풀지 않은 채 자면 악몽이라도 꾸게 되지 않을까 걱정되었기 때문이다. 이것도 무슨 중노동이라고, 이마에

땀방울이 송골송골 맺히기 시작했다.

연우는 몸을 일으키며 한숨을 돌렸다. 그리고 오빠가 살고 있는 집을 둘러보았다. 방 한가운데 킹사이즈 침대가 놓여 있었고, 창문에는 심플한 블라인드가 쳐져 있었다.

침대 옆 바닥에는 각종 서류철과 책들이 아무렇게나 놓여 있었고, 협탁 위에는 치우지 않은 빈 아이스크림 통이 놓여 있었다. 그리고 고풍스러운 화장대가 놓여…….

잠깐, 화장대?

남자 혼자 사는 집에 화장대?

연우는 화장대 앞으로 다가가 살펴보았다. 고풍스러운 선이 물 흐르듯 아래로 흐르는, 와인빛 공단이 입혀진 의자까지? 여자라면 누구나 탐낼 정도로 아름다운 화장대였다. 누구의 취향인지 완전히 클래식한 분위기였다. 그녀는 힐끔 잠들어 있는 진우를 바라본 뒤 다시 화장대로 눈길을 돌렸다.

어쩌면 작은오빠 취향일 수도 있겠군.

화장대 위에는 아무 것도 없었다. 덩그러니 빈 공간 위로 거울이 반사되어 섬뜩한 기분이 들었다. 연우는 호기심에 못 이겨 화장대 서랍을 살짝 열어보았다.

서랍 안에는 귀걸이와 반지가 굴러다니고 있었다. 그리고 사진 한 장! 서랍 안쪽 깊숙이 박혀 겨우 모퉁이만 밖으로 삐죽 고개를 내밀고 있었다. 사진은 꾸겨진 것을 일부러 편 것처럼 꾸깃꾸깃했다.

사진 속에는 진우가 환하게 웃는 모습이 담겨 있었다. 연우가 오랫동안 볼 수 없었던 장난기 가득한 얼굴이었다. 진우는 미소

띤 얼굴로 여자를 뒤에서 껴안고 있었다.

여자 역시 마치 햇살을 담은 듯한 웃음 띤 얼굴로 행복해하며 허리를 두른 깍지 낀 그의 손을 붙잡고 있었다. 사진만으로도 상쾌한 바람향기와 웃음소리를 느낄 수 있었다.

연우는 잠시 멍하니 사진을 들여다보았다. 얼마쯤 지났을까. 그녀는 자신이 오빠의 사생활을 훔쳐보고 있다는 사실을 깨닫고, 얼른 제자리에 사진을 놓은 뒤 조용히 서랍을 닫았다. 그리고 살금살금 발소리를 죽이고 뒤돌아 방을 나왔다.

돌아가려면 갈 수도 있을 시간이었다. 하지만 호텔로 돌아가는 대신 그녀는 욕실로 들어가 비누로 얼굴을 박박 문지른 뒤 욕실에서 나와 소파에 기댔다. 잠이 올 것 같지 않았다.

그러나 오늘만큼은 오빠를 혼자 두고 싶지 않았다. 그녀만큼이나 아프고 힘든 시간을 보냈을……. 아니, 어쩌면 그녀보다 더했을지도 모를 그 긴 고통의 시간을 홀로 견뎌내고 있는 오빠의 곁에 잠시 머물고 싶었다.

다음날 아침, 연우가 차린 해장국을 먹으며 진우는 그녀의 눈치를 살피고 있었다. 자는 둥 마는 둥 하다가 새벽에 깨어난 그녀는 주방을 뒤져보았다. 싱크대 서랍과 찬장에는 온갖 종류의 인스턴트 식품이 수북히 쌓여 있었다. 그녀는 살짝 얼굴을 찡그리고 나서 해장국을 골라 끓였다.

연우는 식탁에 앉아 열심히 밥과 해장국을 입안으로 밀어 넣는 진우를 바라보았다. 그는 이미 샤워와 면도를 한 뒤 양복을 빼입고 있었다. 겉모습으로만 보자면 어젯밤에 술 먹고 뻗은 모습이라고는 눈 씻고 찾아볼 수 없었다.

"창피하긴 한가 보지?"

그녀는 차가운 생수를 한잔 따라 그의 앞으로 밀어주며 말했다.

"흠……, 미안하다."

겨우 시선을 든 진우는 귀까지 벌겋게 달아올라 있었다.

"기억은 나?"

"아예 안 난다고 얘기할 수 있었으면 좋겠다. 뭐, 사실 부분적으로만……."

연우가 고개를 끄덕였다.

"출근할 때 나 호텔까지 데려다주고 가."

"그래, 참 아직 집 구하지 않았지? 그럼, 너 여기 오피스텔에 구해라. 밥 맛있다."

그의 말에 그녀가 얼굴을 찡그리며 단호하게 고개를 내저었다.

"싫어. 오빠 부엌떼기 할 생각은 없어. 오늘 좀 알아보려고. 그냥 회사에서 가까운 곳으로 얻을까 해."

진우는 밥 한 공기를 다 비우고 일어나 양복 재킷을 걸쳤다.

"일어나, 가자."

연우는 서두르는 진우의 뒤에 대고 불쑥 물었다.

"민주가 누구야? 침실에 있는 그 화장대 주인이야?"

그의 몸이 순식간에 뻣뻣하게 굳었다. 그는 천천히 몸을 돌려 그녀를 바라보았다. 그의 눈동자는 미처 다 감추지 못한 아픔으로 일렁였다.

"내가……, 그런 얘기도 했냐?"

"별 얘긴 아니고, 그냥 이름만 말했어."

연우가 순진한 얼굴로 그를 올려다보았다. 그는 자신이 또 속고 있다는 것을 알았다. 아무 것도 모르는 듯 딴청을 부리는 여동생을 바라보며 그는 어제 자신이 지껄였을 법한 얘기들을 추측하며 욕설을 내뱉었다.

"별 일 아니야. 다 지난 옛날 일이야."

"옛날 일?"

여동생은 여전히 순진한 얼굴로 그의 말을 받았다. 그의 입에서는 욕설이 저절로 나왔다.

이민주! 대단하기도 하지. 아직도 날 이 지경까지 몰아넣는 걸 보면 말야.

"그래, 옛날 일이야. 다 잊은 일이라고."

그가 수백 번 자신에게 했던 말을 동생에게도 똑같이 말했다. 그러자 연우는 더 이상 묻지 않겠다는 듯 고개를 천천히 끄덕였다. 지금 이 정도도 충분히 위험할 정도로 깊이 들어온 것이었다.

그는 돌아서더니 곧바로 현관으로 향했다. 별일 아니라고 했던 그의 말과 달리 식탁 위에 놓여 있는 열쇠를 집어드는데 쇠가 유리를 긁는 끔찍한 소리가 났다.

5년을 떠나 있었지만, 이 집은 여전히 으리으리하고 웅장한 대궐이었다. 연우가 아무리 정을 붙이려고 노력해도 안 되던 그곳. 열여섯 살이 끝날 무렵 와서 스물두 살이 되던 해 도망치듯이 떠났던 집.

서울로 오던 그날, 버스 정류장에서 엄마에게 표독스럽게 맹세했던 말들은 이미 오래 전에 무너지고 없었다. 너무나 다정하고 사랑할 수밖에 없었던 큰오빠란 존재는 그녀의 맹세를 무너뜨리기에 충분했다. 또한, 큰오빠의 죽음은 그녀가 이 대궐을 도망칠 수 있도록 만들어 주었다.

그녀는 2층 큰오빠의 방이었던 문 앞에 서 있었다. 그가 살아 있을 때는 서슴없이 드나들던 공간이었는데, 지금은 굳게 문이 닫힌 채 외부와 단절되어 있었다. 목이 메었다. 지금이라도 큰오빠가 방문을 열고 나올 것만 같았다.

그녀는 충동에 못 이겨 손을 내밀었다. 하지만 차마 문 손잡이를 돌리지 못한 채 우두커니 서 있었다. 차가운 금속의 감촉만 느껴질 뿐이었다.

그녀는 천천히 울음을 삼키며 몸을 돌렸다. 겁이 났다. 저 문을 열면 언제나 그녀의 기억 속에서 존재하던 그 풍경이 사라지고 없겠지. 그것을 눈으로 받아들인다는 것은 아무리 굳게 마음먹어도 되지 않으리라.

창가에 키 순서대로 올망졸망 놓인 선인장도.

그가 의기양양한 표정으로 건드리지도 못하게 하며 슬쩍 보여주었던 그 모형범선도.

책상 위와 책꽂이, 베개와 침대 등 오빠의 체취와 손길이 묻어 있던 곳을 아무렇지 않은 마음으로 바라볼 자신이 없었다. 정말이지 애초에 오빠가 존재하지도 않았던 것처럼 잊혀져야 한다는 사실을 받아들일 수가 없었다. 그녀는 답답하게 숨통을 죄어 오는 슬픔에 억지로 크게 숨을 들이쉬었다.

고개를 돌리던 그 순간, 계단 끝에 키가 큰 남자가 서 있었다. 그 모습을 본 그녀는 숨을 얼른 들이쉬었다. 흐릿한 시야와 사무치는 그리움, 말랑말랑하게 변해 버린 그녀의 감성이 환상을 만들어냈다. 그녀는 환상인 줄 알면서도 붙잡고 싶었다.

"큰오빠."

들리지도 않을 만큼 작게 속삭이며 한 걸음 앞으로 내디뎠다. 그녀의 손은 이미 허공을 허우적거리고 있었다.

"연우야?"

계단 끝에 서 있던 존재가 그녀의 이름을 부르며 다가왔다. 그 순간, 그녀 스스로 만들어냈던 환상은 사라지고 생생한 모습이 눈에 들어왔다. 무슨 착각을 했던 걸까? 큰오빠라고 여겼던 환상은 그녀보다 5개월 늦은 동생 윤우였다.

"아버지가 일어나셨어. 지금 형이랑 같이 있으니까 가봐, 너 찾으셔."

윤우가 알 수 없는 고요한 눈빛으로 말했다. 그의 침착한 목소리는 그녀가 기억하는 큰오빠와 비슷했다.

"그래, 고마워."

연우가 윤우를 지나쳐 빠르게 계단을 내려갔다.

두 사람 사이는 늘 그랬다. 어쩌면 당연한 일이었는지도 모른다. 두 사람은 나이가 같았고, 같은 학교를 다녔다.

사춘기 시절, 한참 감수성이 예민한 시기에 같은 나이의 배다른 누나가 있다는 사실을 알고 그는 꽤나 큰 충격을 받았다. 그녀 역시 그와 같은 기분이었다. 따라서 그들은 둘 다 서로가 짐이자 굴레일 수밖에 없었다.

그렇게 시작부터 꼬였던 두 사람은 함께 하려는 노력조차 하지 않았다. 늘 없는 듯 있는 듯 서로의 존재를 무시했다. 연우는 유일하게 먼저 손을 내민 두 오빠에게만 마음을 열었다. 이곳을 떠나면서도 윤우가 느꼈을 소외감 따위는 안중에도 없었다.

인정할 건 인정해야 한다.

그녀는 형제들 틈에 끼여들어 윤우에게서 형들을 빼앗음으로써 묘한 쾌감을 느꼈다. 아버지에게 향했던 원망의 대가는 늘 윤우가 치러야만 했다.

그녀는 처음에는 가여운 여동생으로, 동정심으로 대하던 두 오빠의 진짜 사랑과 신뢰를 손에 넣었다. 또한 학교에서도 단 한번도 톱을 놓치지 않은 채 가장 좋은 대학에 입학함으로써 아버지의 기대를 한몸에 얻었다. 그 과정에서 윤우는 철저히 소외된 존재로 전락했다. 연우에게 그는 당연히 그녀를 빛나게 해주는 조연일 뿐이었다.

이제 와서 새삼스레 그가 받았을 상처에 마음이 쓰이는 이유는 뭘까? 오늘 집에 와서 윤우의 얼굴을 보던 그 순간부터 연우는 죄책감을 느꼈다.

윤우가 독립하지 않고 아직 이 집에서 살고 있다는 것은 뜻밖이었다. 그는 그녀만큼이나 이 집을 싫어했다. 그래서 집에 들어오는 날보다 들어오지 않는 날이 더 많을 정도로 밖으로 돌았다.

5년이란 시간이 결코 짧지 않았다는 것을 증명이라도 하려는 듯이 그는 많이 변해 있었다. 천방지축 제멋대로였던 남자애는 사라지고, 키가 길쭉한 성인남자가 거기에 있었다.

눈길이 마주친 두 사람 사이로 잠시 어색한 침묵이 흘렀다. 그녀만큼이나 그도 곤혹스러웠으리라. 그는 당황한 얼굴로 고개를 한 번 까닥인 뒤 황급하게 들고 있던 커피 잔을 입으로 가져갔다.

연우는 계단을 내려가며 자신의 등에 와 닿는 윤우의 시선을 느낄 수가 있었다. 그녀는 큰오빠 방 앞에서와는 다른 이유로 목이 메었다.

일층으로 내려와 짧게 두 번 노크를 한 그녀는 육중한 문을 열고 안으로 들어갔다. 아버지가 오늘, 내일 하고 있다는 것은 사실이었다.

예전에도 그렇게 풍채 좋은 장군 스타일의 사람은 아니었지만, 그래도 대기업을 이끄는 사람다운 지성과 야망으로 번뜩이는 눈동자를 가진 그가, 행동 하나하나까지도 계산하고 움직이던 그가 야윈 얼굴로 누워 있었다. 예전의 그 모습은 다 어디로 갔는지 나약한 노인이 침대에 누워 링거를 맞고 있었다. 아버지는 그녀가 생각했던 것보다 훨씬 더 늙어 있었다.

하얗게 센 머리카락과 앙상한 팔에는 검버섯이 얼룩덜룩 피어 있었다. 그러한 가죽만 남은 마른 팔에 송곳이 무색할 정도로 커다란 바늘이 꽂혀 있었다. 노인이 거친 숨을 내쉴 때마다 가슴이 위험스럽게 위 아래로 오르내렸다.

연우는 애써 놀라움을 감추고 진우의 옆에 의자를 끌어다 앉았다. 이 모습에 이미 익숙해졌는지 진우는 무덤덤하게 의자에 앉아 팔짱을 낀 채 바라보았다.

허공을 바라보던 아버지의 눈동자가 연우에게 머물렀다. 흐릿하게 반쯤 감겨 있던 두 눈동자에 순간 빛이 스쳐지나갔다. 순간 그녀가 그토록 증오했던 아버지의 이기적인 면은 아직 병들지 않고 그대로라는 것을 깨달았다.

"이제 아주 온 거냐?"

방안을 휘감고 있던 칼날 같은 침묵을 깨고 아버지가 물었다. 그의 목소리는 낮고 조용했지만, 잔뜩 쉬어 있어 듣기에 거북할 정도였다.

"……."

"연우, 네 성격을 알고는 있었지만 아주 대단하구나. 내가 알고 있던 것보다 훨씬 독해. 제 엄마를 꼭 닮았어. 그 독한 년이랑 똑같아."

"엄마 이야기는 하지 마세요."

연우가 침대 모서리쯤에 고정되어 있던 시선을 돌려 자신을 바라보는 아버지에게 향했다. 한 치의 양보도 없는 날카로운 시선이 공중에서 얽혔다. 다른 것 같으면서도 속에 담아두는 얼음덩어리는 꼭 닮은 부녀지간이었다. 서로의 그런 점을 은연중에 인정하고 있었기에 두 사람은 서로를 보는 것을 더욱 못 견뎌했다.

"내가 네 어미한테 한 짓이 용서가 안 되냐? 그래서 나가서 안 들어왔던 거야? 그래, 영원히 안 볼 것처럼 나가더니, 무슨 마음이 들어 다시 돌아온 거냐?"

"……."

연우는 대답하지 않았다. 아버지의 누렇게 뜬 얼굴에 희미한 만족감이 퍼졌다.

"많이 보던 눈이구나. 그래, 현우 녀석이 죽기 전에 그런 눈으로 나에게 달려들었지. 못난 놈! 그깟 여자 하나 때문에 죽는다고 엎어져 있더니, 결국 그렇게 가버리고 말이야. 내가 지금 네 어미와 현우 녀석 이야기 꺼내는 게 그렇게 못마땅한 거야? 하지만, 넌 결국 돌아왔지 않느냐? 그걸로 내가 이겼……. 쿨럭! 큭."

연우는 더 이상 들어줄 수가 없어 자리에서 일어났다. 나이가 들고 병마에 시달려도 아버지는 여전히 그녀가 역겨워하는 인간일 뿐이었다.

아버지의 얼굴이 금방이라도 죽을 사람처럼 새파랗게 질렸다. 그는 금방이라도 숨이 끊어질 듯 기침을 하더니 겨우 한숨을 돌렸다. 방을 나가려던 그녀는 아버지가 기침을 시작하자 그 자리에 멈추어 섰다. 그리고 입을 열었다.

"다 죽어가신다고 해서 왔는데, 제가 너무 일찍 왔군요. 좀더 위독해지시면, 더 죽음에 가까워지시면 그때 다시 오겠습니다."

"연우야!"

그때까지 듣고만 있던 진우가 꾸짖듯이 낮게 그녀의 이름을 불렀다. 하지만 그녀는 진우의 말을 무시한 채 방을 나왔다.

거실에는 아버지의 아내와 윤우가 있었다. 아는 척하고 싶지도 않았고, 설령 무슨 말을 한다고 해도 좋은 소리는 들을 수 없다는 걸 알기에 그녀는 그냥 말없이 현관 쪽으로 걸어갔다. 곧바로 현관으로 향하는 연우의 뒤통수에 대고 금희가 차갑게 쏘아붙였다.

"너에게 난 안중에도 없는 거니? 어떻게 어른한테 인사 한마디도 없이 나가? 어디서 배워먹은 버릇이니?"

연우가 뒤돌아 서며 가볍게 응수했다.

"제 인사 받고 싶지 않으신 줄 알았습니다. 안녕하셨어요?"

"아주 기고만장하구나. 어디, 회사 이사 자리 하나 꿰어차니 기분이 그렇게 좋으니?"

정말 지겨웠다. 이 집에 들어서는 순간부터 계속되어 온 전투에 그녀는 지칠 대로 지쳐 있었다.

"저는 이만 가보겠습니다."

연우가 다시 뒤돌아서 현관으로 향했다.

"독한 년! 우리 집 식구를 다 잡아먹어야 속이 시원할 테지. 차라리 오지 말지, 아예 얼굴을 안 보면 편할 텐데 왜 돌아와서 사람 속을 뒤집어 놔! 네 년 상판대기 안 보고 산다면 얼마나 좋을까. 누굴 더 잡아먹으려고 꾸역꾸역 머리를 들이미는 거야?"

앙칼진 목소리가 계속에서 그녀의 뒤통수에 따라붙었다. 그러나 이미 그러한 독설에 익숙해진 연우는 아무런 감정의 변화가 없었다. 현관을 나와 안뜰을 가로질러 걸어가는데 윤우가 따라 나왔다. 생각지도 못한 윤우의 행동에 연우는 적지 않게 놀랐다.

"조심해서 가라."

연우가 황급히 돌아보았을 때에는 이미 윤우는 뒤돌아 집안으로 들어가고 있었다. 연우는 그의 뒷모습을 바라보며 혀끝에 고인 말들을 꿀꺽 삼켰다.

한마디만 하면 되는데. 고마워, 아니 또 봐.

한마디만.

10년이 넘도록 열지 않았던 마음이 갑자기 열릴 리가 없었다. 아무 말이라도 윤우에게 해주고 싶었지만, 꾹 다물린 입술은 떨어질 줄을 몰랐다.

연우는 끝내 그 한마디를 하지 못한 채 돌아섰다.

슈슈도둑

DM(구 동명)그룹 본사 회장실에는 정적이 흘렀다.

DM그룹의 강지룡 회장은 땅딸막한 키였지만, 다부진 골격에 동안으로 실제 나이보다 열 살은 더 젊어 보였다. 까맣게 그을린 얼굴에 유독 돋보이는 하얀 치아가 트레이드마크인 그는 언제나 칼 주름이 잡힌 양복 차림을 하고 다니는 중년의 신사였다.

강 회장의 책상 앞에 서 있는 둘째아들 강준혁은 아버지와 다르게 키가 컸지만, 다부지고 튼튼한 골격은 그대로 쏙 빼닮았다. 올해 스물여덟 살인 준혁은 이미 대학시절부터 비공식적으로 후계자 수업을 받아왔고, 1년 전부터는 경영본부장 자리에 앉아 본격적으로 회사 업무를 익혀가고 있었다.

근처 일대가 한눈에 들어오는 커다란 빌딩의 꼭대기 층에 위치한 회장실에는 지금 강 회장이 아들의 보고서를 검토하는 중이었다. 창문을 등지고 앉은 강 회장이 눈을 부릅뜨고 서류를 읽고 있는 동안 준혁은 지루한 얼굴로 책상 앞에 서 있었다.

그러다가 반질반질 빛나는 구두의 끈이 풀린 것을 발견한 그는 허리를 숙여 새로 묶었다. 으레 아랫직원이 상사에게 보고서를 올릴 때 보이는 긴장되고 초조한 모습은 어디에도 없었다. 단지 부자지간이어서 공사를 구별하지 못해서 그런 것은 아니었다.

아버지와 아들은 일에서도 거침없이 자신의 의견을 피력하고, 존중하는 자세를 유지하면서 함께 일해 왔기 때문이다. 지금도 준혁이 무언가 잘못하고 있다면 거침없이 야단을 맞겠지만, 그렇다고 미리부터 초조해할 필요는 없었다.

준혁이 구두끈을 다 묶고 몸을 일으키는 순간, 강 회장도 보고 있던 서류에서 고개를 들었다. 강 회장은 자신이 앉아 있고 아들이 서 있다는 것을 떠나서 한참 고개를 꺾어 위를 올려다봐야 한다는 것이 불쾌했다. 유전적인 요인보다 잘 먹고 잘 자는 환경적 요인이 더 크게 작용한 아들은 같이 걸으면 비교가 안 될 정도로 키 차이가 많이 났다.

"준혁이 이놈, 혼 좀 나야겠구나."

"예?"

엄한 아버지의 말에 준혁은 한 걸음 뒤로 물러났다. 아무리 나이가 들어도 이길 수 없는 유일한 상대는 아버지였다. 어렸을 적에는 힘으로 이길 수 없었고, 나이가 들어서는 같은 남자로서 이길 수가 없었다. 그래서 아버지에게 기어야 할 상황이 되면 그는 주저 없이 기었다.

"잠시 멋대로 하라고 놔두었더니, 이 지경으로 일을 몰아가? 그러고서 이제야 보고라고 해?"

"저 좋을 대로 하라고 하지 않으셨습니까? 그리고 현재 진행 상황에는 전혀 문제가 없습니다."

"일이 이 정도로 진행되었으면 말 한마디 언질이라도 줘야지. 그걸 꼭꼭 숨겨서 혼자 알고 있어?"

비로소 준혁이 빙그레 웃었다. 그러자 쌍꺼풀 없는 커다란 눈이 반달 모양으로 가늘어지면서, 입술 끝이 둥글게 말려 올라갔다. 커다란 키에 덩치가 있어 자칫 위협적인 첫인상인데도 웃는 모습만큼은 어딘지 모르게 순박해 보였다.

"소문내고 할 수는 없잖아요."

"하여튼 나이를 먹을수록 건방만 느는구나. 아무튼 기왕지사 여기까지 온 것 조용하게 처리해라. 입 조심하고."

DM그룹은 강지룡 회장이 젊은 시절부터 일구어낸 하나의 신화였다. 시골 부농의 아들로 태어난 그는 대학에서 법학을 공부하다 중퇴한 뒤 읍내에 작은 철물점을 연 것이 시작이라면 시작이었다.

한때는 시골의 땅을 다 팔아도 감당하기 어려울 정도로 힘든 적도 있었지만, 지금은 대한민국 10위에 안에 드는 거대한 기업으로 성장했다. 그 중 전자계열은 진성그룹과 거의 절반을 나누어 먹는 식으로 국내시장을 점유하고 있었다.

그의 둘째아들 준혁은 어쩌면 그보다 더 야심이 많을 수도 있었다. 준혁은 본부장 자리에 앉자마자 대한민국 전자시장을 평정하려는 꿈을 꾸기 시작했다. 결국은 적대적 M&A(기업 인수 · 합병)를 은밀히 도모했다.

강 회장의 입장에서도 잘되면 다국적 기업으로 더욱 성장해 나갈 수 있는 발판을 마련할 수도 있는 일이어서 준혁이 하는 대로 가만히 두고 보고 있었다.

강 회장은 다시 책상 위에 펼쳐진 보고서를 내려다보았다. 그의 얼굴에는 심각함이 깃들여 있었다.

모르는 걸까? 모르는 척하고 있는 걸까?

모를 수가 없는 일인데.

오늘 준혁이 올린 보고서에 따르면, 그들은 이미 진성그룹 전자계열 주식을 15퍼센트 이상을 확보하고 있었다.

사실은 진성그룹은 그들 쪽에서 건드리지 않아도 몰락의 길을 걷고 있는 참이었다. 부실채권과 과도한 투자의 실패, 그리고 무엇보다도 이미 1년 이상 비어 있는 최고경영자 자리 때문이었다. 진성 최 회장이 병환으로 누워 있는 사이, 주인 없는 집안이 잘 굴러가기를 기대하는 건 무리였다.

분명히 계획대로 잘 되어가고 있었지만 강 회장은 알 수 없는 예감에 휘말렸다. 이대로 마냥 쉽지 않을 것이라는 생각이 은연중에 들었다.

그 예감에 가장 큰 영향을 끼치고 있는 것은 다름 아닌 이제 서른 살이라는 젊은 나이로 진성 CEO 자리에 오른 최진우 때문이었다. 최 회장이 갑자기 무슨 생각이 들어 아들을 최고경영자 자리에 앉혔는지 의문스러웠고, 진작부터 그렇게 될 일이었다면 왜 1년이 넘도록 비워 두었는지 궁금했다.

역시 아무리 생각해 봐도 가장 큰 변수는 최진우였다.

"진성의 새 경영자 최진우는 만나봤어?"

"예. 그 전에 한성산업 창립기념회에서 한 번 봤었습니다."
"어떻든?"
준혁이 기억을 더듬었다. 소문으로 익히 들어왔던 최진우는 준혁보다 두 살이 더 많았고, 키는 비슷했지만 호리호리한 몸집의 소유자였다. 주름 없는 반듯한 하얀 와이셔츠가 잘 어울리는 그는 부드럽고 인상이 좋아 호감이 가는데도, 어리둥절할 정도로 무표정했다. 이래도 흥, 저래도 흥. 자기와 상관없는 일에는 끼여들기 싫어하는 타입이었다.
"그냥 뭐, 편하게 대할 상대는 아니었어요. 신경 쓰이세요?"
"흠……."
강 회장이 직접적인 대답은 안 했지만 헛기침을 하는 얼굴에는 불쾌함이 서려 있었다.
"걱정 마세요, 제가 알아서 합니다."
준혁이 자신만만하게 말했다. 그는 말은 가볍게 하면서도 눈빛만은 전의로 번쩍였다. 제국을 건설해서 모든 것을 자신의 두 발 아래 두겠다는 야망이 숨김없이 드러나는 순간이었다.
"그래, 이만 일어나자. 네 엄마 기다리겠다."
강 회장이 검은 가죽의자에서 몸을 일으켰다. 그는 꽤나 오랫동안 자리에 앉아 있었는데도 양복바지에는 주름 하나 잡히지 않았다. 그것만 보더라도 그가 매사에 얼마나 완벽을 기하는지 알 수 있었다.
"이놈아, 밖에 나가서 사니, 그렇게 좋으냐?"
준혁은 다리가 불편한 것도 아니면서 그저 멋으로 지팡이를 들고 다니는 아버지의 걸음걸이에 맞추어 걸으면서 씩 웃었다.

“물론이죠.”

“자식놈이라고는 달랑 둘밖에 없는데, 결혼도 하기 전에 다 나가 살게 한다고 네 엄마 잔소리가 아주 심해. 지나가다가 밥이나 먹게 자주 들러라.”

나란히 걸어가는 부자의 모습은 유독 다정해 보였다.

연우가 자리에서 벌떡 일어나는 비서들을 무시하고 진우의 사무실로 노크도 없이 들어갔다. 진우는 갑자기 문이 벌컥 열리자 깜짝 놀라 고개를 들었다.

“노크 좀 하고 다녀라!”

그녀는 그의 말을 무시한 채 그의 책상 앞으로 돌진했다. 그리고 한 뭉치의 서류를 그의 책상에 내던지듯이 올려놓았다.

“이걸 설명해 봐.”

연우의 말에 진우가 서류를 대충 훑어보았다. 내수, 수출 판매 실적표, 주식분석표, 대차대조표, 원가계산표들이 차례대로 고개를 들이밀고 있었다. 볼 것도 없었다. 그동안 종이가 닳도록 보고 살피고 계산했던 것들이었다.

“네가 본 대로야.”

“정말이야? 내가 본 게 맞아? 응?”

진우는 그녀의 질문에 한숨을 내쉬며 의자에 등을 기댔다. 올 것이 왔구나. 진우가 어떻게 설명해야 하나 최대한 머리를 굴리고 있을 때 연우가 한마디 했다.

“오빠, 둘러댈 생각하지 말고 대답이나 해.”

“내가 더 이상 어떻게 말해야 하니? 네가 본 그대로야.”

"……."

연우가 말없이 바라보고만 있자 진우는 신경질적으로 말을 이었다.

"똑똑한 애가 왜 그래? 더 쉽게 설명해 줘? 그래, 진성LCD가 다 넘어가게 생겼다. 그걸 시작으로 줄줄이 계열사가 다 넘어가게 생겼다고."

"내가 지금 그거 얘기하고 있어?"

연우가 팔짱을 끼고 그를 노려보고 있었다.

그녀는 할말을 찾기 위해 머뭇거리는 그를 내버려두고 소파로 걸어가 앉았다. 그가 책상에서 돌아 나와 맞은편에 앉았다.

"연우야, 너 아니면 안 돼. 내가 너 아니면 누구를 믿어?"

"그래서 나 불러들였어?"

그가 지친 듯이 머리를 쓸어 올렸다.

"그래, 나 출근하기 시작한 지 겨우 두 달 됐다. 넌 내가 아버지 쓰러지신 2년 전부터 출근한 줄 알았지? 근데, 나 이제 출근한지 겨우 두 달이야. 출근해서 보니까 회사가 이 지경이더라. 우리 계열사 중에 가장 실적이 좋을 줄 알았던 LCD팀이 적자에 허덕이고, 주식은 밖으로 새어나가고 있더라고. 지금 LCD팀 못 살리면 전자계열 다 쓰러진다. 그럼 우리 회사 무너지는 건 시간 문제야."

"……."

"네가 필요했어. 나 믿고 도와줄 사람, 아무리 생각해 봐도 너밖에 없었다고. 그래서 오빠가 너를 오라고 한 거야."

연우는 넥타이를 잡아당기는 그를 바라보았다. 이제야 다 이해가 되었다. 갑자기 한국으로 돌아올 수 없냐고 부탁하던 그의 목소리와 책임감이 자신을 내리누른다고 쓸쓸해하던 그의 모습이.

오빠가 왜 아버지 쓰러지시고 바로 출근할 수 없었는지도 모두 알 수 있었다. 이사회에서 오빠를 받아들이지 않았다. 당연히 후계자로 지목을 받았던 큰오빠의 죽음이 던져준 공백과 그의 자리를 대신할 작은오빠를 받아들이기는 쉽지 않았을 것이다.

경영진들 모두가 인정했던 태어날 때부터 당연히 후계자로 지목되어온 큰오빠 대신에 작은오빠를 앉힐 수 없었을 것이다. 지금 작은오빠는 시험 중이었다. 경영진들은 이 상황을 대처하고 있는 작은오빠를 지켜보고 있었다. 그녀는 그의 표정에서 절대로 지지 않겠다는 결의를 보았다. 그는 절대로 이 싸움에서 물러서지 않을 것이다.

"이 상황이 힘들 거라는 거 오빠도 알지? 지금이라도 계열 정리하고 매각한 뒤 법정관리 들어가는 게 차라리 낫다는 거 알고 있지? 지금 알면서도 하겠다는 거지?"

"그래, 난 해낼 거야. 처음부터 형의 것이었던 이 회사, 내가 살려낼 거야. 내가 가짜가 아니란 걸 반드시 증명할 거라고."

연우는 천천히 자리에서 일어나 그의 책상 위에 올려놓았던 서류를 챙겨 들었다.

"나……, 오빠를 위해서라면 무슨 짓이든 한다는 거 알지?"

이제부터 정말 바빠질 것이다. 할 일이 태산이었다. 빨리 자신의 사무실로 돌아가 일해야 했다.

그녀가 막 문을 열 때 진우가 말했다.

"그 이유만으로 너를 오라고 한 건 아니야. 보고 싶었어, 연우야. 너를 보고 싶은 마음이 더 컸다고."

낮게 속삭이는 그의 목소리는 아주 진지하고 그윽했다. 그녀는 쓸쓸한 미소를 지으며 문을 닫고 나왔다.

연우는 회사 근처의 새로 지은 지 얼마 되지 않은 오피스텔에 방을 구했다. 빌딩 밀집 지역에 위치한 이 오피스텔은 근처 전문 직장인을 대상으로 한 현대식의 깔끔하고 보완이 철저히 되는 곳이었다. 오늘은 퇴근이 조금 늦은 편이었다. 당연한 일이었다. 오늘 낮에 회사가 어떻게 돌아가고 있는지 보고받았고, 진우에게서 확인까지 받았으니 말이다.

하루종일 종종걸음치며 차례로 올라오는 보고서를 읽고 분석하고 계산했다. 그녀는 아무도 없는 사무실에서 야근을 하는 대신 서류를 챙겨 오피스텔로 돌아왔다. 새 집에 적응할 시간이 필요했기 때문이다.

그녀는 주차장 빈자리를 찾아 주차했다. 한국은 미국과는 정반대로 차선이 되어 있어서 운전하는데 자꾸만 신경이 쓰였다. 아직 모든 게 익숙하지 않은 것들뿐이었다.

그녀가 시동을 끄고 조수석에 놓아둔 가방과 서류를 챙기고 있는 사이 옆 공간에 승용차 한 대가 주차되었다. 아무 생각 없이 문을 열던 그녀는 우지끈 하는 소리에 놀라 잠시 멍하니 있었다.

"어? 어?"

옆 차 주인이 다급하게 운전석에서 나와 다가오는 것을 느낄 수 있었다. 아슬아슬하게 붙어 주차되어 있던 차를 의식하지 못하고 그녀가 운전석을 세게 열면서 옆 차의 조수석 문에 흠집을 낸 것이다.

연우는 문을 닫고 나와 안고 있던 서류를 차 지붕 위에 올려놓은 뒤 몸을 숙이고 옆 차 조수석 문을 내려다보았다. 어느새 왔는지 옆 차 주인이 옆에 와서 허리를 굽히고 자기 차를 살피고 있었다. 그러더니 남자가 몸을 펴고 그녀를 내려다보았다. 키도 크고 등치도 큰 남자가 얼굴을 찌푸린 채 불쾌한 기분을 그대로 드러내며 연우를 노려보았다.

"죄, 죄송합니다."

하도 잡아먹을 것처럼 노려보아서 연우는 자기도 모르게 남자의 눈치를 살피며 삐죽 사과의 말을 건넸다.

"어떻게 하실 겁니까?"

그는 그녀의 사과가 마음에 들지 않는지 다짜고짜로 따졌다.

"보상해 드리겠습니다."

"운전, 처음 합니까? 무슨 여자가 그렇게 조심성이 없어요? 얼마나 힘이 세면 이렇게 흠을 만들어요?"

지은 죄가 있어 눈치를 살피며 정중하게 사과를 하던 연우가 고개를 발딱 들고 남자를 올려다보았다. 뭐, 이런 남자가 다 있나 싶었다.

"그러니까 물어 드린다니까요!"

"내가 지금 돈 때문에 이러고 있습니까? 그리고 어디서 신경질이에요?"

남자가 짜증이 잔뜩 묻은 눈을 부릅뜨고 그녀를 내려다보며 훈계하듯이 소리쳤다. 사정이 이렇다 보니 최연우의 성격이 안 나올 리가 없었다.

"제가 지금 죽을 죄 지었어요? 미안하다고 사과했잖아요. 그리고 물어준다고 했고요. 까짓 흠이 좀 난 것 가지고 그딴 얘기까지 해야 됩니까? 뭐, 여자가 조심성이 없어요? 내참 기 막혀서."

연우가 차갑게 쏘아붙였다. 그러자 남자의 쌍꺼풀 없이 잘생긴 눈이 놀라움으로 커지며 어깨가 움찔했다. 그리고 할말을 잊은 듯 그녀의 말을 듣고만 있었다.

"그리고요, 주차는 제가 먼저 했습니다. 댁이 이렇게 바짝 붙여서 주차하지만 않았다면 애초부터 이런 일은 없었을 거예요. 쌍방과실인데 제가 이렇게까지 숙이고 들어가면 좋게 받아줄 수도 있는 것 아닌가요?"

남자는 난감한 듯 바지 주머니에 찔러 넣었던 손을 빼더니 자신의 머리를 쓸어 올렸다. 연우는 차 지붕 위에 있던 서류 중 한 장을 빼내 글씨가 쓰여 있지 않은 모서리를 찢은 뒤 휴대폰 번호를 휘갈겨 적었다. 속 편하게 자신의 명함을 남자의 코앞에 내던져 주고 싶었지만, 아쉽게도 아직 명함이 나오지 않은 상태였다.

"자요, 차는 정비소에 가져가서 수리를 하세요. 그리고 수리비는 저한테 청구하시고요."

연우가 쪽지를 내밀자 남자가 얼결에 받아들었다. 연우는 남자를 차갑게 쏘아본 뒤, 다시 서류를 안고 좁은 차 틈을 비집고 나왔다. 그리고 뒤도 돌아보지 않은 채 가다가 뒤를 힐끔 돌아보며 남자를 향해 소리쳤다.

"수리비 청구하실 때 영수증은 꼭 가지고 오세요."

"예?"

그녀가 건네준 쪽지를 들고 황망하게 서 있던 남자가 영수증을 가지고 오라는 말이 황당하다는 듯이 쳐다보았다.

"내가 수리비를 바가지 씌울 사람으로밖에 안 보여요?"

"네!"

그녀가 고개를 끄덕이며 소리쳐 대답했다. 그리고는 즉시 몸을 돌려 주차장을 빠져 나왔다.

"이봐요, 잠깐! 지금 뭐 하자는……."

남자가 다급하게 뒤통수에 대고 뭔가를 말했지만 연우는 뒤를 돌아보지 않은 채 때마침 도착한 엘리베이터에 올라타고는 단호하게 닫힘 버튼을 눌렀다.

평소보다 한 시간이나 일찍 일어났다. 이 오피스텔에 살기 시작한 지 벌써 며칠이 지났는데도 연우는 당연히 그녀 앞으로 배달되어야 할 우유와 신문을 단 한 번도 받아보지 못했다.

처음에는 신문사와 우유대리점의 실수겠거니 싶었다. 그래서 전화로 항의를 했는데, 계속 배달을 했다는 것이었다. 그렇다면 누군가가 그녀의 우유와 신문을 훔쳐가고 있다는 것이었다. 그래서 오늘은 범인을 잡기 위해 평소보다 일찍 일어났다.

그녀는 겨우 얼굴에 물을 적신 뒤 파자마 위에 니트 카디건을 걸쳐 입었다. 그리고 현관문에 온 신경을 집중한 채 커피를 마시려고 머그 잔을 꺼냈다. 그때 현관에서 탁 하는 소리가 들렸다. 그녀는 신문과 우유가 도착했다는 것을 깨달았다. 이제는 잡기만 하면 된다.

잠시 후 사람 발소리와 늘어지게 하품하는 소리가 굉장히 가까이에서 들려왔다. 연우는 살금살금 현관으로 다가가 그대로 문을 벌컥 열어젖혔다. 거칠게 문을 확 열어젖힌 그녀는 기세등등한 얼굴로 우유도둑을 노려보았다. 그런데 이게 어떻게 된 일인가. 그녀는 눈앞에 펼쳐진 광경을 믿을 수가 없었다.

세상에!

헝클어진 머리와 구겨진 면 반바지에 흰 티셔츠 차림의 남자가 우유와 신문을 손에 든 채 엉거주춤하게 서 있었다. 놀란 눈으로 연우를 바라보는 남자의 얼굴은 어제 그 남자, 꼬장꼬장하게 따지던 그 남자였다. 연우는 자신의 눈을 의심했다. 허우대가 멀쩡한 남자가 잠이 덕지덕지 묻은 얼굴로 그녀의 앞에 서 있었다. 그것도 우유도둑으로.

"지금 뭐 하는 거예요?"

그는 그녀만큼이나 놀란 표정이었다.

"어, 저기…… 여, 여기 살고 있습니까?"

"네, 여기 살아요."

연우의 대답에 남자는 아무렇게나 뻗친 머리칼을 정리하려는 듯 손으로 쓸어 올렸다. 남자의 귀는 이미 벌겋게 달아올라 있었고, 고개는 저절로 아래로 향했다.

"당신이에요? 우유도둑이?"

도둑이라는 말에 그가 놀랐는지 황급하게 고개를 내저었다.

"몰랐어요! 그게, 아무도 안 사는 줄 알고…… 계속 빈집이었는데, 잘못 배달되는 건 줄 알고……."

연우가 남자의 말을 들으며 팔짱을 끼고 문가에 기대어 섰다. 덩치에 안 어울리게 엉망인 모습으로 더듬거리며 변명을 늘어놓는 남자의 말을 끊고 싶지는 않았다.

"저, 도둑 아닙니다."

남자가 벌겋게 달아오른 얼굴로 그녀를 바라보며 진지하게 말을 끝맺었다. 연우는 이상하게 웃음이 비실비실 새어나와 간신히 표정을 수습하고 목을 가다듬었다.

"알았어요. 그거 이리 주세요. 제 거니까 앞으로는 가져가지 마세요."

"네, 미안합니다."

연우가 우유와 신문을 빼앗듯이 잡아챘다.

"이걸로 쌤쌤하는 건 어때요?"

연우의 얼굴에 생각지도 못한 장난기가 언뜻 스치고 지나갔다. 분명히 남자도 그걸 봤을 것이다. 아침부터 이상하게 시작되는 하루였다. 이런 장난스러운 마음이 든 것은 철이 들고 처음인 것만 같았다. 그녀의 장난스런 제안에 남자의 얼굴이 눈에 띄게 밝아지면서 가볍게 고개를 내저었다.

"어제 일이랑요? 그럼 내가 손해잖아요. 차 수리랑 우유라니."

"그게 어때서요? 저 어땠는지 아세요? 신문사랑 우유대리점에 전화해서 항의도 막 했고요, 매일 우유 없는 콘프레이크만 먹었다고요."

"하하, 미안해요. 근데, 이왕 신세진 거 오늘 하루만 더 신세집시다. 그 우유 저한테 주세요."

연우는 남자를 물끄러미 올려다보았다. 참으로 이상했다. 어제는 정말 재수 없는 인간이라고 생각했는데, 오늘은 참 편하게 느껴졌다. 반듯했던 어제 모습과는 달리 헝클어진 모습 때문인지 이상할 정도로 이 남자가 편하게 느껴졌다.

그녀가 그를 올려다보기만 하자 망설이고 있는 것으로 알았는지 남자가 어울리지도 않게 처량 맞은 눈을 해 보였다.

"정말 배가 고파서 그래요."

그녀는 커다란 강아지를 마주 대하는 듯한 기분이 들었다.

아, 그래. 난 언제나 동물을 좋아했었지.

그녀의 얼굴에 참고 있었던 미소가 서서히 번졌다. 연우가 우유를 내밀자 그가 냉큼 받아들었다. 그리고 나머지 한 손을 내밀었다.

"다시 시작합시다, 강준혁입니다. 저기 1507호에 살아요."

1507호면 한 집 건너서였다.

"최연우예요. 보시다시피 여기 1505호에 살고요."

연우는 그의 손을 망설이지 않고 마주 잡는 자신에게 놀랐다. 그는 덩치만큼이나 손도 컸다. 준혁이 웃으며 힘차게 손을 흔들었다. 연우는 자꾸 눈앞에 커다란 강아지가 꼬리를 흔들고 있는 모습이 상상되어 웃을 수밖에 없었다.

현장에서 잡히다니…….

준혁은 옷장에서 세탁소 비닐에 포장된 채 줄지어 늘어선 양복 중 하나를 꺼내 입으면서 고개를 내저었다.

꼭두새벽부터 그 여자랑 마주칠 줄은 생각도 못했다. 그 여자……. 그러니까, 최연우. 파자마 차림에 화장기 없는 얼굴로 까만 눈동자를 깜박이며 현관문을 벌컥 열던 모습이 떠올랐다. 그녀는 경악한 표정으로 우유도둑이라고 소리쳤다.

살아 생전 도둑 소리를 듣게 될 줄이야.

하늘에 맹세코 의도적으로 남의 우유를 훔칠 생각은 전혀 없었다. 며칠 전 일 때문에 일찍 출근해야 했었다. 빈속으로 집에서 나왔는데 계속 비어 있던 1505호 앞에 우유가 놓여 있었다.

그는 별 생각 없이 우유가 잘못 배달되었다는 확신만으로 그 우유를 슬쩍했다. 아, 진짜 배가 고팠고, 뭘 먹을 시간이 없었기도 했다. 그리고 늦게 배운 도둑질 밤새는 줄 모른다고, 그는 장난삼아 계속 우유와 신문을 슬쩍했다. 아무 죄책감 없이.

하필이면, 어젯밤 찬바람 쌩쌩 일으키며 그에게 말할 기회도 주지 않은 채 가버렸던 그 재수 꽝인 여자라니. 그는 그녀가 비어 있다고 생각했던 집에서 나오자 말 그대로 얼어붙고 말았다.

준혁은 거울 앞에 서서 넥타이를 매다가 슬쩍 자신도 모르게 미소를 지었다. 장난 어린 미소를 지어 보이던 그녀의 얼굴이 떠올랐다. 눈동자가 꼭……. 그래, 형이 운영하는 동물원에서 본 사슴의 눈망울과 닮아 있었다. 태어난 지 겨우 하루가 지났다며 형이 조심스럽게 품에 안고 보여주던 아기사슴. 까맣게 반짝반짝 빛나는 아기사슴의 눈망울.

그는 자신의 손을 마주잡던 그녀의 체온과 눈동자를 떠올리며 옷을 마저 입고 테이블 위에 놓인 우유를 마셨다. 그리고 코트와 서류가방을 챙겨들고 집을 나섰다. 준혁은 엘리베이터를 기다리며 서서 연우의 집을 바라보았다. 엘리베이터가 도착해서 그가 막 닫힘 버튼을 누르려는데 그 여자가 집에서 나왔다.

새벽에 본 모습과는 또 다른 모습이었다. 굳이 이야기하자면 어제랑 거의 비슷했다. 검은색 스커트 정장을 입고 손에는 코트와 가방을 들고 있었다.

까만 생머리가 어깨 바로 밑 부분에서 찰랑거렸다. 검은색 하이힐과 무늬 있는 까만 스타킹에서 그는 시선을 뗄 수가 없었다. 준혁은 눈동자를 굴려 아래위로 그녀의 모습을 살피며 열림 버튼을 꾹 눌렀다. 그녀가 엘리베이터로 걸어오다가 그를 보고는 잠시 주춤거렸다.

"연우 씨, 빨리 와요."

그가 여전히 열림 버튼을 누른 채 소리치자 그녀가 서둘러 다가와 엘리베이터에 탔다.

"고마워요."

"별 말씀을요."

준혁은 얼른 그녀에게 향하던 시선을 돌리고 불이 깜빡이는 숫자판을 바라보는 척했다.

이런, 진짜잖아. 진짜 아기 사슴 눈이야.

그는 왠지 모르게 초조한 기분이 들어 코트와 서류가방을 들고 있는 손에 힘을 주었다. 주차장에 다다른 그는 나란히 주차된 자신의 차와 그녀의 차가 보이자 어젯밤 일이 생각나 얼른 말했다.

"잠깐만 기다려요. 내가 먼저 차를 뺄게요. 안심이 안 돼서."

그는 얼른 조수석에 코트와 서류가방을 던져 놓고 먼저 차를 뺐다. 백미러로 보니 그녀가 차에 올라 시동을 거는 모습이 작게 보였다. 그는 먼저 가라는 손짓을 해 보이고는 그녀의 차가 완전히 주차장을 빠져나가고 보이지 않을 때까지 바라보았다. 이상하게 심장이 두근거리는 것이 멈추지 않았다. 초조한 기분으로 키를 돌리자, 차가 부드럽게 으르렁거리며 시동이 걸렸다.

이 상태로 운전을 하라고?

크게 심호흡을 하고 나서 그는 주차장을 빠져 나왔다.

죽음으로 달려간 사랑

진우가 노크를 하고 사무실로 들어왔을 때 연우는 자신의 책상에서 포장된 샌드위치를 먹으며 서류를 보고 있었다.

"이제 점심 먹는 거야?"

그가 문을 닫으며 힐끔 손목시계를 보았다. 이미 오후 3시가 지나고 있었다.

"왔어?"

그녀의 물음에 그는 고개를 끄덕이며 소파에 앉아 목을 쥔 넥타이를 살짝 잡아당겨 풀었다. 진우는 오늘 아침 천안공단으로 바로 출근해서 현장 책임자들에게 보고를 받고, 함께 점심을 먹은 뒤 돌아오는 길이었다.

"뭐 하다가 이제야 점심 먹어? 됐다, 먹다 말고 무슨. 다 먹고 얘기하자. 마저 먹어."

연우가 거의 그대로인 샌드위치를 내려놓고 그의 맞은편에 앉
자 그가 고개를 저으며 말했다. 하지만 그녀는 원래부터 점심 생
각이 없던 터여서 먹던 것을 미련 없이 그만두었다.

"그만 먹을 거야. 별로 생각이 없었어."

그녀가 고개를 저어 보이자 그는 더 이상 권하지 않고 오늘 공
단에 다녀온 이야기를 꺼냈다.

진우는 그동안 올라온 보고서를 토대로 천안공단을 다녀온 것
이다. 그리고 생산은 되고 있지만 현재 겨우 제품원가만 빠지는
LCD JS-LM34604와 JS-LM34080 등 두 모델을 단종시켰다.

이 두 모델은 2년 전만 해도 가장 수출 실적이 좋은 우수 모델
이었다. 아무리 시대의 흐름이 빠르다고 해도 그로서는 납득하기
어려울 만큼의 적자 수준이었다. 납득할 수 없지만 어떻게 할 수
없는 일은 차라리 빨리 포기하는 것이 적자를 줄이는 일이었다.

그는 지난 두 달 동안 모든 계열사의 경영상태를 점검하고, 대
대적인 개혁을 추진하는 중이었다. 그러다 보니 밤을 새는 것과
출장은 거의 일상에 가까웠다.

"다음주 월요일, 신제품 제작현황 브리핑이 있다. 너도 참석해."

"알았어. 아참, 좋은 소식!"

좋은 소식이 뭔지는 모르지만 아주 절실했다.

"뭔데?"

"〈국제멀티미디어 페스티발〉 스폰서에 낙찰됐어. 오빠가 천안
에 가 있는 동안 김 실장이 보고하러 왔었어."

오랜만에 그의 얼굴에 미소가 어렸다. 올해로 3회를 맞는 뉴욕
에서 열리는 〈국제멀티미디어 페스티발〉의 영상미디어 분야에

참여하기 위해 그는 꽤나 힘든 로비를 벌였다.

겨우 3회째를 맞았지만, 놀라울 정도로 그 명성과 가능성을 확인시키고 있는 세계 최대 규모의 멀티미디어 페스티발이었다. 그러한 페스티발에 스폰서로 참여한다면, 어마어마한 광고 효과를 누릴 수 있을 것이다. 어쨌든, 그의 계획대로 일이 진행되고 있다는 얘기였다.

그는 안도의 한숨을 내쉬며 소파에 몸을 깊이 묻었다. 어디서도 누구 앞에서도 이런 모습을 보여줄 수는 없었다. 유일하게 그의 풀어진 모습을 볼 수 있는 사람은 연우뿐이었다.

"오빠, 잘될 거야."

"그래, 돈은 벌면 돼. 적자는 문제가 아니야. 올 상반기 안으로 어떻게든 내가 흑자로 되돌려 놓을 테니까. 문제는 주식이야."

연우가 자리에서 일어나 책상에서 서류철을 가지고 와서 그에게 건네주었다.

"현재 파악된 출처를 알 수 없게 새어나간 주식만 13퍼센트야. 일반적으로 보기에는 별로 이상할 것 없지. 가장 굵직하게 주식을 매입한 것이 모두 페이퍼컴퍼니라는 게 문제야. 아주 엿 먹이려고 작정을 한 거지. 아마 소액주주 편으로 나간 주식도 꽤 될 거야. 안 돼도 15퍼센트는 새어나갔어."

서류를 읽으며 연우가 하는 얘기를 듣고 있던 진우는 자신도 모르게 욕설을 내뱉었다.

진성전자의 주식은 대부분 해외 투자자들이 지분을 확보한 상태였고, 외국 자본은 투기성 목적일 뿐 경영권에 대한 관심은 없었다. 대부분 시세 차익을 노릴 뿐이어서 적대적 M&A를 통한 이

득은 생각하지 않고 있었다.

전체 주식 중 국내시장에 풀린 것은 얼마 되지 않았다. 그 중에서 15퍼센트면 결코 적은 수치가 아니었다. 그만큼의 주식을 누군가가 매수했고, 결국 주가 상승으로 나타났다. 현재 조심스럽게 진성전자의 주가 급등에 대한 소문이 시장에 돌고 있는 상황이었다. 값이 싼 것도 아닌 진성전자의 주식을 15퍼센트 사들인 쪽의 자금력은 놀라운 수준이었다.

"15퍼센트면 경영진의 것을 다 합친다 해도 힘들어. 만약을 대비한다면 경영권에 치명적일 수가 있어. 그린메일(경영권을 담보로 보유주식을 시가보다 비싸게 되파는 행위)로 매수를 강요한다면 그 현금은 어디서 구할 거야? 대체 누가 이런 일을 벌이고 있는 거지?"

"알아봐야지. 넌 너무 신경 쓰지 마. 사람을 시켜서 알아보고 있으니까 곧 소식이 있겠지."

"어떻게 알아보는데?"

그가 자리에서 일어나며 씁쓸한 웃음을 지었다.

"돈이면 안 되는 게 없지. 나, 간다."

진우가 양복 재킷과 연우가 건네준 서류를 손에 들고 자리에서 일어났다. 연우는 진우가 나가자 책상으로 돌아와 먹다 남은 샌드위치를 그대로 쓰레기통에 넣었다. 그의 어깨가 잔뜩 굳어 있어 안타까웠다. 지친 모습으로 방을 나가던 오빠의 뒷모습이 지워지지 않아 안 그래도 입맛이 없던 게 완전히 사라지고 말았다.

저녁때가 되자 굵은 빗방울이 후드득 쏟아지더니 이내 여름 소낙비처럼 내리기 시작했다. 하늘이 뻥 뚫린 것처럼 쉴 새 없이 냉기를 품은 비가 쏟아져 내렸다. 비 내리는 밤은 혼자 잊고 싶지 않았다. 비가 내리면 잊혀졌던 기억들이 새록새록 생각났기 때문이다.

연우는 차창에 와서 부서지는 물방울을 바라보았다. 빗방울은 와이퍼가 작동하는데도 시야를 방해할 정도로 기세가 사나웠다.

그때도 그랬다. 지금으로부터 5년 전, 그 겨울밤에도 이렇게 비가 사납고 무섭게 내렸었다.

"큰오빠."

노크를 했는데도 안에서는 인기척이 없었다. 연우는 살짝 문을 열고 들어가며 현우를 불렀다. 방은 온통 어둠뿐이었다. 주춤거리며 들어간 그녀는 어둠에 익숙해질 때까지 가만히 서 있었다. 잠시 후 그녀는 침대에 걸터앉아 있는 그의 모습을 보았다.

"큰오빠."

대답이 없었다. 언제나 다정다감하고 활달했던 그가 웃음을 잃은 것은 사랑하는 여자를 잃고 나서였다. 오빠의 여자친구 정인! 그녀도 한 번 본 적이 있었다. 정인이 세상을 등지며 오빠의 심장을 함께 가져가 버렸다. 아니, 오빠가 그녀에게 주었다.

"나가."

그가 높지도 낮지도 않은 목소리로 무감하게 말했다. 당시 연우는 엄마의 장례를 치른 지 반 년도 채 안 되었을 때였다. 따라서 사랑하는 사람을 잃는다는 것이 어떤 것인지 잘 알고 있었다.

그 어떤 말로도 위로할 수 없다는 것을 알기에 그녀는 무릎을 꿇고 앉아 그의 손을 살짝 잡았다. 움직임도 반응도 없는 그의 손을 살짝 잡아준 뒤 그녀는 천천히 일어났다. 방을 나오면서도 그녀는 못내 아쉬운 듯 오빠에게서 눈을 떼지 못했다. 어둠에 묻힌 그의 어깨 위에 내려앉은 좌절감이 환히 보였다.

이 대단한 집안에서 정인을 받아들일 리가 없었다. 정인은 조용하고 차분한 성격에 웃음이 많았다. 어렸을 때 부모님을 잃는 바람에 고아원에서 살아야 했던 그녀는 고등학교를 졸업하면서 독립을 했다.

그리고 전기공사에 취직한 뒤 야간대학에 입학했다. 바로 그때 현우를 만난 것이다. 당시 복학생이었던 현우는 학생식당이나 도서관, 컴퓨터실에서 정인과 종종 마주치곤 했던 것이다.

그들은 꽤 오랜 시간 동안 만나왔다. 그런데 문제는 사랑이 이루어질 것이라고 믿는 사람은 오로지 그 두 사람뿐이었다는 것이다. 현우는 사랑만 있으면 부모님을 설득하는 게 가능하다고 자신했었고, 정인은 그런 그를 믿고 따랐다.

하지만 현우의 확신과는 달리 집은 늘 긴장감이 감돌았다. 그가 부모님과 싸우는 소리는 매일 끊이지 않았던 것이다. 결국 그는 모든 걸 다 버리고 집을 나가겠다는 선언을 했다. 둘만의 결혼식을 올리고 살겠다는 거였다. 그러던 중에 느닷없이 정인이 사고로 세상을 떠난 것이다.

여기까지였다면, 얼마나 좋았을까. 정인의 죽음이 평범한 사고였다면, 큰오빠는 지금쯤 살아 있을 텐데.

평범한 사고가 아니라는 사실을 알고 난 현우는 조금씩 미쳐갔다. 두 사람을 갈라놓기 위해 아버지가 비겁한 방법을 썼다는 것을 현우가 밝혀낸 것이다. 궁지에 몰렸던 정인이 몸을 피하다가 불의의 사고를 당했다는 것을.

현우는 정인의 죽음이 믿어지지 않았다. 그래서 사건 경위를 조사해 나갔는데……. 그는 끔찍한 진실을 목도하고 말았다. 차라리 몰랐다면, 모두가 편했으리라. 그 뒤부터 그는 비록 몸은 살아 있지만, 영혼은 떠난 사람처럼 하루하루를 간신히 버텨내고 있었다.

연우는 그런 그를 말없이 지켜보았다. 제발 하느님, 오빠가 빨리 옛날로 돌아오게 해주세요.

그날도 비가 밤새도록 쏟아졌다. 창문을 두드리는 소리에 얕은 잠을 설칠 만큼 무섭게 쏟아졌다.

"연우야."

낮은 부름에 그녀는 놀라 눈을 깜박이며 바라보았다. 잠에서 깨어난 그녀는 작은오빠 진우의 얼굴이 심상치 않다는 것을 직감적으로 깨달았다. 목소리는 고요히 가라앉아 있었지만, 그녀의 어깨를 잡고 있는 손은 떨리고 있었다.

"무슨……."

"일어나. 형이, 사고가 났나봐. 경찰서에서 연락이 왔어. 가자."

무슨 사고가 났다는 말인가? 경찰서는 왜? 큰오빠가 왜…….

제대로 작동되지 않는 상태에서 진우의 손에 잡힌 채 그녀는 끌려가듯이 병원으로 향했다. 차에서 내려 병원 안으로 들어가는 그 짧은 거리에도 온몸은 비로 흠뻑 젖었다. 추웠다. 그녀는 오들오들 떨면서 응급실로 향했다.

응급실은 전쟁터였다. 핏방울이 번진 바닥에는 의사들이 그대로 밟고 지나가서 흉하게 검붉은 자국을 남기고 있었다. 처음에는 몇 명이나 되는 의사와 간호사들에게 가려 잘 보이지 않아서 누가 누군지 알아보지 못했다.

　오, 큰오빠! 현우는 귀신같은 몰골로 응급실에 누워 온갖 기구와 전선을 몸에 연결하고 있었다. 그녀의 큰오빠가, 처음 서울에 올라온 날 그녀의 손을 잡고 진눈깨비 흩날리는 것도 마다하지 않고 병원으로 이끌었던 바로 그 사람이 저기에 누워 있었다.

　그녀를 끔찍이 사랑했던 큰오빠가, 그녀가 사랑했던 큰오빠가 응급실에 무기력하게 누워 의사들에게 목숨을 맡기고 있었다. 심전도 기계를 보니 불규칙적으로 아래에서 위로 치솟고 있었고, 전기 충격기로 인해 그의 몸은 침대 위에서 들썩들썩했다. 그녀는 마치 먼 나라에 와 있는 것처럼 느껴졌다. 눈물도 나오지 않았다. 그저 큰오빠가 아니라고, 큰오빠와 닮은 사람이라고 속으로 되뇌일 뿐이었다.

　큰오빠의 장례를 치르는 동안, 그녀는 단 한마디도 하지 않았다. 그의 시신을 화장하기 위해 화장터로 들어갈 때까지 그녀는 그저 잠자코 바라보았다.

　사실일 리가 없었다. 큰오빠는 잠시 멀리 여행을 간 것이라고, 조금 시간이 지나면 다시 돌아와 언제나처럼 그녀의 손을 잡아줄 것이라고 믿었다. 그래서 모든 상황을 철저히 무시하고 있었다.

　오늘도 그날 밤처럼 비가 세차게 쏟아졌다. 그래서 그런지 스물두 살의 춥고 무섭던 겨울로 돌아간 것만 같았다. 어둠에 가려져 있던 큰오빠의 얼굴이 지금도 선명하게 떠올랐다. 그녀는 간신히 울음을 삼키고 운전에 집중하려고 애썼다.

　어떻게 운전을 했는지도 몰랐다. 그녀는 이미 주차장에 와 있었다. 시동을 끄고 핸들에 이마를 기댄 채 가만히 엎드려 있었다.

　똑, 똑.

차창 쪽에서 두드리는 소리가 났다. 연우가 고개를 들고 창문을 내리자 준혁이 허리를 숙이고 차안을 들여다보았다. 그도 이제 퇴근해서 오는지 아침에 보았던 옷차림 그대로였다.

"어디 아파요?"

"아니에요, 괜찮아요."

걱정스러운 그의 물음에 건성으로 대답한 그녀는 차에서 내렸다. 이대로 가만히 있으면 자신의 감정에 질식할 것만 같았다. 차라리 그와 함께 엘리베이터를 타는 게 나을 것 같았다.

엘리베이터가 소리 없이 움직여 15층에서 멈추었다.

"차 한잔 할까요?"

그의 제안에 그녀는 잠시 고민했다. 하지만 오늘은 혼자인 것이 끔찍하게 싫었다. 하긴 가끔은 누군가와 함께 있는 것도 괜찮을 것이다. 이러한 생각을 한 그녀는 천천히 고개를 끄덕였다.

연우의 집으로 들어온 준혁은 조심스럽게 집안을 살폈다. 이사온 지 얼마 되지 않아 살림살이나 소품이 거의 없어 약간 민망한 실내였다. 커피를 내리는 동안 두 사람은 침묵을 지켰다. 뜨거운 수증기에 섞인 커피 향이 공기 중에 떠돌았다.

"자요."

"아, 땡큐."

그녀는 그에게 머그 잔 하나를 내밀고 거실 바닥에 앉았다. 그러자 그도 서슴없이 그녀를 따라 바닥에 앉았다. 테이블도, 의자도 없는 텅 빈 거실 바닥에 마주 앉아 함께 마시는 커피 맛은 그렇게 나쁘지만은 않았다.

"비 오는 날은 싫은데."

도시의 불빛이 어룽거리는 베란다 유리문을 바라보며 연우가
혼잣말로 중얼거렸다. 비는 밤새도록 내릴 기세였다.

준혁이 들고 있던 잔을 내려놓고 베란다로 향했다.

"왜요?"

그가 베란다로 향하자 의아한 생각이 든 그녀가 물었다.

"싫다면서요? 그래서 버티컬이라도 치려고요."

"그러지 말아요."

버티컬 끈을 잡아당기는 그를 그녀가 말렸다.

"싫다면서 보고 있는 건 뭡니까?"

궁금하다는 표정을 지으며 그가 되물었다. 그녀는 머그 잔을
입으로 가져가며 쏩쓸한 미소를 지었다. 그리고 짧게 대답했다.

"그냥요."

그 말을 끝으로 입을 꾹 다문 연우는 다시 베란다를 바라보았
다. 도시의 야경은 비에 젖어 우는 것처럼 보였다.

이렇게라도 보고 싶으니까.

이렇게 비라도 보면서 그를 기억하고 싶어서. 이렇게라도 오빠
를 보고 싶어서…….

그녀는 마음속으로 되뇌며 빗소리에 귀를 기울였다. 그런 그녀
의 모습을 그는 가만히 보고 있었다.

다음날 아침, 언제 그렇게 비를 퍼부었나 싶게 거짓말처럼 맑
게 개었다.

전화를 할까, 말까?

준혁은 처음 주차장에서 마주쳤을 때 연우가 거칠게 찢어서 건

네준 휴대폰 번호가 적힌 쪽지를 들여다보았다. 얼마나 들여다보았는지 이미 외워 버린 번호인데도, 그는 그 쪽지마저도 허투루 버릴 수가 없었다.

아침부터 얼마나 구겼다 폈다를 했는지 이젠 완전히 걸레처럼 너덜너덜해져 있었다. 그는 그녀의 전화번호를 누르다가 스스로의 행동에 화들짝 놀라 다시 수화기를 내려놓았다.

미친 놈.

만난 지 하루밖에 안 되는 여자를 왜 자꾸 생각하는 거야?

그는 스스로에게 험담을 퍼부었다. 그리고 감당할 수 없는 초조한 기분에 손에 들고 있던 쪽지를 구겨 책상 위에 아무렇게나 던져 버렸다. 어제까지만 해도 이런 기분은 아니었다. 적어도 그 여자를 다시 만나기 전에는.

어젯밤이었다. 퇴근한 뒤 오피스텔 지하 주차장에 차를 대는데, 낯익은 차가 주차되어 있는 걸 발견했다. 그는 반가운 마음이 들어 얼른 차 쪽으로 다가갔다.

핸들에 이마를 기대고 있는 그녀의 모습을 보자 반가움은 곧 걱정으로 바뀌었다. 그리고 그녀의 집에 들어가게 되었다. 그곳은 집이라고도 할 수 없었다. 세간 살이 하나 없이 텅 빈 공간일 뿐이었다. 남자 혼자 사는 그의 집도 그 정도는 아니었다.

그런데 그녀가 한바탕 시원하게 쏟아지는 빗줄기를 멍하니 바라보고 있었다. 묘하게 표정이 없던 그녀가 절절한 그리움이 가득한 눈빛으로 유리창에 번지는 물방울을 하염없이 바라보았다.

무엇이 그녀를 그런 얼굴로 만들었을까. 아니, 그녀의 그런 표정을 자신이 가질 수 있다면 얼마나 좋을까. 이 두 가지 생각이 동시에 떠오르며 그를 복잡한 심경으로 빠뜨렸다.

하지만 그는 그 혼란스러운 감정을 인정하고 싶지 않았다. 다만 쓸쓸하게 비 오는 밤 풍경을 하염없이 쳐다보던 그녀의 모습만은 잊혀지지 않았다.

자꾸 그 여자가 생각이 났다. 그 까만 눈동자가 잊혀지지 않고 그의 망각에 각인되었나 보다. 그녀와 이야기하고 싶었고, 그녀를 알고 싶었다. 아니, 그것만이 아니었다.

세상에! 키스하고 싶었다. 그 여자, 최연우와.

아침에 그를 바라보며 잠시 미소를 짓던 그 입술에 조용히 꿈꾸듯 다가가 입을 맞추고 싶었다. 그리고 할 수만 있다면 하얀 목덜미에…….

젠장!

준혁은 끝까지 치닫는 상상을 접어두고 수화기를 들었다. 무슨 말을 할지 아무 생각이 나지 않았다. 그냥 그녀의 목소리만이라도 들어야 했다. 그가 오랜 망설임 끝에 겨우 용기를 내어 전화번호를 누르고 신호 대기음을 듣고 있을 때, 노크소리가 들리는 것과 동시에 문이 열렸다.

"사장님, 홍 실장님 오셨습니다."

준혁은 반사적으로 수화기를 내려놓았다. 그렇게 오래 망설이고 결심을 했는데, 결정적인 순간에 훼방꾼이 나타난 것이다.

어쩌면 한 번만 더 벨이 울렸으면, 그녀가 전화를 받았을지도 모른다. 그러한 생각을 하자 아쉬운 마음이 들었지만 한편으로는 다행이라는 생각이 들기도 했다.

그는 훼방꾼을 슬쩍 쳐다본 뒤 돌아서며 내뱉었다.

"이런, 빌어먹을."

그가 낮게 욕설을 중얼거리자 홍 실장이 놀란 얼굴로 책상 앞으로 바짝 다가오며 물었다.

"제가 안 좋을 때 온 겁니까?"

"아닙니다, 앉으세요."

준혁은 허탈하게 고개를 가로 저었다.

30대 중반의 홍 실장은 땅딸막한 키에 넉넉한 살집을 가진 중년이었다. 그는 수더분한 겉모습과 달리 날렵한 동작으로 소파에 앉았다. 은테 안경 안에 감추어진 그의 눈동자가 영특하게 빛났다.

홍 실장은 미국에서 활동하던 능력 있는 그린메일러(green mailer)였다. 그런 그를 준혁이 스카우트해, 은밀히 진성전자에 대한 적대적 인수합병을 하기 위해 주식을 사들이고 있는 중이었다.

"사장님께서 지시하신 일은 모두 처리했습니다. 일전의 그 주식도 저희 쪽에서 매각을 끝내 놓은 상황입니다. 하지만……."

홍 실장이 말끝을 흐렸다.

"무슨 문제라도 있습니까?"

"일을 서두르셔야겠습니다. 오늘 진성의 최진우 회장이 천안공단으로 갔습니다. JS-LM34604와 JS-LM34080 등 두 모델을 단종한다고 합니다. 앞으로는 대대적인 신제품 개발 사업에 주력할 것으로 보입니다. 지금 개발이 완료되어 시판을 앞두고 있는 상품도 여럿 되어 문제가 복잡해질 것 같습니다. 그리고 〈국제멀티미디어 페스티발〉 영상미디어 부문의 스폰서로 낙찰되었습니다."

준혁은 잠시 연우에 대한 생각을 접었다. 순간 그의 얼굴이 싸늘하게 굳어졌고, 여전히 여유 있는 몸놀림은 약간 경직되어 홍 실장이 내놓은 서류를 펼쳐들었다.

"어쩌다가 일이 그렇게까지 되었습니까?"

홍 실장이 약간 불안한 동작으로 안경을 콧등에서 밀어 올렸다.

"그게, 저, 진성 경영자가 바뀌었습니다. 계속 비어 있던 최고 경영자 자리에 최 회장 아들이 올랐습니다. 만만한 상대는 아닌 것 같습니다. 잠시 사이에 일을 이렇게까지 끌고 온 것을 보면 보통은 아닙니다."

그 정도는 대단한 비밀도 아니었다. 준혁 역시 알고 있었다. 준혁은 입을 꾹 다물고 홍 실장을 바라보았다.

일이 어렵게 꼬여가고 있었다. 오랫동안 비어 있던 최고경영자 자리에 갑자기 최 회장 아들이 올라, 뜻하지 않게 그의 계획을 방해하고 있었다.

새로 진성의 CEO가 된 최 회장의 아들은 진성전자를 내놓을 생각이 없는 것 같았다. 일을 터트리고 그가 보유한 주식을 무기 삼아 매각할 일만 남았다고 생각했는데. 일이 다 되어가는 이 시점에 이런 변수가 등장할 줄은 생각도 못했다.

"최 회장이 아직 회사를 내놓을 생각은 없는 것 같군요. 지금 우리가 보유한 주식이 얼마나 됩니까?"

준혁의 물음에 홍 실장이 다급하게 서류를 뒤적였다.

"예. 진성LCD와 진성 C&C, 진성전자 모두 15.75퍼센트입니다. 공식적으로 밝혀진 바로는 최성식 회장 및 특수 관계자 지분율은 18.99퍼센트입니다. 하지만 아직 가족 주식이 얼마나 남아 있는 지 알 수 없으니, 더 신중해야 할 것 같습니다. 진성 쪽은 현금 보유량이 많으니 여차 하는 경우에는 현금으로 자사 주식을 사들일 가능성도 있습니다."

"할 수 있는 만큼 더 긁어모으세요."

홍 실장이 고개를 끄덕이고 그의 사무실에서 나가자 준혁은 소파에서 일어나 창가로 걸어갔다. 특수 제작된 두꺼운 방탄유리 위로 반사된 햇살이 빛줄기를 드리우고 있었다. 그가 양손으로 창틀을 움켜잡았다. 21층에 위치한 그의 사무실에서는 그 주위가 한눈에 들어왔다. 그의 시선이 가까운 고층빌딩에 머물렀다. 한 구역 건너에 있는 진성 본사 사옥이었다.

그곳을 한참동안 노려보던 그의 눈에 결의에 찬 각오가 반짝였다. 변한 것은 아무 것도 없었다. 곧 언론에서 진성그룹 경영악화를 크게 떠들 것이고, 이어서 세무조사가 있을 것이다.

그럼 아직 경영상태가 괜찮은 다른 계열들은 법정관리에 들어갈 것이고, 진성전자는 매각 처리되겠지. 그때 DM에서 매각에 참여해 매수한 뒤 각종 영상미디어 및 전자제품은 DM에서 독점하는 것이다.

준혁이 DM 본부장 자리에 오르고 난 뒤 가장 탐을 낸 것이 진성전자였다. 진성 CEO 자리가 비어 있는 상태에서 진성LCD가 처음으로 적자를 기록했다. 이런 기회야말로 하늘이 내려주신 기회였다. 진성을 칠 기회라는 걸 직감한 그는 차근차근 일을 진행해 나갔다. 그런데 진성전자를 다 먹을 수도 있는 순간에 생각지도 못한 곳에서 복병을 만난 것이다.

최진우. 진성의 새로운 경영자를 아버지가 마음에 걸려 했던 이유를 알 것 같았다. 준혁은 어리석게 방심했던 자신을 속으로 질타하며 의자에 앉았다. 아마도 이 경영권 다툼은 꽤나 오래 갈 것 같은 예감이 들었다.

각종 결재서류철 위에 구겨진 쪽지가 눈에 들어왔다. 최연우, 그 여자. 준혁은 다시 전화를 할까 말까 고민하다가 무거운 몸짓으로 수화기를 들었다.

연우는 휴대폰에 찍힌 번호가 누구의 것인지 기억하려고 애썼다. 아무리 생각해 보아도 처음 보는 번호였다. 휴대폰 액정에 찍힌 번호는 생소하기 그지없었다. 하긴 그녀의 휴대폰 번호를 알고 있는 사람은 진우를 비롯한 회사 사람 외에는 없었다.

"네, 여보세요?"

"흠, 저 강준혁입니다."

생각지도 못한 사람이었다. 그의 목소리는 낯선 것 같기도 하고, 익숙한 것도 같아 묘한 긴장감이 느껴졌다. 이 남자가 어떻게 내 휴대폰 번호를 알고 있지? 아! 그에게 휴대폰 번호를 적어 주었었지. 하지만 그래도 여전히 이 남자가 전화를 한 것은 뜻밖의 일이었다. 그녀가 잠시 말이 없자 수화기 저편에서 당혹해하는 남자의 목소리가 들렸다.

"저 기억하시죠? 왜, 1507호 사는. 아침에 우유……."

"예, 기억합니다. 죄송해요, 뜻밖이라서 잠시 좀……."

저편에서 낮은 웃음소리가 들려왔다. 듣기 좋은 목소리였다.

"전화하라고 적어 준 것 아닙니까?"

"차 수리비 때문에 전화하셨지요? 어떻게? 차는 맡겼나요?"

"아닙니다. 그건 서로 쌤쌤하기로 한 거잖습니까. 저녁에 시간이 괜찮으시면 식사를 같이 하고 싶습니다."

그가 단숨에 말했다.

연우는 준혁과 통화하고 있는 지금 상황이 당황스러웠다. 그의 저녁 초대를 어떻게 받아들여야 할지도 모르겠고, 그가 무슨 마음인지도 짐작도 할 수 없었다.

"오늘이 곤란하면 내일도 괜찮습니다. 내일 모레도 괜찮고요. 연우 씨 편한 시간이면 아무 때나……."

그가 당황해서 말끝을 흐렸다.

연우는 그 남자가 왠지 안된 마음이 들었다. 그 꼿꼿해 보이던 남자가 저녁 한번 먹자고 이렇게까지 절절 매는 것이 그랬다. 그녀는 그의 제안이 고맙기도 하고 한편으로는 혼란스럽기도 했다. 그가 단지 친구로서 이웃으로서 이러는 건지, 아니면 무슨 딴 마음이 있는지 몰라서였다. 모르면 확인을 해야 한다.

"오늘 하죠. 어디로 가면 될까요?"

그녀가 선선하게 대답했다. 그러자 그가 눈에 보일 듯이 안도의 한숨을 내쉬는 소리가 들렸다.

"오피스텔 앞에서 보죠. 연우 씨 차도 있으니까."

"그렇게 해요. 6시 퇴근이니까 그때 다시 전화하도록 하세요."

"네, 고마워요. 나중에 봅시다."

전화가 끊겼다. 그녀는 잠시 휴대폰 액정에 떠오른 통화시간과 그의 전화번호를 바라보았다. 따뜻한 열기를 발산하고 있는 휴대폰을 잡고 있는 손바닥도 함께 따뜻해지고 있었다.

그녀는 그와 함께 있는 게 불편한 모양이었다. 준혁은 잠시 신호를 받는 동안 조수석에 앉아 있는 연우를 힐끔 쳐다보았다. 그녀는 아무 표정 없이 앞만 바라보고 있었다.

이제 보니 불편한 쪽은 오히려 그 자신이었다. 하루종일 이 여자 생각에 안절부절못했다. 그리고 만나 달라고 애걸복걸해서 겨우 다시 만났다. 하지만 막상 얼굴을 보니 반가운 마음보다는 초조함과 온몸을 비트는 긴장감이 앞섰다.

"제가 전화해서 놀라셨습니까?"

그의 물음에 그녀가 그를 바라보았다. 그는 그녀의 시선을 느끼면서도 정면으로 도로만 응시했다.

"조금요, 생각도 못했거든요. 제가 전화번호 적어 드린 것도 잊고 있었어요."

좋은 시작이야. 그렇고 말고. 그를 완전히 잊고 있었다니.

그는 이를 악물었다. 그리고 섭섭한 마음을 누르기 위해 핸들을 잡은 손에 힘을 주며 운전에 열중하는 척했다.

준혁이 안내한 곳은 전통 한정식 집이었다. 도심 한가운데 이런 곳이 있나 싶을 정도로 소박한 멋이 깃들인 집이었다. 화려하지는 않지만, 투박한 벽돌로 경계를 만든 자그마한 연못과 잘생긴 진돗개가 있는 마당을 지나 집 안으로 들어가면 대청마루와 역시 문이 활짝 열린 부엌이 손님을 반겼다.

부엌에서는 뜨거운 김이 피어오르고 있었다. 식당 안은 칸칸이 작은 사랑방에 좌식 구조였다. 한지를 바른 작은 방 안에 옻칠을 한 밥상을 사이에 두고 마주 앉았다.

"맛있어요? 그러고 보니 제 마음대로 장소를 정했네요."

준혁이 연우가 먼저 나온 노랗게 색깔이 예쁜 호박죽을 한 술 뜨는 걸 보며 조심스럽게 물었다.

"맛있어요. 오랫동안 외국에서 있었거든요. 그래서 양식보다 한식 쪽이 더 그립고 맛있어요."

"유학 생활했어요? 얼마나요?"

"5년쯤요. 스물두 살 때 미국에 갔어요. 귀국한 지 얼마 안 되었고요."

이야기를 하는 그녀의 얼굴이 잠시 굳었다고 여긴 것은 그의 착각일까?

그가 그녀의 얼굴을 자세히 살필 새도 없이 연우는 다시 고개를 숙이고 죽을 먹고 있었다. 다 먹고 나자 김이 모락모락 나는 하얀 쌀밥에 국과 갖은 반찬들이 한 상 나왔다.

연우가 밥에 찬물을 마는 것을 보고 그가 의아한 듯 물었다.

"왜 밥을 물에 말아요?"

그녀가 고개를 들고 그를 바라보았다. 그녀의 얼굴에 옅은 홍조가 떠올랐다. 그러다가 머뭇머뭇 대답했다.

"뜨거운 걸 잘 못 먹거든요."

"아, 그래요? 와! 신기하네."

연우가 말을 이었다.

"이것 때문에 자라면서 엄마한테 얼마나 혼났는지 몰라요. 자꾸 찬물 말아먹어 버릇하면 나이 들어도 계속 찬밥 신세 못 면한다고요. 고치려고 아무리 노력해도 잘 안 되네요."

준혁은 조심스레 이야기하는 연우를 살펴보았다. 그녀의 표정은 변하지 않았지만, 까만 눈동자에는 잠시 아픔이 스쳐 가는 걸 볼 수 있었다.

연우는 자신의 표정을 살피는 그의 시선을 느꼈다. 무슨 마음으로 이런 이야기를 하게 되었을까. 그녀는 그의 눈빛에서 동정심 비슷한 감정을 읽게 될까봐 보리차 위에 떠 있는 밥알들을 세었다.

동정심이라는 감정은 그녀가 느낄 수 있는 감정들 가운데 가장 사양하고 싶은 것이었다. 그녀는 밥그릇에 찰랑일 정도로 찬물을 부어 말은 하얀 쌀밥을 한 숟가락 떴다.

'뜨거버도 그냥 묵어라. 자꾸 뜨겁다고 찬물에 말으면 계속 찬밥만 묵고 살아야 되는기라.'

핀잔 섞인 엄마의 잔소리가 바로 옆에서 속삭이는 것처럼 선명하게 들려왔다. 무뚝뚝한 사투리 섞인 목소리가 떠오르자 그녀의 손에 숟가락을 쥐어주던 엄마의 얼굴도 떠올랐다.

연우가 서울로 와서 대학에 입학하고 한 학기를 보내고 내려갔을 때 엄마의 병을 알았다. 지독하게도 무더웠던 여름날이었다.

그녀는 병원에 가지 않겠다는 엄마를 끌다시피 해서 입원을 시켰다. 당뇨였다. 그리고 합병증 때문에 안 해본 수술이 없을 정도로 수술실을 수시로 들락거렸다. 지옥 같았던 투쟁시간은 1년이 넘도록 계속되었다.

그리고 마침내 찾아온 안식과 같은 엄마의 죽음을 함께 해주었던 사람이 큰오빠였다. 장례식 동안 상주 노릇을 한 사람도 큰오빠였다. 눈물을 쏟아내는 그녀를 안고 귓가에 엄마 몫까지 대신해 그녀를 지켜주겠다고 약속한 사람도 큰오빠였다. 거짓말쟁이.

"후식 들어요."

준혁이 상념에 잠긴 그녀를 일깨웠다. 어느새 그들 앞에는 수정과와 작은 증편 한 조각이 놓여 있었다.

이 남자는 무슨 마음으로 저녁을 초대했을까?

그는 여전히 입을 꾹 다문 채 이야기하지 않고 있었다. 편하게 생각하면 친구가 된 기념이라고 할 수도 있겠다. 그녀가 생각해도 웃기는 이야기지만.

식사를 끝내고 두 사람은 오피스텔로 돌아왔다. 간단한 작별인사를 하고 그녀가 열쇠를 열고 1505호로 들어가는 모습을 바라보면서도 준혁은 입을 열지 않았다.

연우는 집 안으로 들어와 현관문을 잠그면서 자신의 과대망상이었다고 결론지었다. 어느새 그녀는 다가오는 사람도 못 받아들이게 된 것이다. 너무 오랫동안 혼자 지내왔기에 누군가와 밥 한 끼 먹는 것도 어색할 뿐이었다.

강준혁 씨, 우린 좋은 친구 사이가 되는 건 무리예요.

그녀는 텅 빈 거실을 가로질러 가서 버티컬을 쳤다. 똑같은 무늬의 일정한 색깔의 버티컬이 창문을 가린 것을 확인하고 난 뒤 거실을 바라보았다.

이번 주말엔 이곳에 무언가를 들여놔야겠다.

 ## 선전포고

토요일 오후, 연우는 편한 차림으로 집을 나섰다. 거실에 무언가를 놓아야겠다고 생각은 했지만, 회사일 때문에 평일에는 도저히 시간을 낼 수 없었다. 그래서 주말이 되자 마음먹고 쇼핑을 하러 나오는 길이었다.

엘리베이터가 지하 주차장에 멈추어 서고 천천히 문이 열렸다. 작은 틈으로부터 시작되어 열리고 있는 문 틈 사이로 준혁의 얼굴이 보였다.

그의 얼굴은 문이 열릴수록 점차 커졌고, 마침내 문이 완전하게 열렸을 때 엘리베이터 앞에 기다리고 서 있던 그의 반가워하는 표정을 만날 수 있었다. 두 사람은 출퇴근 시간이 비슷하다 보니 종종 오며가며 자주 마주쳤다.

"어디 가요?"

"네, 백화점에요. 어디 갔다 오시나 봐요."

그녀가 대답하며 엘리베이터에서 내렸다. 그가 워낙 친근하게 대해 주다 보니 어느새 그녀도 그를 편하게 대하고 있었다.

"집에 갔다 오는 길입니다. 뭐 사시려고요?"

"거실에 놓을 의자랑 테이블 좀 사려고요. 저기, 안 올라가세요?"

엘리베이터 문이 다시 닫히는 것을 보고 그녀가 얼른 열림 단추를 누르며 말했다. 그녀의 말에 그는 열려 있는 엘리베이터를 힐끔 쳐다보더니 다시 시선을 돌려 연우를 바라보았다.

"그럼 무거울 텐데, 같이 가줄까요?"

"괜찮아요. 다 배달해 주잖아요."

그녀의 거절에 그의 얼굴이 순간 낭패감으로 어두워졌다. 잠시 그의 표정을 읽어버린 그녀는 자신도 모르게 한 발자국 뒤로 물러났다.

"아! 저기, 저도 살게 좀 있어서요. 혼자 가면 심심하잖아요."

그는 자신이 어떤 표정을 지었는지 모르는 걸까? 그 얼굴에 묻어 나온 감정을 모르는 걸까?

"그래요, 그럼."

연우가 고개를 끄덕이며 앞장섰다. 그가 모른다면 그녀도 모른 척해 주는 수밖에 없었다. 하긴 굳이 더 알고 싶지도 않았고, 괜히 아는 척해서 겨우 친구가 된 사람을 잃고 싶지도 않았다.

백화점 지하 식품코너에는 주말이라서 그런지 사람들로 북적거렸다. 음악이 깔리긴 했지만, 사람들의 웅성거림과 깜짝 세일을 알리는 판매원들의 고함소리에 더욱 분주한 분위기였다. 한 걸음쯤 떨어져서 걸어가던 그들에게 카트를 밀면서 사람이 다가왔다. 사람들이 많아서 마땅히 피할 곳도 없는데, 준혁이 그녀의 팔꿈치를 잡고 끌어당겼다.

"조심해요, 사람이 너무 많아서 정신이 빠질 지경이네."

그의 손에 이끌려 그녀는 사람들 사이를 헤치고 엘리베이터가 있는 곳을 향해 걸었다. 그가 앞서 걷고 있어 그녀는 따라가기만 하면 되었다. 그녀는 그가 잡고 있는 손을 뿌리치지 않았다. 사람들이 그녀의 옆으로 스쳐 지나갔고, 시야에는 그의 넓은 등만이 가득 들어찼다.

6층으로 올라가니 각종 가전제품과 가구가 진열되어 있었다. 시장처럼 사람들로 북적거리던 식품 코너와는 달리 사람도 적고 한층 편안한 진열에 마음놓고 돌아다닐 수 있었다. 두 사람은 곧장 귀퉁이에 전시되어 있는 가구점으로 향했다.

"이건 어때요? 예쁘고 편할 것 같은데."

그가 카키색 면이 덧대어 있는 2인용 소파를 골라주었다. 쿠션이 큼지막하게 덧대어 있었고, 살짝 손으로 눌러 보니 아주 푹신했다. 단순한 디자인이어서 좁은 공간에도 잘 어울릴 것 같았다.

"이것도 괜찮을 것 같은데요?"

그녀가 옆에 놓인 원목의자에 흰색 쿠션이 장식된 것을 가리켰다. 그녀가 고른 것을 보고 그가 다가와 이것저것 살피기 시작했다. 오래 앉아 있으면 딱딱해서 엉덩이가 아플 거라는 그의 의견을 받아들여 결국 그녀는 그가 추천해 준 것으로 골랐다.

그리고 테이블도 같은 톤으로 된 것을 골랐다. 카키색과 잘 어울리는 단순한 디자인의 갈색 테이블이었다.

테이블을 고르고 난 그녀가 한숨을 돌리며 말했다.

“전 살 것은 다 샀는데, 준혁 씨는요? 뭐 살 게 있다고 하셨죠?”

연우가 종업원이 내미는 배달 신청서에 원하는 시간과 약도를 적은 뒤 지나가는 투로 준혁에게 물었다.

그러자 그가 태연하게 대답했다.

“화장지 좀 사려고요. 그리고 음…… 냉장고에 먹을 게 하나도 없어서 장이나 좀 보려고요.”

“그래요? 그럼 같이 식품 코너로 내려가요.”

그들은 다시 엘리베이터를 타고 내려왔다. 지하 1층에 내려온 그는 얼른 구석에서 직원으로부터 카트를 하나 받고 끌고 왔다. 특별히 크게 살 것은 없었지만, 이러저리 바쁜 사람들 틈에 끼여 그들도 조금은 분주하게 걸음을 옮겼다.

그리고 시장을 다 본 그들은 주차장으로 향했다. 그때 준혁이 장을 본 비닐봉지에서 아이스크림을 꺼냈다. 그가 포장을 뜯고 내미는 아이스크림에서는 달콤한 바닐라 향이 풍겼다.

“단 거 별로 안 좋아하죠?”

“예. 초콜릿, 사탕 같은 것 별로 안 좋아해요. 왜요?”

“잘 안 웃으니까요.”

지하주차장이라서 그런지 목소리가 윙윙 울렸다.

“아니에요, 저 잘 웃어요.”

“그러면 낯을 가리는 건가? 아직도 저랑 있는 거 어색해요?”

덤덤한 그의 질문에 그녀는 잠시 할말을 잃었다. 그와 함께 있는 게 어색한 건 아니었다. 그녀는 단지 그와 너무 가까워지는 것 같아서 겁이 날 뿐이었다.

그리고 가끔씩 그녀를 바라보는 그의 시선이 심상치 않아 애써

피하는 중이었다. 따라서 그의 물음에 멈칫거리며 할말을 찾기 위해 애썼다.

"어?"

그가 짧게 소리치며 아이스크림을 든 그녀의 손을 쑥 잡아당겼다. 그러는 바람에 아래로 향한 아이스크림이 녹아서 바닥으로 떨어져 내렸다.

"손 안 버렸어요? 이게 원래 좀 녹아 있었나 봐요."

"괜찮아요."

아무 말도 하지 않게 되어서 다행이었다.

집으로 돌아온 그녀는 문 앞까지 데려다주는 그에게 인사했다.

"오늘 고마웠어요. 들어갈게요."

"연우 씨, 저기……. 아, 정말 내가 왜 이러냐. 나……."

그가 말끝을 흐리다가 그런 자신이 답답했는지 중얼거렸다. 그리고 숨을 들이쉬며 그녀를 내려다보았다.

"내가 왜 이러는지 궁금하죠?"

그녀가 가만히 그를 바라보았다.

"저도 모르겠어요. 알게 되면 이야기해 줄게요. 들어가요."

머쓱하게 자문자답하며 웃는 그에게 그녀가 말했다.

"갈게요."

연우 자신이 생각해도 참 어색하기 짝이 없는 인사말이었다. 그녀는 현관문을 열고 들어와 잠시 기대어 그의 발소리에 귀를 기울였다.

준혁은 그 자리에 그대로 서서 그녀가 문을 잠그는 소리를 들었다. 그리고 엎어지면 코 닿을 거리에 있는 자신의 집으로 옮기는 발걸음이 천근같았다.

　아직 쌀쌀한 날씨인데도 그는 설명할 수 없는 감정으로 인해 가슴이 벅차올랐다. 대충 저녁을 먹고, 커피를 마시고, 뉴스를 볼 때에도 가슴속 울림은 사라지지 않았다.

　그날 밤 그는 오랫동안 잠을 이루지 못했다.

　"오늘 우리 집에서 밥 먹을래요? 어머니가 다녀 가셨거든요."

　준혁이 전화 대신 초인종을 누르고 찾아와 이렇게 말하면서 망설이는 연우의 손을 잡고 자신의 집으로 데려갔다. 그리고 지금 그녀를 앉혀 놓고 식탁 위에 갖은 반찬을 차린 뒤 밥을 푸고 있었다. 뜨거운 밥에서 피어나는 고소한 냄새가 기분 좋게 식욕을 자극했다.

　"도와드릴게요."

　연우가 엉거주춤 자리에서 일어나 준혁에게 다가가자 그가 손을 내저어 보였다.

　"그냥 앉아 있어요. 손님 대접, 확실하게 할 테니까."

　그가 그녀의 앞에 숟가락을 놓아주고 김이 모락모락 올라오는 갓 지은 밥과 함께 빈 국그릇을 함께 놓아주었다. 그리고 가스레인지 위에서 끓고 있는 꽃게탕의 불을 끈 뒤 식탁 위에 올려놓았다. 그가 미소를 지으며 냄비의 뚜껑을 열자 뜨거운 김이 두 사람 사이에 확 피어올랐다.

　"먹읍시다."

　준혁이 숟가락을 드는 대신 냉장고에서 꺼낸 차가운 생수를 연우 앞에 놓인 빈 국그릇에 반쯤 따라주었다. 그녀는 그의 행동을

멀뚱멀뚱 바라보았다. 그녀가 의아해한다는 걸 알아챘는지 그가
대답했다.

"연우 씨는 뜨거운 것을 못 먹잖아요."

그런 다음 묵묵히 숟가락을 들고 식사를 시작했다.

연우는 그가 따라준 찬물에 뜨거운 밥을 말았다. 찬물에 만 미
지근한 밥을 한 술 입으로 넣는데, 잘 삼켜지지가 않았다.

이 남자는 늘 이런 식이었다. 그녀가 생각지도 못한 방법으로
감동을 주곤 했다. 두 사람은 많이 친해져서 친구라고 부를 수
있을 정도로 관계가 발전했다.

그동안 편한 이웃 행세를 하며 오랜 친구처럼, 오빠처럼 다가
왔다. 그는 가끔, 아니 자주 그녀가 모르는 방법으로 그녀를 혼
란스럽게 만들고 있었다. 그녀가 꼼짝하지 못하도록 해놓은 채
그는 자신의 존재를 그녀에게 심어가고 있었다. 진작 알아차렸다
면 허락하지 않았을 부분까지 이 남자는 교묘하게 파고들었다.

혼란스러웠다. 그가 그녀의 현관 앞에서 우유를 들고 잔뜩 풀
어진 모습으로 미소를 지을 때 알아봤어야 했다. 이렇게 큰 문젯
거리가 되리라는 걸 알았어야 하는데.

이대로 두어도 괜찮을까? 이 남자가 점점 그녀를 잠식해 들어
오는데, 그대로 두어도 될까? 이 감정에 목이 졸릴 때까지 그냥
두어도 될까? 이 말도 안 되는, 설명할 수 없는 감정에.

그가 그녀에게…….

그는 알게 되면 이야기한다고 했었다. 그 자신도 미처 모르던
것을 먼저 알아챈 그녀는 그에게 일정한 선을 긋고 철저하게 서
로의 영역을 지켜왔다. 물론, 그도 그 선을 인식할 수 있게 만들

었다.

달그락거리는 숟가락 부딪히는 소리만 울릴 뿐 두 사람은 묵묵히 식사를 했다. 문득 준혁이 식사를 하다가 입을 열었다.

"내가 알게 되면 이야기해 준다고 했었죠? 연우 씨, 저……."

"됐어요."

연우가 준혁의 말을 가로챘다. 그녀는 얼른 들고 있던 숟가락을 내려놓았다.

"제가 준혁 씨를 헷갈리게 만들었나요?"

그 역시 숟가락을 내려놓았다.

"압니다, 지금 나 혼자 미쳐서 쇼하고 있는 거. 저도 이 감정이 싫습니다. 하지만 노력해도 안 되는 건 받아들이기로 했습니다. 받아들이고 나니까 훨씬 마음이 편해졌어요."

그가 분명하게 못을 박았다. 그의 얼굴은 진지하기 이를 데가 없었고, 눈동자는 확신에 차 있었다.

연우는 순간 자신의 눈동자는 어떻게 비칠까 궁금해졌다. 혹시나 그가 그녀를 들여다보고 있는 것은 아닌지, 저 흔들림 없는 시선으로 그녀를 꿰뚫어보고 있는 건 아닌지 의심스러웠다.

"내가 무슨 말하고 있는지 모르겠습니까? 모르겠다면 아예 확실하게 말해 드리죠. 사랑합니다."

세상에! 이 남자는 어쩌면 저토록 쉽게 사랑한다는 말을 할 수 있을까?

"전 아니에요."

"그럼 이제까지 절 어떻게 여기고 있었죠? 단지 좋은 이웃? 좋은 친구? 아뇨, 연우 씨, 당신은 처음부터 내 감정을 알고 있었어요. 내 감정이 어떻다는 거 뻔히 알면서 당신은 인정하고 싶지 않아서 당신 편한 대로 친구라고 했습니다."

그는 왜 이렇게 나를 궁지로 몰아넣는 것일까? 그의 윽박지름 이 사실이라는 것을 알고 있기에 그녀는 더욱 궁지에 몰린 기분 이었다.

"지금 내가 가장 하고 싶지 않은 게 있다면 바로 사랑이에요."

"지금뿐만이 아니라 앞으로도 그렇겠지요."

정곡을 찌르는 그의 말에 그녀가 움찔했다. 그랬다. 그녀는 지 금뿐만이 아니라 앞으로도 사랑 따위는 하고 싶지 않았다. 어느 누구하고도.

사랑이라는 게 얼마나 거지 같은 것인가. 이 거지 같은 감정에 사로잡힌 사람이 얼마나 어리석게 굴었는지 익히 보아왔던 터였 다. 그녀는 구질구질하고 소모적인 감정에 깊이 빠져들기 전에 발을 빼야 했다. 이 남자에게 더 이상 빠져들기 전에.

"맞아요. 앞으로도 난 사랑 같은 거 안 하고 싶은 사람이에요. 어느 누구하고도."

연우가 자리에서 벌떡 일어나자 그가 따라 일어섰다.

"뭐가 겁나서 그래요?"

뭐가 겁나는 걸까? 스스로에게도 묻고 싶었다. 뭐라고 대답해 야 할까? 이 남자에게만은 욕심 많은 최연우가 아니라 눈물 많은 정소희로 돌아가는 것 같다고 해야 하나?

대답 대신 그녀는 도망치는 것을 선택했다. 정말 겁쟁이 정소 희다운 결정이었다. 그녀는 서둘러 현관으로 걸어갔으나 곧 뒤따 라 나온 그에게 손목을 잡히고 말았다.

그가 그녀를 돌려세웠다. 그제야 그녀는 그의 큰 키와 커다란 덩치가 얼마나 위협적인지 깨달았다. 연우가 눈에 띄게 몸을 움찔하자 그가 손에 힘을 풀고 부드럽게 그녀의 양어깨를 잡았다.

"겁먹지 말아요. 연우 씨를 다치게 하는 일은 안 합니다."

"알아요. 그러니까 이 손 놓으세요."

그는 그녀를 놓아주는 대신 고개를 숙였다. 그녀를 다치게 하지 않겠다는 말을 증명이라도 하듯이 그는 조심스럽게 입술을 그녀의 입술에 갖다 댔다. 스치는 것처럼 간지럼을 피우듯이 살짝 다가와 살포시 내려앉았다. 그녀는 피할 수도 있었지만, 피하지 않았다.

한번쯤 이 감정에 승복해 보는 것도 괜찮겠지…….

그의 혀가 그녀의 입술 선을 따라 움직이다가 입술을 열고 들어왔다. 그리고 그녀의 고른 치열을 스치며 그녀의 호흡 하나까지도 들이마셨다.

그녀를 감싸 안는 그의 품은 매우 따뜻했다. 그는 꿈결처럼 그녀에게 다가왔다. 그의 손이 그녀의 등을 타고 내려갔다.

연우는 자신의 흰 티셔츠를 준혁이 끌어올린다는 것을 깨닫고 나서야 간신히 그를 밀어냈다. 그는 그녀의 순간적인 거부에 얌전히 뒤로 물러났다.

"최연우, 사랑한다. 내 감정을 받아들이는 게 그렇게 어렵니?"

그가 얌전히 물러났다고 생각했지만 아니었나 보다. 준혁은 여전히 그녀의 어깨를 부여잡고 거칠게 물었다.

"이게 사랑이야?"

그녀의 항의에 찬 힐난에 그는 조금도 망설이지 않았다.

“사랑이 아니면 뭐지?”

“욕망! 욕정, 아니면 육체적 관심이지.”

“하!”

준혁이 기가 막힌다는 듯이 소리쳤다. 그의 얼굴에는 정말 황당하다는 표정이 떠올랐다. 그것도 잠시뿐 그의 눈동자는 이내 분노로 이글거렸다.

“진짜 욕정이나 욕망에 미친 남자를 못 봤구나. 네 눈에는 내가 아무 여자에게나 느낄 수 있는 싸구려 감정에 이러는 것처럼 보이니? 내 감정을 욕정이나 욕망으로 설명할 수 있다면 훨씬 더 쉬웠을 거야. 채우면 그만인 감정 따위를 가지고 이런 장난질은 안 한다고.”

그녀는 자신의 감정을 그토록 확신하는 그가 무서웠다. 확신에 찬 준혁은 연우에게도 똑같이 주입시키려고 했다. 그녀는 너무나 혼란스러워 고개를 절레절레 저었다.

“갈게요.”

연우가 어깨를 잡고 있는 그의 손을 떨쳐 내며 뒷걸음질쳤다. 이번에는 그도 잡지 않았다. 준혁은 그녀를 잡고 있던 손을 아래로 늘어뜨리고 현관문을 열어 주었다.

연우는 뒤도 돌아보지 않은 채 그의 집을 나왔다. 그녀의 뒤통수에 대고 그가 현관문 손잡이를 잡은 채 말했다.

“내가 어떻게 해야 하지?”

그녀는 대답 대신 걸음을 재촉해 자신의 집으로 들어갔다. 현관문을 여는 그녀의 손이 덜덜 떨리고 있었다.

냉장고에서 차가운 생수를 꺼내는데도 손은 아직도 떨렸다. 연우는 식탁 위에 생수통을 올려놓고 두 손을 물끄러미 내려다보았다. 강준혁이라는 남자 때문에 이렇게 흔들리다니.

'사랑한다.'

그는 조금도 망설이지 않고 그렇게 말했다. 그래서 그런지 진심인 것처럼 느껴지기도 했다. 몰랐다면 거짓말이었다. 그가 무슨 마음으로 그녀를 대하고 있는지 알고 있었다.

그가 자기 감정을 미처 알아차리기도 전에 그녀가 먼저 알았다. 그냥 알 수가 있었다. 준혁은 말 한마디, 눈빛 하나에서까지도 감정을 흘리고 다녔다. 그의 말이 맞았다. 그녀는 친구로서 그를 놓치고 싶지 않아 모른 척했을 뿐이었다.

그녀는 생수를 머그 잔에 차랑거릴 정도로 가득 따라 벌컥벌컥 마셨다. 차가운 냉수를 마시면 제정신이 들지도 모른다.

사랑, 사랑이라…….

연우는 자신의 삶에서 사랑이라는 단어는 없을 것이라 생각했었다. 그런 감정 없이도 사는 데 지장은 없었다. 오히려 그 지독한 열병 따위 감정에 사로잡힌 사람들이 어떻게 망가지는지 익히 보아온 터여서 그녀는 그 감정을 받아들일 수가 없었다.

평생 보상받지 못할 사랑으로 숨어살 수밖에 없었던 엄마, 사랑하는 이를 먼저 보내고 바로 뒤따라 떠나버린 큰오빠, 멀쩡한 모습이지만 속으로는 썩어문드러진 심장을 붙들고 발버둥치는 작은오빠.

사랑 따위…….

연우는 입술을 깨물고 욕실로 향했다. 입었던 옷가지를 훌훌 벗은 뒤 샤워기 아래에 섰다. 머리 위로 쏟아지는 물을 맞으며 그녀는 뿌옇게 김이 서린 거울을 손으로 닦아냈다.

거울 안에는 강한 척하지만 거짓말투성이인 여자가 서 있었다. 눈물이 그렁그렁 맺힌 얼굴로.

너, 왜 우니?

그녀는 손으로 눈물을 닦아내며 중얼거렸다. 어느새 눈물은 하염없이 흐르며 멈출 줄을 몰랐다.

너, 도대체 왜 우니? 그 남자가 좋으니? 사실은, 그 사람을 받아주고 싶니? 그 사랑이라는 거 한번 해보고 싶니?

연우는 거칠게 얼굴에서 눈물을 닦아내다가 결국은 포기하고 두 손으로 얼굴을 감싼 채 욕실바닥에 주저앉았다. 억눌린 흐느낌이 새어나왔다. 그 사람에게 상처 준 것이 미안하고, 알 수 없는 자신의 마음 때문에 불안했다.

가끔은 울고 싶을 때 우는 것도 나쁠 게 없었다. 삼키다가 안 되면 토해내야지. 그렇지 않으면 병이 되는 거야. 게다가 정소희는 원래 울보였는걸…….

다음날 아침, 출근 준비를 하기 위해 연우는 화장대 앞에 앉아 푸석푸석한 얼굴을 물끄러미 바라보았다. 어제 울다가 잠을 자서인지 얼굴이 엉망이었다.

그녀는 얼음으로 부은 눈을 가라앉힌 뒤 화장을 평소보다 조금 진하게 했다. 울고불고하는 마음이 약한 정소희는 어제뿐이었다. 이제 그녀는 다시 최연우가 되어야 했다.

치마정장을 차려입은 뒤 열쇠를 챙긴 그녀가 막 집을 나설 때였다. 식탁에 우유가 놓여 있는 걸 발견했다. 그와 동시에 준혁이 헝클어진 모습으로 우유를 들고 서 있던 모습이 떠올랐다. 그녀는 단호한 손길로 우유를 냉장고에 집어넣었다. 마치 어제 그의 고백을 지워 버리기라도 하는 듯이.

그리고 뚜벅뚜벅 걸어가 엘리베이터의 버튼을 눌렀다. 그녀가 막 도착한 엘리베이터에 오르려는데, 1507호 문이 열렸다. 준혁이 말끔하게 양복을 차려입고 손에는 노트북 가방과 코트를 들고 있었다. 그 모습을 본 연우는 이제 그를 친구로도 받아줄 수 없다는 사실을 깨달았다.

어제 돌아서는 그녀에게 그는 자신이 어떻게 하면 되냐고 물었었다. 그때 욕심 많은 최연우답게 저 사람의 감정을 완전히 무시한 채 그냥 친구로 있어 달라고 할 수 있었다. 지독한 이기심을 한 번 부리면 가능할 것도 같았다. 하지만 그런 식으로까지 해서 그에게 상처 주고 싶지 않았다.

문을 닫고 고개를 돌리던 그의 시선이 곧바로 그녀에게 꽂혔다. 그녀와 눈길이 마주치는 순간 그의 얼굴이 굳어졌다. 먼저 시선을 돌린 것은 그녀였다.

연우는 그의 시선을 무시한 채 엘리베이터에 올랐다. 그리고 준혁을 기다리지 않고 닫힘 버튼을 눌렀다. 서서히 엘리베이터 문이 닫히는 것을 그가 경악스러운 표정으로 바라보았다.

"야! 최연우!"

그가 무서운 속도로 달려오며 고함을 쳤다. 하지만 이미 엘리베이터는 덜컹거리며 움직이기 시작했다. 엘리베이터가 주차장에 도착하자마자 연우는 초조하게 손목시계를 확인하며 차에 올라 시동을 걸었다.

문이 닫히는 엘리베이터를 황당한 얼굴로 쳐다보며 외치던 그의 모습이 떠올랐다. 그는 단단히 화가 난 모습이었다.

그녀는 회사에 도착할 때까지 자기도 모르게 계속 백미러를 확인하고 있었다. 거의 뛰듯이 사무실로 들어서자 먼저 출근해 있던 비서들이 자리에서 일어나며 인사를 건넸다.

"안녕하세요?"

"아, 예. 좋은 아침."

똑같이 감색 사원복과 올림머리를 한 비서 현정과 상아가 경쾌한 얼굴로 반갑게 인사했다. 마침 탕비실에서 나오던 비서실장 민태가 커피 잔을 들어 보이며 물었다.

"안녕하세요? 모닝커피?"

"예, 고마워요."

상아가 웃으며 커피를 가지러 탕비실에 들어갔다. 그 사이 연우가 숨을 헐떡이며 머리를 쓸어 올리는 모습을 보고 현정이 의아하다는 듯이 물었다.

"이사님, 뛰어오셨어요? 아직 출근 시간이 조금 남았는데요?"

연우는 반사적으로 손목시계를 들여다보았다. 그러다가 문득 자신이 무슨 짓을 하고 있나 싶어 손목을 늘어뜨렸다.

아, 최연우! 이 바보, 지금 뭐 하는 거야? 그 사람이 쫓아오기라도 하는 듯이 부랴부랴 도망치는 건 뭐야?

그녀는 자신의 바보 같은 행동에 스스로가 한심해져 저절로 한숨이 나왔다.

"미안한데요, 커피는 안으로 갖다 줘요."

연우는 애써 아무렇지 않게 이야기하고 터덜터덜 자신의 사무실로 들어갔다. 사무실에 들어온 그녀는 가죽의자에 털썩 주저앉으며 한숨을 내쉬었다.

최연우! 이 바보!

준혁은 속으로 욕설을 내뱉으며 사무실로 들어갔다. 그의 불편한 심기를 증명이라도 하듯이 등뒤로 쾅 하는 요란한 소리와 함께 문이 닫혔다. 그는 거칠게 양복 재킷을 벗어 의자 위로 던졌다. 그리고 창가에 서서 두 손을 허리에 올리고 화를 가라앉히려고 애썼다.

그를 무시하고 가버리는 연우의 표정 없는 모습이 떠오르자 머리가 지끈거리기 시작했다. 그는 의자에 앉아 턱을 괴었다. 그녀는 분명 그를 보았다. 그리고 그의 목소리를 들었으면서도 대답 한마디 없이 뒤도 돌아보지 않은 채 가버렸다. 어제 사랑 고백을 한 남자에게 말이다.

사랑한다는 말은 그에게도 쉽지 않았다. 그 누구에게도 함부로 입에 담지 않았던 말이었다. 그는 그 한마디를 하기 위해 며칠 동안 끙끙 앓았고, 자신의 감정이 진짜인가 싶어 몇 번인가 곱씹어 보았다. 어제 그녀가 한 말처럼 단순히 지나가는 감정은 아닐까 싶어 끝없이 자신의 감정을 곱씹어 보았다.

준혁은 연우와 친구가 되었는데도 초조한 마음을 가라앉힐 수가 없었다. 그녀를 만날 때마다 긴장되었지만, 안 만나면 불안감에 미칠 것만 같았다. 자신이 그녀를 사랑하고 있다는 생각은 들었지만 쉽게 인정할 수가 없었다.

그가 그녀에게 기우는 마음에 안절부절못하고 있던 어느 날 아침이었다. 잠에서 깨어나 눈을 뜨는 순간 준혁은 모든 것이 편안해졌다. 세상이 달라 보인다는 게 이런 건가 싶었다. 만난 지 얼마 되지 않은 이웃집 여자친구를 사랑하는 게 한순간 너무나 자연스럽게 느껴졌다. 마치 숨쉬는 것처럼 편안하게 느껴졌다.

사랑한다.

사랑한다는 말을 하는 게 생각보다 참 쉬웠다. 하지만 그녀에게 듣는 것은 무척 어려운 일이 되겠지.

그녀는 지금뿐만 아니라 앞으로도 사랑은 안 하고 싶단다. 그가 아니라 다른 누구하고도. 이 점에 위로라도 받아야 하는 건가?

연우는 조금도 망설이지 않고 일언지하에 그를 거절했다.

거절당한 건 그였는데, 오히려 그녀가 상처 입은 표정을 짓다니. 그녀는 그어놓은 경계선 안에서는 평온했었다. 그런데 그가 그것을 일시에 무너뜨리자 원망 섞인 얼굴로 바라보았다.

준혁은 의자에 등을 기대고 깊숙이 몸을 묻었다. 자기도 모르게 손가락으로 입술을 만지고 있었다.

어제 그는 더 이상 그녀와 친구 사이가 될 수 없다고 선언했다. 그리고 충동적으로 꿈결 같은 키스를 했다. 그는 그때의 흔적을 찾기 위해 입술을 매만졌다. 그 희락 같은 열망을 사랑말고 무엇으로 정의내릴 수 있을까.

혹시라도 밀쳐낼까 겁이 난 그는 조심스럽게 키스를 했다. 피가 끓고 미칠 것 같은 욕망으로 다가간 키스는 아니었지만, 처음으로 탐한 그녀의 입술은 그의 영혼을 지배하기에 충분했다. 멈출 수가 없었다. 오히려 그의 이성이 멈추고 말았다. 그녀가 때맞춰 물러나 준 것이 다행이다 싶을 정도로 그는 정신을 놓고 있었다.

제길, 뭐라고 했더라?

그런 키스를 했으면서 그게 단지 욕정이고 욕망이라고? 이제까지 살면서 그렇게 황당한 이야기는 처음 들었다.

그는 얼굴을 찌푸린 채로 컴퓨터를 켜고 책상 위에 순서대로 놓인 결재서류철을 들추었다. 서류에 사인하는 그의 손에 힘이 들어갔다.

최연우, 난 당신을 쉽게 포기 못해. 앞으로 각오해야 할 거야.

준혁이 전의를 다지며 힘차게 펼쳐든 파일은 진성전자 주식 분기 동향표였다.

퇴근길에 그는 하늘이 자신을 돕고 있다는 확신이 들었다.

준혁이 주차를 하고 시동을 끄는데, 연우의 차가 헤드라이트를 밝히고 주차장으로 들어오고 있었다. 그는 씩 미소를 지었다. 그녀가 물러나려고 하면 할수록, 도망치려고 하면 할수록 그의 승부욕은 커질 뿐이었다.

연우는 주차한 뒤 차에서 내려 엘리베이터 쪽으로 향했다. 그때 그를 발견한 그녀는 자리에서 멈추어 섰다.

"이젠 아예 내 얼굴도 안 보겠다는 거야?"

그녀가 고개를 돌리자 준혁은 괜히 심술이 나서 비꼬듯이 한마디 던졌다. 하지만 그녀는 그러한 그에게 전혀 대꾸하지 않은 채 걸음을 옮겼다.

그는 자신을 싹 무시하는 그녀에게 더욱 화가 솟구쳤다. 그래서 빠른 걸음으로 연우보다 더 빨리 엘리베이터에 올라 열림 버튼을 누르고 있었다. 그러자 그녀는 그의 태도에 화가 난다는 듯이 엘리베이터 앞에 서서 그를 노려보았다.

"타. 설마 나랑 잠시라도 있는 게 싫어서 안 타겠다고 하는 건
아니겠지? 아니면 계단을 이용하던가."

그는 하이힐을 신은 그녀의 다리를 쳐다보며 말했다. 그의 말
에 그녀는 정말 진지하게 비상계단 쪽을 쳐다보았다. 아차 하다
가는 정말 계단으로 올라가겠다는 말이 나올 것만 같았다.

미치겠군.

"고집부리지 말고 타. 그 신발로 잘도 15층까지 올라가겠구나."

연우는 잠시 망설이더니 엘리베이터 안으로 들어와 구석에 섰
다. 그는 15층 버튼을 누르고 몸을 돌려 그녀를 마주 보았다.

"오늘 아침에 나 보고서도 그냥 갔지?"

"……."

"나랑은 이제 말도 안 하겠다는 거니?"

그녀는 여전히 꿀 먹은 벙어리처럼 입을 꾹 다문 채 앞만 바라
보고 있었다. 그러자 그는 울컥하는 마음에 큰소리로 말했다. 그
가 언성을 높이자 그녀가 몸을 약간 돌려 그를 마주 보았다.

"강준혁 씨, 제 입장을 분명하게 말씀드린 것 같은데요?"

"나도 내 입장을 분명하게 이야기한 것 같은데? 그냥 못 들은
척하고 나 몰라라 하면 다야? 이젠 친구고 뭐고 아무 것도 안 하
겠다고?"

그의 말에 그녀의 얼굴이 굳었다. 그녀의 표정으로 보아 화가
난 모양이었다.

"내가 그냥 친구하자면 당신 그러자고 할 거예요?"

"어제 했던 내 고백은 없었던 일로 하고?"

그가 담담하게 묻는 게 위험해 보였다. 그가 좁은 엘리베이터

안에서 바싹 그녀에게로 붙어 서자, 그녀는 그를 올려다보기 위해 머리를 뒤로 젖혀야 했다.

"우리는 이젠 아무 사이도 아니에요. 그래요, 어제 당신이 나한테 고백했었고, 난 아니라고 대답했어요."

"아니라는 대답을 들었지만 그래도 난 포기가 안 돼. 나도 어쩔 수가 없어. 날 이렇게 만든 건 당신이야. 당신이 내 앞에 나타나기 전에만 해도 나도 멀쩡한 인간이었어. 나도 나 싫다는 사람한테 이렇게 하기 싫어. 하지만 나도 어쩔 수 없는 걸 어떻게 해? 사람 이렇게 만들어놨으면 책임을 져야지."

연우가 황당하다는 표정을 지었다.

"지금 뭐 하자는 거예요? 적반하장도 유분수지. 지금 누구한테 책임을 떠넘기는 거예요?"

그녀가 황당하다는 얼굴로 그에게 화를 내고 있을 때 땡 하는 소리와 함께 엘리베이터 문이 열렸다. 연우는 그를 잠시 노려보고는 몸을 홱 돌려 복도로 걸어나갔다. 또각거리는 하이힐 소리가 복도에 가득 울려 퍼졌다. 준혁은 얼른 그녀의 팔을 잡고 그를 마주보게 했다.

"사랑한다니까! 너도 나 좋아하잖아? 내가 그걸 모를 것 같아? 아니라고 하면 내가 믿을 것 같냐고? 사랑까지는 바라지도 않아. 나 좋아하잖아. 그것만은 인정해."

"아니야. 못 알아들었어? 아니라고! 아니야!"

그녀가 팔을 잡고 있는 그의 손길을 떨쳐 내기 위해 몸을 비틀며 앙칼지게 말했다. 그는 그녀를 놓아주는 대신 와락 품에 안고 입을 맞추었다. 단 한순간의 망설임도 없이 그의 빠르게 그녀의 입술을 핥고 지나갔다.

"여자가 눈치하고는……, 눈 감아!"

놀라서 눈을 동그랗게 뜨고 있는 그녀에게 그가 단도직입적으로 명령했다. 그가 그녀의 향기 나는 머리칼을 움켜쥔 채 보드라운 입술을 거칠게 탐했다. 그녀가 숨을 헐떡이는 사이 그는 그녀의 뺨과 귓가를 스치고 목에 얼굴을 묻고 있었다.

"와, 미치겠네."

준혁이 중얼거리며 다시 그녀의 입술에 키스를 했다.

인내심의 한계를 느낀 그는 키스를 계속하다가는 걷잡을 수 없는 욕망에 휘둘릴 것 같아 가까스로 고개를 들었다. 그녀의 얼굴에는 당황스러움이 역력히 묻어났다.

그녀 역시 입으로는 싫다고 이야기하면서도 속으로는 그와의 키스를 즐겼다는 사실을 깨닫자 얼굴이 붉어졌다.

"정말! 뭐 하는 거야?"

연우는 창피스러운 듯이 얼굴을 붉히고 신경질적으로 말했다.

준혁은 두 손으로 연우의 어깨를 잡고 그녀를 내려다보며 씩 웃었다.

"선·전·포·고."

퇴근길이었다. 겨울 해는 빨리 저물어 퇴근을 할 때는 이미 어둠이 짙게 깔려 있었다. 연우는 도로에 점점 익숙해지면서 운전하기도 훨씬 수월해졌다.

오피스텔 지하주차장은 곳곳에 CCTV가 설치되어 있었고, 불빛도 환하게 밝혀져 있어 지하라는 공간 특유의 칙칙함이 없었다.

"어이!"

차를 주차시키고 핸드백을 들고 차에서 내릴 때였다. 유쾌한 목소리가 뒤에서 들려왔다. 그녀는 소리가 난 쪽으로 고개를 돌리며 힐끗 쳐다봤다. 마침 뒷줄에 주차된 까만 승용차에서 그가 내려서 큰 걸음으로 다가오고 있었다.

"여기서 뭐 하고 있는 거야?"

"기다렸지."

준혁이 웃으며 그녀의 어깨에 팔을 둘렀다. 그에게서는 담배냄새가 약하게 풍겼다.

"왜?"

그는 대답 대신 어깨를 감싸안고 엘리베이터에 올랐다. 15층 버튼을 누르는 대신 1층 버튼을 눌렀다. 연우가 영문을 몰라 머뭇거리는 사이 엘리베이터는 단숨에 1층으로 올라와 스르르 문이 열렸다.

그는 그녀를 데리고 밖으로 나왔다. 해가 져서 그런지 날씨가 더욱 쌀쌀해져 입김을 품을 때마다 하얗게 연기처럼 만들어졌다.

"어디 가는 거예요? 택시는 왜?"

택시를 잡으려는 그의 팔을 붙들며 그녀가 물었다.

"술 마실 거니까."

"나랑?"

"그래, 너랑. 어? 택시 왔다. 얼른 타."

그가 택시 문을 열어주며 어서 타라고 그녀를 재촉했다. 그는 안 간다고 거절을 하려고 머뭇거리는 그녀를 못 본 척하며 얼른 등을 떠밀었다.

그녀가 마지못해서 차에 오르자 그도 얼른 올라타더니 옆에 앉았다. 택시가 밤거리를 달리는 동안 그는 그녀의 손가락에 깍지를 끼었다.

택시에서 내리자 그는 그녀를 칵테일 바로 이끌었다. 모던한 분위기가 물씬 풍기는 작은 간판이 구석에 붙어 있는 곳이었다. 지하에 위치한 바는 입구가 좁았고, 또 불빛도 밝지 않아 사람들 눈에 쉽게 띄지 않았다.

연우가 계단을 내려가며 약간 비틀거리자 그가 얼른 잡아주었다. 그는 그녀를 껴안다시피 해서 연우를 안내했다. 아마 이곳에 여러 번 왔는지 익숙한 것 같았다. 그가 천천히 한 계단씩 조심스럽게 이끌었다.

두근두근, 쿵쾅.

심장박동 소리가 요란하게 들렸다. 심장이 금방이라도 터질 듯이 요란하게 펌프질을 해댔다. 그녀는 익숙지 않은 감정으로 인해 약간 통증을 느꼈다. 그에게 잡힌 손끝에서 피가 보글보글 들끓는 것처럼 저려왔다. 그리고 그의 몸이 닿는 곳마다 체온이 급상승했다.

연우의 마음에 쌓아놓았던 벽이 조금씩 무너지기 시작하더니 이제는 아예 우르르 소리를 내며 무너지고 있었다. 그가…… 준혁이 그녀의 마음에 쌓인 벽을 무너뜨리고 성큼 다가와 있었다.

그는 이미 그녀의 마음속을 꿰차고 들어앉아 있었다.

끝없이 미로처럼 이어질 것 같았던 계단이 끝나자 모던한 분위기의 현대적인 칵테일 바가 나왔다. 파란색, 초록색, 주황색, 붉은색 등 가지각색의 등이 높은 천장에서 길게 늘어뜨려져 한껏

우울한 분위기를 연출했다.

그들은 초록색 조명등이 드리워진 구석 자리에 앉았다. 앙증맞을 정도로 작은 테이블을 두고 마주 앉았지만, 준혁이 의자를 연우에게 가까이로 끌어당겨 앉는 바람에 거의 어깨를 나란히 할 정도로 가까이 앉게 되었다.

"내가 힘들게 하니?"

그가 조용히 목소리를 낮추고 물었다.

"그런 거 아니야."

내리깐 그의 눈이 쓸쓸해 보여 그녀는 속으로 꿀꺽 삼키려던 말을 소리내어 들려주었다.

"내가 미안하지. 나보다 준혁 씨가 더 힘들 테고."

"그건 그래. 이게 뭐야. 끙끙 앓고, 눈치 보고, 정신 없고. 내가 너무 좋아하는 것 같아서 창피하고."

그의 목소리는 금세 음악에 묻히고 말았다. 칵테일 바에는 은은하고도 화려한 선율이 잔잔하게 흐르고 있었다. 마침 빌 에반스의 'Foolish heart'가 은은하게 깔렸다.

미련한 사랑이라……. 그러나 슬픈 어감과는 사뭇 다른 침착하게 느껴지는 재즈 피아노 연주는 마치 푸념하는 것처럼 들렸다.

준혁이 소리를 낮춰 킥킥거리며 웃음을 터트렸다. 그는 여전히 웃으면서 고개를 들고 연우를 바라보았다.

"와! 효과음 죽인다. 지금 나한테 딱 맞네."

그녀가 미안한 마음에 그의 눈길을 외면하다가 어쩔 수 없이 그와 함께 웃고 말았다.

"최연우, 왜 사랑하는 게 싫어? 손해 볼 것도 없는데. 사실 손해 보는 쪽은 난데 말이야. 언제나 더 좋아하는 쪽이 손해 보는 거니까.”

“사랑을 어떻게 양으로 가늠해?”

더 좋아하는 쪽이 손해라는 그의 말에 그녀는 동의할 수 없었다. 그녀의 세상에는 더 좋아하고, 덜 좋아한다는 개념이 없었다. 단지, 좋아하는 것과 좋아하지 않는 것, 사랑하는 것과 사랑하지 않는 것, 표현하는 것과 표현하지 않는 것만 존재할 뿐이었다.

그가 그녀를 물끄러미 바라보다가 한참 만에 살짝 고개를 끄덕였다.

“그래. 하지만 사랑마다 무게는 다 달라.”

이번에도 그의 말에 동의할 수 없지만, 그녀는 반박하지는 않았다.

“나 아직 괜찮아. 거절당하는 거 이제는 겁나지도 않고. 내가 얼마나 고집 센 줄 모르지? 이 정도로 물러날 내가 아니야. 그러니까 너무 미안해하지 마.”

그에게는 사랑이 얼마나 무거울까. 나의 무게는 얼마나 될까.

한탄 같은 침묵 속에서 들려오는 것은 오로지 흐느끼듯 흐르는 재즈 피아노 연주뿐이었다.

‘Foolish heart’

그가 그녀 대신 주문한 칵테일은 ‘엔젤 키스’였다. 글라스 속에 고인 새하얀 생크림 위에 올려진 작은 체리가 유독 발갛게 빛을 발하는 엔젤 키스.

그녀가 살짝 입술을 대고 맛을 볼 때 그가 그녀의 어깨를 감싸 안았다. 그녀의 입술이 글라스에서 떨어지는 순간 그의 입술이 내려왔다. 그녀의 어깨가 가늘게 떨리고 있었다.

그는 그녀의 입술을 적신 칵테일 방울을 맛보았고, 그 순수한 자극에 그녀는 눈을 감았다. 찰나의 키스와 함께 그의 입술이 아련하게 멀어져 갔다.

그녀는 다급하게 숨을 들이마셨다.

"천사의 키스."

그가 그녀의 귓가에 속삭였다.

"이름 그대로네."

그가 주문한 칵테일은 '프렌치 키스'였다. 그는 칵테일을 맛볼 생각도 없는 듯이 희미하게 웃으며 글라스를 손가락으로 살짝 건드렸다.

"프렌치 키스, 이름 그대로."

그녀는 어쩔 수 없는 기대를 하고 있는 자신을 발견했다.

그가 천천히 고개를 숙였다. 초록색 불빛 아래 빛을 발하던 그의 눈동자가 점점 멀어져 갔다. 그녀는 눈을 감았지만, 잔상처럼 남아 있는 초록색 불빛과 그의 눈동자는 사라지지 않았다.

아, 아…….

난 어떻게 하면 좋을까.

마음이 무겁고 위태롭게 흔들렸다. 그 무게가 이야기하는 것을 그녀는 서서히 깨달았다.

난 이 사람을 사랑해.

연우는 숨을 들이마시며 귀를 막았다. 피아노 건반을 두드리는 소리가 마치 그녀의 심장을 두드리는 것처럼 느껴졌다.

이제 곡이 바뀌어 'Someday my prince will come'라는 곡이 흐르

고 있었다.

　언젠가 꿈속에 그대 오시겠지.
　나의 왕자님 만난다면 얼마나 행복할까.

　연우는 다음달로 예정된 홈 시어터 신제품 시연회 준비현황의 브리핑을 마치고 회의실을 나왔다. 그녀의 사무실은 전체 회의실 바로 위층이었기에 엘리베이터를 타는 대신 계단으로 올라왔다.
　"회의 끝나셨습니까, 이사님?"
　웃으며 묻는 현정에게 연우가 대답했다.
　"예, 식사했어요? 무역부 김 부장님 좀 올라오라고 해줘요."
　그녀가 막 사무실로 들어가려고 문을 열 때 진우가 자기 사무실에서 나왔다.
　"연우야, 점심은?"
　"아직, 생각 없어."
　"나가자. 나가서 같이 먹자. 할 얘기가 있어."
　그의 얼굴이 굳어 있었다.
　"알았어. 현정 씨, 김 부장님은 내일 출근하고 바로 올라오라고 하세요."
　그녀는 즉시 들고 있던 서류를 책상 위에 내려놓은 뒤 코트를 들고 나왔다.
　그들은 사무실 근처 패밀리 레스토랑으로 자리를 잡았다. 주문을 하고 콜라가 먼저 나오자 진우는 목이 말랐는지 급하게 마셨다. 그는 얼음을 띄운 콜라를 좋아했다. 아이스크림을 좋아하고 오렌지주스를 싫어했다. 다 큰 어른이 식성은 애들처럼 단 것과 군것질을 좋아했다. 얼음을 입에 물고 깨먹고 있는 그의 얼굴이 꽤나 심각해 보였다.

그가 먼저 이야기를 꺼내길 기다리고 있었으나 그저 입을 다물고 묵묵히 파스타를 먹고만 있자 그녀가 참지 못하고 먼저 말을 꺼냈다.

"오빠? 뭐가 문제야?"

"DM이다. 주식이 DM으로 들어가고 있어. 현재 DM으로 들어간 주식만 해도 16.36퍼센트야."

연우가 샐러드를 뒤적이고 있던 포크를 내려놓은 뒤 진우를 바라보았다.

"그쪽이 우리를 넘보고 있는 건 확실한 거야. DM이랑 우리가 한국 전자시장은 갈라먹고 있으니까. 그쪽 수뇌부가 움직이고 있는 모양이야. 아직 강 회장이 회사 경영을 맡고 있지만, 들리는 말로는 강 회장 아들이 후계자 수업중이래. 진성전자 주식으로 장난치고 있는 건 강 회장 아들 작품이고."

"그 사실을 어떻게 알았어?"

연우의 질문에 진우의 표정에 희미하게 미소가 번졌지만, 결코 즐거운 미소는 아니었다.

"어디서든지 떠벌리기 좋아하고 돈 좋아하는 족속들은 있는 법이지."

"쉽지 않겠네."

진우가 고개를 끄덕였다.

"미친 놈! 가진 것이나 잘 지킬 것이지. 모임에서 본 적이 있어.

진짜……."

그가 말끝을 흐렸다가 금방 적절한 단어를 찾아내고 한마디씩 힘주어 말했다.

"건·방·진 놈이야!"

진우가 대놓고 적의를 드러내자 연우의 입가에 미소가 피어올랐다. 진우가 시무룩해 보여 걱정했는데, 생각보다는 괜찮은 것 같았다. 좀 기분이 언짢아 보이긴 했지만.

"그렇게 건방져? 오빠 맘에 안 들었나 보네?"

"생긴 건 괜찮아. 하는 짓이 맘에 안 들어서 그렇지. 야심은 타고난 놈이야. 강 회장한테는 아들이 둘 있는데, 둘째라더라. 장남은 수의사고. 의사도 아니고 수의사가 뭐야. 강 회장이 죽이니 살리니 아무리 말려도 안 돼서 동물원 하나 차려줬대."

그가 투덜거리며 빨간 소스 속에 묻힌 파스타를 포크로 콕 찔렀다.

"그럼 이제 어떻게 할 거야?"

"어떡하긴, 내 것 건드리면 어떻게 되는지 보여줘야지. 연우야. 더 이상 주식이 그 자식에게로 못 나가게 막아. 조만간 주가가 더 치솟을 텐데, 세무조사 나올지도 모르니까 장부 준비 좀 하고. 금감위에서 촉각을 곤두세우고 있을 거야."

그녀가 고개를 끄덕였다. 싸울 대상이 보이니 이젠 준비만 철저하게 하면 된다. 적이 누군지 알게 되었으니 다행이었다.

"다음달에 있을 신제품 시연회는 어떻게 되어가는 거야?"

진우가 오전에 참석하지 못했던 브리핑 내용을 묻고 있었다.

"잘돼가고 있어. 이번 주 안으로 팸플릿 샘플이 나올 것 같아.

어떻게 할까? 시일을 앞당길까?"

"최대한 당겨봐. 이번 달에 가능할까?"

연우는 얼굴을 찌푸리고 잠시 생각에 잠겼다.

시연회 때문에 영업부와 행사 진행 팀, 마케팅 팀은 몇 달째 철야 작업 중이었다. 최대한 당겨보라고? 안 그래도 기계처럼 일만 하고 있는 그 사람들을 휘어잡고 더 서두르라고 하니, 그녀는 한숨이 저절로 나왔다.

"해볼게."

그녀의 대답이 만족스러웠는지 그가 이번에는 진짜 미소를 지었다.

연우는 작은오빠의 미소를 보며 그가 참으로 오랜만에 웃는다고 생각했다. 예전에는 늘 웃음이 떠나지 않았는데, 짓궂은 장난만 치던 그의 모습을 이제는 볼 수 없을 것이다. 큰오빠의 죽음과 함께 그의 웃음도 사라지고 말았다. 깊은 울림을 주는 미소가 큰오빠와 너무나 닮아 있어 그녀는 잠시 목이 메었다.

"큰오빠가 생각난다."

"그래, 나도 그래. 아직도 형이 많이 생각나."

연우의 눈에 잠시 눈물이 차올랐다. 이상하게도 현우를 생각하고 있었는데, 어느새 그녀는 준혁의 모습을 그리고 있었다.

못된 인간. 이젠 아주 불쑥불쑥 멋대로 나타나고 있었다.

"오빠, 누가 나보고 좋아한다고 그러더라."

"누군지 그 자식, 눈이 진짜 높네. 누가 우리 연우를 넘보는지 오빠한테 한번 보여줘. 오빠가 남자 대 남자로 제대로 평가해 줄 테니까."

　장난조로 말하는 그의 목소리에는 쓸쓸함이 묻어났다.

　"나 그 사람보고 싫다고 하는데도 자꾸 생각이 나. 날 사랑한 대. 난 죽어도 사랑 같은 건 안 하고 싶은데. 큰오빠를 생각하면 사랑 따위는 징글징글하거든."

　정말 사랑 같은 건 안 하고 싶어. 강준혁, 당신 생각은 그만하고 싶어.

　진우가 손을 뻗어 그녀의 머리카락을 쓸어 올려 주었다. 그 손길이 너무 따뜻하고 다정해서 연우는 열여섯 살 겨울로 되돌아간 것만 같았다. 열여섯 살 때 세상에서 가장 근사하고 멋있었던 두 명의 오빠를 만났다.

　"연우야, 난……."

　그가 잠시 말끝을 흐렸다가 다시 이었다. 그가 혼잣말처럼 멍한 얼굴로 말했다.

　"난 형이 정인누나 없인 살 수가 없었다고 생각해. 우리보다, 가족보다 정인누나를 더 사랑했다고 생각해. 정인누나 없는 세상은 형에게 의미가 없었을 거야. 그래서 그렇게 망가진 거라는 생각이 들어. 그러니까 차라리 죽음이 형에게는 안식이었을 거야. 사랑? 그거 나도 해봤어. 비록 제대로 움켜잡지는 못했지만……. 어느 순간 이해가 될 것도 같더라."

　그는 무슨 말이 하고픈 걸까? 후회하는 중일까? 아니면, 아직도 아파하는 걸까?

　연우는 마음속에 떠오른 수많은 의문들을 애써 지웠다. 그리고 거의 손도 대지 않은 식사를 잠깐 바라본 뒤 지갑을 들었다.

　"나가자. 내가 무슨 생각으로 이런 얘기 꺼냈는지 모르겠구나.

할 일이 많은데."

진우가 혼잣말하듯 중얼거리며 계산서를 집어 들었다.

초인종 소리와 동시에 문을 두들기는 요란한 소리에 연우는 급하게 현관으로 나갔다. 보안유리로 밖을 내다보니 준혁의 얼굴이 볼록렌즈 때문에 우스꽝스럽게 일그러져 보였다.

"누구세요?"

연우는 누군지 뻔히 알면서 문을 열지 않고 물었다.

"나야! 문 열어!"

"……."

그녀가 대답을 하지 않은 채 문을 열지 않고 버티자 준혁이 연속해서 초인종을 누르며 건물 전체가 다 울릴 정도로 세게 문을 두들겨 댔다.

"지금 뭐 하는 거야? 두드리지 마!"

"문 열어! 안 열면 문을 부순다!"

그는 절대 빈말이 아니라는 것을 증명이라도 하려는 듯이 더욱 세게 문을 두들겼다.

그녀는 얼굴을 잔뜩 구긴 채 문을 빠끔히 열었다.

"얼굴 좀 펴라. 못생겨 보여."

준혁이 놀리며 문을 당겨 활짝 열었다.

연우가 집으로 들어오려는 그를 가로막고 서서 말했다.

"가요."

"안 가니까 고집부리지 말고 비켜. 커피 한 잔만 얻어 마시자. 커피만 마시고 사라져 줄게. 응?"

"싫어. 그러니까 그냥 가."

"와, 너 진짜 못됐다."

그가 문 앞에 버티고 선 그녀를 내려다보았다. 잠시 치열한 눈
싸움이 일어났다. 그는 갑자기 씩 미소를 지으며 손을 뻗어 그녀
를 번쩍 안았다.

"뭐야! 어서 내려놔."

연우가 뭐라 말릴 새도 없이 준혁은 문을 닫고 안으로 그녀를
안은 채 들어와 그가 골라주었던 카키색의 소파에 그녀를 내려놓
았다. 푹신한 쿠션이 그녀가 앉자 아래로 푹 꺼졌다. 그녀가 도
끼눈을 뜨고 뭐라고 하기도 전에 그의 입술이 먼저 그녀의 입을
막았다.

"최연우, 이 여우. 연우가 아니라 여우다. 바보같이 굴지 말고
그만 솔직해지지 그래?"

준혁이 바닥에 무릎 꿇고 앉아 두 손으로 그녀의 얼굴을 감싸
쥐고 키스했다.

사랑은 현재형

모처럼 화창하게 갠 일요일 아침이었다.

연우는 김밥을 말고 있는 중이었다. 준혁은 연우의 맞은편에 앉아 김밥 끄트머리를 집어먹으며 도시락을 싸고 있었다. 그가 찬합에 가지런히 김밥을 담으며 한 손을 쑥 내밀어 찢어 놓은 맛살을 집어 들자 그녀가 눈을 흘기며 잔소리했다.

"자꾸 집어먹지 마. 모자란단 말이야."

"하나만!"

준혁은 웃으며 냉큼 맛살을 입에 넣었다. 그는 오늘 동물원으로 가는 소풍에 기분이 들떴는지 새벽부터 찾아와 자꾸 이것저것 간섭하고 있었다.

사실 동물원으로 가는 소풍이 처음은 아니었다. 준혁은 선전포고를 하고 난 후 지치지도 않고 끊임없이 연우를 찾아왔다.

'커피 같이 마시자', '같이 밥 먹자', '장 보러 가자', '영화 보러 가자'라는 말을 해대며, 연신 싫다고 대답하는 연우를 끌고 다녔다. 연우도 말로는 싫다고, 당신을 좋아하지 않는다고 이야기하지만, 어느새 그를 기다리고 함께 있는 시간을 즐기고 있었다.

준혁 역시 그 사실을 알고 있었다. 두 사람은 지금 연인 관계였다. 다만, 연우 그녀만이 자신의 감정을 인정하지 않고 있었다.

"그만하고 얼른 가서 옷 갈아입어. 이건 내가 치울게."

준혁이 도시락 뚜껑을 닫으며 말했다.

"꼭 청바지랑 까만 니트 입어라. 그 전에 입었던 거."

"왜?"

연우가 침실로 들어가다 그의 말에 고개를 돌렸다. 그녀의 눈에 분주하게 식탁 위를 치우는 청바지에 까만 니트를 입은 준혁의 모습이 들어왔다. 그가 뭘 생각하고 있는지 알 수 있었다.

"유치해."

그녀가 씩 웃으며 한마디 던지고 침실로 들어갔다.

옷을 갈아입고 나오는 그녀를 그는 불만에 찬 표정으로 쳐다보았다. 그녀는 그의 말을 무시한 채 카키색 면바지에 흰색 티셔츠, 겨자색 캐주얼 점퍼 차림이었다. 준혁은 연우의 어깨를 붙잡고 침실 문을 열고 그녀를 들이밀었다.

"자, 다시 갈아입고 와."

"싫어."

"너 진짜 내 말 안 들을래? 청바지에 까만 니트 입으라니까."

"싫다고. 이 나이에 창피하게 무슨 커플 룩이야. 나 그냥 이거 입을래."

연우가 완강하게 고개를 젓고 그에게서 벗어나 식탁 위에 올려
놓은 도시락을 들었다. 그가 과장되게 한숨을 푹 내쉬며 자동차
열쇠와 코트를 집었다.

겨울이라서 그런지 동물원에는 관람객이 많지 않았다. 동물들
도 하나같이 움츠린 채 구석구석에서 게으르게 잠을 자고 있었
다. 까맣게 빛나는 눈동자를 가진 아기 사슴이 고개를 갸웃하며
연우를 바라보았다.

"연우, 너를 처음 봤을 때 이 녀석이 생각나더라. 너랑 눈이 똑
같아."

준혁의 말에 연우는 사슴의 눈을 바짝 들여다보았다. 물기를
머금은 눈동자가 긴 속눈썹 사이에서 반짝이고 있었다.

말도 안 돼. 날마다 거울 속으로 들여다보는 그녀 자신의 눈은
그냥 평범했다. 아무리 그가 지금 눈이 멀었다고 하지만, 이건
오버였다. 딴 사람들이 들으면 돌 던질 일이었다.

"말도 안 돼. 내 눈이 이렇게 예뻐?"

그가 그녀의 옆에 쭈그리고 앉아 사슴의 귀를 긁적여 주었다.
그의 손길에 기분이 좋은지 사슴이 그에게 한 발자국 더 가까이
다가왔다.

"못 믿겠다 이거지? 어쩌겠냐. 내 눈에 최연우 어디가 안 예쁘
겠어?"

"치, 아부하지 마."

"그러니까 '처음에'라고 그랬잖아. 저기도 네가 있네."

연우는 자신의 손에 들린 먹이봉지를 애원하듯이 바라보며 다
가오는 사슴들을 피해 준혁이 가리키는 방향으로 고개를 돌렸다.

그의 손은 울타리가 쳐진 작은 풀숲 한 구석을 가리키고 있었다. 처음에는 못 알아보았지만, 자세히 보니 경계심이 가득한 눈빛을 가진 여우들이 옹기종기 떼를 지어 있었다.

"사슴은 무슨 사슴이야, 여우지. 최 여우."

"놀리지 마."

"어? 삐쳤어? 왜 삐치고 그러냐. 사슴이든 여우든 다 예쁘고 좋은데."

준혁이 웃으며 심통이 난 아이를 달래듯 연우의 머리를 쓱쓱 쓰다듬었다. 약이 오른 그녀가 조금이라도 속상해하면 그가 다시 어르고 달래주었다.

"오늘 우리 형한테 보여주려고 왔는데, 없네."

"형이 여기서 일해? 조련사야?"

"아니, 수의사야. 오늘 세미나에 갔나봐."

준혁이 그녀가 들고 있던 먹이봉지를 받아 땅에 뿌려주자 주변에 있던 사슴들이 몰려들어 황급히 고개를 숙이고 먹이를 먹기 시작했다.

그는 한 손에는 도시락을 들고 다른 한 손은 연우의 손을 꼭 잡고서 자신의 코트 주머니에 넣었다.

"봄이 온 것 같아."

연우는 자신의 손을 꼭 잡은 그의 체온을 느끼며 말했다. 참으로 따뜻했다. 얼어붙어 있던 손가락 끝에서부터 전해져 오는 온기는 점점 온몸으로 퍼져나갔다.

연우는 온기라는 것을 생전 처음 느껴보는 것처럼 낯설었지만, 너무 따뜻해 그의 손을 힘주어 잡고 놓지 않았다.

이 남자, 참 따뜻하구나.

그녀는 붉은색과 노란색이 교차되어 쭉 이어진 보도 블록을 따라 걸으며 한숨처럼 뺨을 스치고 지나가는 온기를 느꼈다. 그의 숨결은 봄바람처럼 따뜻했다.

"연우야, 우리 봄에는 결혼하자."

연우가 걸음을 멈추고 그를 올려다보았다.

"결혼?"

"그래, 결혼하자. 내가 너 사랑하는 건 알 거고, 너도 나를 좋아하잖아."

결혼. 결혼……

27년 동안 살아오면서 단 한 번도 생각해 본 적이 없는 단어였다. 이 남자, 지금 나한테 청혼한 것 맞지?

그녀가 멍하니 앞만 보며 걸음을 옮겼다. 그녀가 말없이 걷기만 하자 그가 다시 입을 열었다.

"내가 또 너무 앞서 가는 거지? 됐다, 그냥 내 마음은 그렇다는 거야. 내가 장난하는 게 아니라는 거지. 너한테 이렇게 내 진지함을 얘기하고 싶었어. 천천히 가자, 내가 네 속도에 맞출게."

그가 속삭이듯 작은 목소리로 말했다.

그 말의 무게가 너무 무거워 그녀는 감히 고개를 돌리고 그를 바라볼 수가 없었다. 연우는 이 남자의 과분한 사랑에서 도망 다니고 있는 자신 때문에 목이 메었다.

겁이 나고 무서웠다. 점점 더 빠져들까 봐. 버림받을까 봐서. 큰오빠와 엄마가 그렇게 가버렸듯이 그도 가버릴까 봐. 그래서 도망치고 있었다. 아니라고 수없이 거짓말을 하면서.

사랑이었는데, 사실은 알고 있었는데. 그를 향하던 시선, 그의 웃음소리에 귀를 기울였던 그 모든 것이 사랑이라는 것을 알고 있었는데…….

그녀는 자신이 참으로 한심한 짓을 하고 있었다는 것을 깨달았다. 그는 처음부터 솔직했고, 당당했으며, 포기할 줄 몰랐다. 이러한 사랑을 그녀는 어떻게 외면할 수 있다고 생각했을까.

"야! 너 우니?"

준혁이 그녀의 눈에 그렁그렁 맺힌 눈물을 보고 당황한 듯 얼른 바닥에 도시락을 내려놓은 뒤 그녀의 얼굴을 감싸쥐었다.

"미안해, 알았어. 다신 이런 얘기는 안 할게. 그러니까 울지 마. 울지 마, 연우야."

"난 왜 이렇게 바보 같은지 모르겠어."

연우는 울먹이며 더듬더듬 말했다. 그녀의 눈에 맺혔던 눈물이 볼을 타고 흐르자 그는 더욱 당황해서 커다란 손으로 눈물을 닦아주기에 바빴다.

"나 사랑해?"

그녀의 물음에 눈물을 닦아주던 그의 손이 멈칫했다. 준혁은 가만히 눈물 맺힌 연우의 눈을 쳐다보았다.

"나 사랑하냐고?"

"이제까지 계속 얘기할 때 안 듣고 뭐했니? 정신 차리고 똑똑히 잘 들어."

연우가 고개를 끄덕였다.

"최연우, 널 사랑한다. 사랑한다, 사랑해……."

그가 영원이라도 이야기해 줄 것처럼 되뇌며 그녀의 입술에 키스했다. 겨울날 동물원의 헐벗은 가로수 길은 인적이 드물었다. 키스는 그가 내뱉는 말만큼이나 달콤한 고백이었다.

"나도."

그가 감고 있던 눈을 번쩍 떴다. 그녀의 입술에 열중하던 그는 어느새 몸을 곧추세우고 얼굴에는 긴장한 기색이 역력했다. 지금 자신의 귀를 의심하고 있을 테지.

"뭐라고?"

"나도라고."

이번에는 제대로 들었는지 그의 눈동자가 반짝였다. 입가에 지금껏 보아왔던 것보다 더 큰 미소가 걸리며 입이 커지고 있었다.

"나도? 최연우를 사랑한다고? 좋은 자세야. 암, 자기 자신을 사랑해야지."

"말고."

"그럼 뭐가 나도야? 뭐야?"

그가 얼른 얘기하라고 종용했다. 꼭 듣고 말겠다는 결연한 의자가 엿보였다.

"자기가 그랬잖아. 할 수 없는 건 할 수 없는 거라고. 받아들이면 훨씬 편해진다고. 그래서 받아들이기로 했어."

"그러니까 뭘? 응?"

마음은 편해졌는데 그걸 말로 하려니까 잘 되지 않았다. 그렇게 벗어나려고 발버둥쳤었는데, 받아들이기로 했다고 하루아침에 달라질 수는 없는 법이었다.

떨리는 입술을 살짝 열었다가 그녀는 다시 꾹 다물었다. 아무리 애써도 그녀는 도저히 입이 떨어지지 않았다. 대신 계속 이야기해 보라고 종용하는 그를 노려보았다.

"그걸 꼭 말로 해야 아나?"

"표현하지 않는 사랑은 사랑이 아니지. 연우야, 뭐가 나도야? 응? 나 기다리다가 숨 넘어가겠다."

"몰라. 나 얘기 안 할 거야."

그녀가 그의 손을 뿌리치고 앞장서서 걷자 그는 얼른 바닥에 놓아두었던 도시락을 들고 뛰어와 그녀의 어깨를 감싸안았다.

"연우야, 얘기해 봐. 얼른! 뭐가 나도야? 응? 응?"

"진짜 끈질겨. 나도, 한다고."

"뭐라고? 좀 크게 말해 봐."

준혁은 벌겋게 달아오른 그녀의 뺨에 쪽 소리가 날 정도로 요란하게 입을 맞추며 크게 웃음을 터트렸다.

팽팽한 긴장감이 회의실을 가득 흐르고 있었다.

회의실에는 진우와 연우를 포함한 지성으로 빛나는 눈동자를 가진 젊은 두뇌가 모여 있었다. 진성전자를 두고 DM그룹에서 적대적 M&A를 시도하고 있다는 것을 알게 된 후 소집된 비상대책반의 구성원 6명이 방어수단을 강구하기 위해 회의 중이었다.

비상대책반의 팀장인 김준섭이 반짝이는 은테 안경을 위로 올렸다. 그는 단정한 넥타이에 심플한 정장 차림은 한눈에 보기에도 엘리트로 보였다.

"우선 DM 측에서 먼저 터트리기 전에 저희 쪽에서 언론으로 정보를 흘리는 것이 효과적으로 보입니다. 실제로 사람들은 약자의 편을 들게 마련이니까요. DM 측에서 국내시장 장악이라는 의도를 보임으로써 저희 쪽에는 선량한 약자라는 것을 인식시키고, 국민들의 비난을 DM 측으로 돌리는 것입니다.”

“물론 가능성이 있는 방법입니다. 언론의 힘은 무시하기 힘드니까요. 하지만 근본적인 대책도 필요합니다. 조금만 생각이 있는 사람이라면 사태가 한쪽이 나쁘고, 한쪽이 선량해서 생기는 문제가 아니라 양쪽 모두에게 책임이 있다는 것을 알게 될 테니까요.”

“'대량주식 취득 제한'이 없어지면서 실질적으로 우리나라에서도 적대적 M&A가 가능하게 되었습니다. 아직 국내에서는 성공한 사례가 없지만, 이번이 성공적인 사례로 기록될 수도 있습니다. 그동안 '대량주식 취득 제한'에 따라 대주주들은 경영권에 대한 위협을 느끼지 않고 자신이 소유한 주식으로 차액거래를 하며 많은 이익을 챙겨 왔습니다. 또한 회사의 주가를 기업 가치를 반영하는 수준으로 적절하게 관리하는 노력을 등한시해 온 것이 사실입니다. 좀더 주식 관리에 신경을 써야 할 것입니다.”

여기저기서 의견이 분분했다. 팀원들은 각자의 생각을 이야기하고, 동의하거나 혹은 비판하거나 하면서 회의를 이끌어가고 있었다.

이러다가 끝이 없을 것 같았다. 물론 틀린 말은 아니고 앞으로 회사 경영을 위해서 참고해야 할 사항들이었다.

하지만 지금 진우가 원한 것은 막연한 해결점이 아니었다. 당장 언제 쳐들어올지 모르는 적을 향해 쏘아올릴 수 있는 치명적인 방어수단이 필요했다.

진우가 정신없이 이어지는 회의를 중단시키며 입을 열었다.

"이러다가 밤새도 모자라겠군요. 점심 먹고 합시다. 몇 시간이나 릴레이 회의가 가능한지 이번에 실험해 보도록 하지요."

그의 말에 팀원들이 그제야 손목시계를 들여다보며 점심시간이 훌쩍 넘었다는 것을 알아차렸다.

"이런, 언제 시간이⋯⋯."

"아, 어쩐지 배가 고프더라."

몇몇은 긴장감이 탁 풀린 표정을 지으며 마른세수를 했다.

"나갑시다."

진우의 말에 사람들이 각자 들고 왔던 서류를 가방에 챙겨 넣고는 회의실을 나왔다.

앞당겨진 신제품 시연회 때문에 연우는 하루종일 잠시도 쉴 틈도 없었다. 바쁘게 종종걸음치며 회사 부서마다 돌아다녀야 했고, 진행상황을 체크해야 했다. 그 외에도 진우가 부탁한 세무조사를 대비한 준비도 해야 했다.

회계사와의 면담을 끝내고 새로 올라온 회계장부를 살피며 오늘 벌써 세 잔째인 김이 모락모락 올라오는 진한 커피를 마시고 있을 때였다.

진우가 그녀의 사무실로 노크도 하지 않은 채 벌컥 문을 열고 들이닥쳤다.

"노크 좀 하고 다녀."

언젠가 그가 했던 말을 이번에는 그녀가 그대로 써먹었다.

"나가자, 아버지가 위독하시다. 병원 중환자실로 옮기셨단다."

진우가 몹시 다급한 표정으로 말을 마치고 연우가 자리에서 일어나길 기다리고 있었다.

　그녀는 뜻밖의 소식에 놀라기도 했지만, 잠시 눈앞에 놓인 서류 때문에 망설이고 있었다. 진우에게는 이 소식이 무척 다급하고 당장 달려가야 할 일이지만, 그녀에게는 아니었다. 병원에 간다고 오늘 일과를 여기서 끝내버린다면, 더욱이 아버지가 돌아가시기라도 한다면 며칠은 공백 상태로 남겨둬야 할 것이다.

　"뭐해? 일어나라니까!"

　망설이는 그녀의 모습에 진우가 벌컥 짜증을 냈다.

　그녀는 진우의 화난 표정에 어쩔 수 없이 아직까지 들고 있던 서류를 내려놓고 코트와 가방을 들고 그를 따라 나섰다.

　연우가 차에 올라탔을 때 휴대폰이 울렸다. 이제는 익숙해진 준혁의 번호가 폴더에 찍혀 있었다.

　"네, 여보세요?"

　"나야, 바빠?"

　"아니, 일이 있어서 잠깐 나오는 길이야."

　"그래? 통화해도 괜찮지? 요즘 바빠서 옆집에 사는데도 볼 시간이 없었잖아. 목소리라도 듣고 싶어서 전화했어. 나 안 보고 싶었어?"

　준혁의 목소리는 밝았다. 그는 기분 나쁜 일이 있어도 내색을 하지 않는 편이었다. 보고 싶지 않았냐는 말에 연우는 어떻게 대답해야 할지 몰랐다.

　더구나 진우가 운전하는 차에 타고서 준혁과 통화하는 것은 왠지 어색하기 짝이 없었다. 괜히 진우의 눈치가 보였다.

　"저기, 나중에 내가 전화하면 안 될까? 지금, 별로……."

생각 끝에 준혁에게 어렵게 더듬거리며 말했다. 준혁은 즉각 그녀의 말을 알아듣고 전화를 끊었다.

"누구야?"

운전 중인 진우가 도로에서 시선을 떼지 않고 물었다.

"전에 이야기했던……."

"아!"

그가 고개를 끄덕이며 잠시 그녀에게로 눈길을 돌렸다가 다시 운전에 열중했다.

"둘이 어떤 사이야? 사귀는 거야?"

"응."

그녀의 대답에 그가 웃음 터트렸다.

"무슨 죄 지었냐? 뭘 그렇게 겁먹은 것처럼 굴어? 난 연우 네가 결정한 일이라면 뭐든지 오케이야. 네가 하고 싶은 대로 해."

그는 연우가 그 사람을 받아들이기까지 얼마나 힘들었을지 누구보다 잘 알고 있었다. 그녀가 마음을 열고 누군가를 받아들이는 일이 얼마나 힘든 일인지 알고 있던 터여서 누구보다 진심으로 축하해 주고 싶었다.

큰형이 죽은 후 연우는 마음문을 꼭꼭 닫은 채 누구에게도 열어 보이지 않았다. 그런데 그 사람이 누군지는 모르지만, 고마운 마음까지 들었다. 진우는 누구보다 연우의 행복을 빌었다.

대학병원 앞에 급하게 주차를 한 진우는 연우를 끌고 중환자실로 향했다. 병원 대기실 앞에는 아버지를 보필해 오던 김 실장과 급한 상황에서도 여전히 화려한 차림새를 한 어머니가 있었다.

"어머니, 아버지는 어떻게 된 겁니까?"

금희는 아들의 모습에 그제야 마음이 조금 놓이는지 진우의 팔을 꼭 부여잡았다. 진하게 화장한 얼굴에 눈물자국이 나 있었다.

"진우야! 니 아버지 어떡하니? 어떡해……."

"아버지는 어떻습니까?"

진우는 품에 안겨 울음을 터트리는 어머니에게서 대답을 얻을 수 없다는 것을 알고, 옆에 서 있던 김 실장에게 고개를 돌리고 물었다.

"좋지 않으십니다. 더 지켜봐야겠지만, 워낙 오래 앓으셨고, 연세도 있으시니……."

진우는 얼굴이 잔뜩 굳어 고개를 끄덕였다.

"몇 가지 검사 결과가 나오는 대로 자세한 말씀을 해주시겠답니다. 김 박사님께서 오늘 중환자실에서 경과를 지켜보고 괜찮으시면, 내일 일반병실로 옮기자고 하십니다."

연우는 김 실장이 하는 말을 건성으로 들으며 힐끔 병실 문 위에 사각으로 걸린 유리로 잠시 안을 들여다보았다. 복잡한 기계와 위독한 환자들이 죽 누워 있었다. 반짝거리는 기계들의 수치만이 그들이 살아 있다는 증거였다.

이곳은 삶과 죽음의 경계선이었다. 병원 특유의 소독약 냄새가 코끝을 찔렀고, 하얀 가운 차림의 의사들이 바쁘게 오가고 있었다. 그 모습을 보자 그녀는 또다시 끔찍한 기억들이 떠올랐다.

영안실에 안치된 엄마의 모습, 그때 그녀는 큰오빠의 손을 잡고 놓지 않았다. 머리끝까지 덮인 하얀 천을 들추고 귀신같이 창백하고 차가운 엄마의 얼굴을 마주하던 그때가 조금도 퇴색되지 않은 채 그녀의 눈앞에 펼쳐졌다.

그녀는 눈을 감고 숨을 들이쉬었다. 기억은 다시 하얀 붕대와 수십 개의 선들을 온몸에 감은 채 중환자실에 누워 있던 큰오빠의 모습으로 옮아가고 있었다.

다급하게 큰오빠를 둘러싸던 의사들의 모습, 의사들의 고함소리와 전기 충격으로 침대 위를 들썩이던 큰오빠.

오빠! 엄마…….

연우는 하얗게 질린 얼굴로 중환자실에서 고개를 돌렸다. 무섭게 등을 훑고 지나가는 기억들을 떨쳐내기 위해 손으로 이마를 문질렀다. 어느새 이마 위에는 송골송골 땀방울이 맺혀 있었다.

"어머니, 형!"

윤우가 뛰어들어오고 있었다. 그녀는 복도를 뛰어오는 그를 바라보았다. 건축설계사인 윤우는 연락을 받자마자 곧바로 병원으로 온 모양이었다. 일하다 왔는지 청바지에 운동화를 신고 있었고, 머리카락은 잔뜩 헝클어져 있었다.

"아버지는?"

"안에 계시다, 괜찮아."

진우가 여전히 어머니를 안은 채 윤우의 물음에 대답했다. 윤우는 병실문 유리창으로 안을 들여다보고는 고개를 돌리다가 그 앞에 서 있는 연우를 발견했다.

그 순간 윤우는 연우가 생각지도 못한 행동을 했다. 그녀의 팔을 잡고 고개를 숙여 창백한 그녀의 안색을 살피며 조용히 물어왔던 것이다.

"괜찮아?"

그의 예상치 못한 물음에 연우는 목이 메어 대답할 수 없었다.

그저 고개를 두어 번 끄덕였을 뿐이었다.

그가 그녀의 팔을 놓아주며 고개를 돌렸다.

"어머니, 집에 들어가 계세요. 김 실장님이 여기 있다가 무슨 일이 있으면 연락드릴 겁니다."

"아니다, 내가 여기 있을 거야."

금희는 기운 빠진 모습으로 고개를 저어 보였다.

연우는 금희가 그렇게 힘 빠진 모습을 처음 보았다. 언제나 연우에게 표독스럽게 달려들던 여자가 오늘은 기운 빠진 헝겊인형처럼 보였다.

"형이랑 연우는 그냥 가. 여긴 내가 어머니랑 있을게. 무슨 일이 있으면 전화할 테니까 걱정말고 들어가. 연우는 얼굴이 안 좋아 보인다."

윤우의 말에 금희는 그제야 연우가 있다는 것을 알아챈 듯이 즉각 그녀를 노려보았다. 금희의 눈이 적의로 불타고 있었다. 아마 누군가 원망할 상대가 필요하던 참이었는데 마침 그 자리에 연우가 있었던 것이다.

"니 년이 왜 여기 있어? 니가 무슨 자격으로 여기 있는 거야? 뭘 더 어떻게 해보겠다고! 윤우야, 저 년을 당장 쫓아내. 저 년 때문에 우리 집안이 되는 일이 없다. 다 저 년 때문이야. 저 년이 현우를 죽이고 너희 아버지를 죽이는 거야! 윤우야!"

"어머니, 무슨 말도 안 되는 말씀이세요."

금희가 접시 깨지는 듯한 높은 목소리로 고함을 쳤다. 그러자 정적이 흐르던 복도가 금세 사람들 소리로 울렁거렸다. 그녀는 금방이라도 달려들어 연우를 요절이라도 낼 듯 장성한 아들에게 붙잡힌 손을 뿌리치려고 버둥거렸다.

금희는 체면이고 교양이고 다 팽개친 사람처럼 굴었다. 눈엣가시처럼 사사건건 마음에 들지 않는 남편이 밖에서 낳아온 딸을 보자 잠시 이성을 잃고 말았다.

"저 년! 저 년이 우리 집을 다 말아……!"

"어머니!"

"연우야, 그만 가라."

진우가 난장판이 된 자리를 수습하기 위해 애쓰며 연우에게 말했다.

그녀는 언제까지나 이 집의 이방인이었고 죽일 년이었다. 이제까지 아무렇지도 않았는데, 새삼 그녀는 상처를 받았다. 자라면서 이것보다 더 심한 말도 지겹도록 들으면서 자랐는데, 이상하게 이번에는 더 아팠다.

사랑이라는 이름으로 갑옷을 벗은 그녀의 마음은 쉽게 상처를 받고 있었다. 쓸데없이 강한 척하지 않아도 되었고, 그녀의 약함을 모두 받아줄 사람이 곁에 있기에 더욱 그러했다.

연우는 자신의 발목을 잡는 옛 기억들과 상처받은 마음을 가득 안은 채 서둘러 병원을 빠져 나왔다.

택시에 타자마자 그녀는 휴대폰을 들고 준혁에게 전화를 걸었다. 뭐라 할 얘기도 없었지만 그냥 이 순간 생각나는 사람은 그뿐이었다.

"준혁 씨? 나예요. 그냥, 목소리 듣고 싶어서……."

문을 열어주는 연우의 얼굴이 창백하게 질려 있었다.

"들어와."

준혁은 좀더 일찍 오지 못한 것을 후회하며 그녀를 따라 집안으로 들어갔다. 간부회의가 잡혀 있어서 도저히 빠져나올 상황이 아니었다. 그래서 퇴근하자마자 옷도 갈아입지 않은 채 곧바로 연우에게 뛰어왔다. 그런데도 그는 자신이 늦게 온 것만 같아 괜스레 미안한 마음이 들었다.

수화기 너머로 그녀의 가라앉은 목소리는 그를 오후 내내 안절부절못하게 만들었다. 그녀가 전화해 줘 얼마나 기뻤던가. 하지만 여태껏 오늘처럼 힘이 없는 소리로 전화한 적은 없었다.

물론 힘들 때 생각나는 사람이 그였다는 사실에는 퍽이나 다행한 일이었다. 하지만 그는 그녀가 힘들어서 자신을 찾는 일은 없기를 바랐다.

"손 씻고 와서 앉아. 낙지볶음을 좀 했거든."

그는 그녀가 식탁을 차리는 모습을 바라보았다. 그녀는 몹시 힘든 하루를 보낸 듯이 지쳐 있었다. 좁고 가는 어깨가 굳어 있었고, 숟가락을 놓고 있는 동작 하나하나가 힘겨워 보였다.

"연우야."

"응?"

그녀가 고개를 들지 않고 대답했다.

"무슨 일이니?"

"……"

그녀가 대답 없이 고개를 가로 저어 보였다.

"밥은 됐어. 이리와 봐."

준혁이 푹신한 소파에 앉아 그녀를 불렀다. 그녀가 천천히 다

가와 그의 옆에 기대어 앉자 그가 그녀의 손을 잡았다. 찬물에
계속 손을 담고 있었는지 손끝이 차가웠다.

그녀는 그가 그녀의 손을 감싸쥐는 것을 멍하니 내려다보았다.

"사생아, 첩의 딸, 밖에서 낳아온 자식, 그게 바로 나야."

연우가 그의 어깨에 고개를 기대고 앉아 먼저 말을 꺼냈다. 기
운 없는 목소리였지만, 부끄러워하거나 망설이는 기색은 없었다.
흔하게 쓰이는 단어는 아니지만, 준혁은 그녀의 말에 조금도 놀
라지 않았다.

"내가 놀라야 하는 거니? 진부하지만, 상관없어. 어느 것도 연
우 네가 선택한 것은 아니잖아. 네 책임이 아닌 일로 미안해하거
나, 힘들어하지 마."

잠시 그녀에게서 소리 죽인 웃음소리가 났다. 그의 대답이 꽤
나 마음에 드는 모양이었다.

"열여섯 살 때까지 엄마랑 둘이서 살았었어. 대구에서 살았는
데, 내가 사투리를 얼마나 잘하는지 알면 놀랄 거야."

이번에는 그의 입에서 웃음이 흘러나왔다. 그는 억센 경상도
사투리를 쓰는 어렸을 적 그녀의 모습을 상상하니 슬그머니 웃음
이 나왔다.

그때의 그녀를 너무 보고 싶었다. 꼬마 여자애 모습도, 교복
입은 소녀적 모습도. 그 예전의 기억들을 하나도 빠짐없이 그는
함께 하고 싶었다.

그녀와 태어났을 때부터 알고 지내서 그 모든 것을 곁에서 지
켜 볼 수만 있었다면 얼마나 좋을까. 만약 그랬다면 상처받지 않
게 내가 지켜줬을 텐데. 그 누구도 너에게 상처주지 못하게 내가

방패가 되어주었을 텐데.

"한번 해봐."

"싫어. 서울에 와서 사투리를 안 쓰려고 얼마나 노력했는데. 아버지한테 아들이 세 명이나 있었거든. 막내아들이 나랑 동갑이야. 생일이 겨우 5개월 차이가 나더라. 웃기지? 우린 같은 고등학교를 다녔는데, 어떻게 알았는지 애들이 다 알더라고. 좋은 집안 애들만 다닌다는 유명한 사립 고등학교였거든. 거기서 난 왕따였어. 아버지가 밖에서 낳아온 사생아가 자신들과 같은 학교를 다닌다는 것을 받아들일 수가 없었던 거야."

"우리 연우, 많이 힘들었겠네."

그가 그녀의 어깨에 팔을 두르자 그녀는 깊숙이 그에게 안겨왔다. 그의 옆구리가 따뜻했다.

"나 공부를 잘했다. 1등을 놓치지 않았어. 내가 딴 애들보다 못하지 않는다는 것을 증명하고 싶었거든. 좀 냉정하게 보이고 싶었어. 너희가 아무리 떠들어 봐라, 내가 끄떡이나 하나. 아무리 욕해도 난 내 길을 갈 거다. 뭐 그랬지."

그는 그녀의 말을 가만히 듣고 있었다.

"그때 나는 세상 사람들이 다 싫었는데……, 딱 두 사람만 좋아했었어."

"두 사람이나? 그 행운아가 도대체 누구야?"

그가 짐짓 불쾌하다는 듯이 말했다. 하지만 연우가 먼저 자신을 내보이는 것이 눈물나게 고마웠다. 그녀는 이제까지 그를 몰아내려고만 했지 이렇게 받아들인 적은 없었다.

"오빠들이야. 큰오빠는……, 음, 큰오빠를 아는 사람은 어느 누구든지 사랑하지 않고는 못 배길 거야. 외모뿐만 아니라 마음이 정말 예쁜 사람이었어. 다정하고, 따뜻하고, 온화하고. 정말 세상에 없을 듯한 사람이었어."

"무슨 소리야? 왜 과거형으로 말해?"

그가 따뜻한 눈빛으로 그녀를 바라보았다.

"그래, 과거형이지. 어쨌든 그런 큰오빠의 사랑을 받은 사람은 정인언니라고, 나도 딱 한 번 본 적이 있어. 아주 평범한 아가씨였지. 나중에서야 큰오빠가 어째서 정인언니를 사랑하는지 알 수 있을 것도 같았어. 웃는 모습도 참 예쁘고, 말도 조곤조곤 예쁘게 하는 사람이었거든. 그런데 갑자기 정인언니가 사고로 세상을 떠난 거야. 정인언니가 세상을 뜨고 나자 큰오빠는 제정신이 아니었어. 사람이 그렇게 순식간에 무너질 수도 있다는 사실을 난 처음 알았지. 정인언니가 떠나고 난 뒤 두 달도 안 돼서 큰오빠도 따라가 버렸어. 비 오는 날 교통사고로 말야."

그녀는 이미 울먹이고 있었다.

"전화를 받고 작은오빠랑 병원에 갔었는데, 이미 의식이 없었어. 의사들이 얼마나 애썼는데, 가버린 거야. 내가 세상에서 가장 좋아했던 사람인데……."

준혁은 몸을 돌려 그녀를 안고 토닥여 주었다. 그녀의 체온과 눈물, 격하게 뛰는 심장박동 소리까지 모두 느껴졌다.

"아버지가 중환자실에 계셔. 오늘 병원에 갔는데 자꾸 큰오빠 생각이 나잖아. 잊으려고 아무리 노력해도 안 돼. 잊고 싶은 건 왜 이렇게 안 잊혀질까. 정말, 끔찍해."

연우가 숨을 몰아쉬며 울음을 터트렸다.

그는 그녀가 우는 것이 싫었다. 그녀가 어린 날 얼마나 울며 자랐을까 상상해 보았다. 울고 싶어도 그 대단한 고집 때문에 자존심 하나로 버티며 입술을 질끈 깨물며 참아왔겠지.

그는 그녀의 울음소리에 심장이 죄어드는 듯한 기분을 느끼며 힘주어 그녀를 안았다. 그의 손이 그녀의 곧은 등을 쓰다듬고 그의 입술이 그녀의 귓불과 젖은 뺨, 그리고 턱을 스치고 지나갔다.

“울지 마. 네가 울면 난 어떻게 해야 할지 모르겠어. 그냥, 나도 같이 울고 싶어져.”

마침내 그의 입술이 그녀의 입술에 머물렀다. 눈물에 젖은 그녀의 입술은 달고 씁쓸하고 진한 향기를 풍기고 있었다.

“준혁 씨…….”

“울지 마, 제발. 연우야, 울지 마.”

그가 그녀를 안고 있는 팔에 힘을 주었다. 한 치의 틈도 없이 꼭 껴안고 키스했다. 흐느낌과 눈물로 뒤섞였던 키스는 누가 먼저랄 것도 없이 서로를 탐닉하게 만들었다.

그는 거칠게 그녀의 입술을 탐했다. 그녀는 얕은 한숨을 내쉬며 그의 키스에 반응했다.

“연우야…….”

준혁이 속삭이며 다시 키스했다. 멈출 수가 없었다. 이 순간만은 오로지 그녀의 입술과 체온과 속삭임만을 느끼고 싶었다. 다른 어떤 것도 필요하지 않았다.

그의 입술이 그녀의 턱을 따라 가느다란 목덜미까지 내려왔다. 어느새 그는 그녀의 셔츠 안으로 손을 들이밀어 부드러운 살결을 어루만졌다. 그리고 나서 셔츠를 풀어헤친 뒤 작은 레이스가 달

린 브래지어에 감싸인 가슴을 내려다보았다. 그는 거칠게 숨을
몰아쉬며 그녀를 안고 침실로 향했다.

어둠이 깔린 침실은 도시의 불빛이 간헐적으로 명멸했다 사라
졌다. 그들은 몽롱한 가운데 서로의 체취를 느끼며 침대 위에서
마주 보고 앉았다. 아이보리색과 초콜릿색의 시트가 깔린 침대가
출렁이며 두 사람을 감싸안았다.

"이럴 때 하는 말이 있지."

그가 기분 좋은 웃음을 웃으며 말했다. 자신의 브래지어 끈을
끌어내리는 걸 보고 있던 그녀는 그의 말에 고개를 들었다.

"응?"

"꿈은 이루어진다."

그의 말에 그녀가 웃음을 터트렸다.

준혁은 경건한 마음으로 조심스럽게 그녀의 드러나는 알몸을
어루만졌다. 여자를 만진다는 것이 이런 기분인 줄은 처음 알았
다. 지금 이 순간 그녀의 숨결 하나까지도 고귀하게 느껴졌다.

그는 조심스럽게 그녀의 드러난 어깨를 어루만졌다. 그리고 손
길이 가는 곳마다 입술을 맞추었다. 그는 어깨에서 손목으로, 가
슴으로 입술을 옮기며 정성스럽게 애무했다. 그녀의 입에서 가녀
린 신음이 흘러나왔다.

그는 서두르지 않고 천천히 움직였고, 그녀는 기꺼이 그의 손
길을 받아들였다. 그의 끈질긴 애무와 가뿐 속삭임으로 인해 그
녀는 온몸이 달뜨기 시작했다. 그녀가 부드럽게 그의 등을 쓸어
내리며 그와 장단을 맞추었다.

사랑하는 연인의 몸짓이 창안으로 비춰드는 불빛에 희미하게

빛났다. 어둠이 깔린 침실엔 거친 숨소리와 고요한 사랑의 속삭임이 난무했다. 땀으로 범벅이 된 그가 숨을 고르며 두 눈을 깜박였다. 그녀를, 자신이 사랑하는 여자를, 자신을 사랑하는 여자를 보고 싶어서였다. 준혁은 어두운 바다에서 희미하게 깜박이는 등대를 발견한 것처럼 연우를 간절한 눈빛으로 보았다.

꿈결 같은 순간이었다. 꿈속에서 그녀를 상상한 적은 있지만, 현실 속의 열기는 더욱 강렬했다. 가만히 그를 올려다보는 물기를 머금은 눈동자가 꿈이 아니라 현실이라고 말하고 있었다.

안 돼! 정신 차려!

다급하게 몰아치는 열망을 애써 억누르며 그는 간신히 몸을 일으켰다. 그는 바닥에 아무렇게나 내던져 놓았던 바지주머니에서 은박으로 포장된 콘돔을 꺼냈다.

"준비 정신!"

"언제부터 가지고 다닌 거야?"

연우가 놀란 얼굴로 물었다.

"한참 됐지. 언젠가는 닥칠 현실을 대비해서 준비하고 다녔지."

"혼자 김칫국 여러 번 마셨겠네."

그녀가 소리내어 웃으며 그를 놀렸다. 준혁은 짐짓 창피한 척 웃으며 이마에 드리운 머리카락을 손으로 빗어 올렸다. 그리고 천천히 그녀에게로 들어갔다.

"아!"

그녀가 그의 어깨를 안기 위해 손을 뻗었다.

"잠깐만."

그는 홍조를 띤 그녀의 얼굴을 내려다보며 천천히 조심스럽게 몸을 움직였다. 서서히 속도를 내기 시작했고, 그는 더 이상 통제할 수가 없었다.

"연우야, 연우야……."

그가 거칠게 그녀의 이름을 되뇌었다.

거대한 해일이 인 것처럼 사랑의 파도에 휘말리며 절정에 다다랐다. 마침내 하나가 된 그들은 서로의 몸을 꼭 껴안은 채 가만히 있었다. 이 순간 이 세상에는 오로지 그들만이 존재했다.

누군가와 함께 잠든다는 것은 참으로 좋은 일이었다. 따뜻하고, 외롭지 않으며 상대방의 심장박동 소리가 마치 자장가처럼 편안하게 느껴졌다. 연우는 준혁의 팔베개를 베고 규칙적인 그의 심장박동 소리에 귀를 기울였다.

"연우야."

"응?"

"아니, 그냥 자나 싶어서. 너 진짜 따뜻하다. 너무 좋아."

그가 커다란 손으로 그녀의 맨등을 어루만졌다. 기분 좋은 운동에 졸렸지만 잠으로 이 순간을 놓치고 싶지 않았다. 그의 손길 하나 숨결 하나가 잠들기에는 너무나 아까웠다.

섹스를 일컬어 왜 사랑을 나눈다고 표현하는지 알 것 같았다. 그와 함께 했던 일은 단순한 섹스가 아니었다. 그의 손길에 그녀는 자신이 여자임을 절실하게 느꼈다. 남자와 여자. 섹스는 연인에게 가장 경건하고 숭고한 행위였다.

"연우야, 연우야, 연우야."

장난 섞인 목소리로 그가 그녀의 이름을 연달아 불렀다. 연우는 그의 짓궂은 장난에 까르르 웃음을 터트렸다. 그는 계속 느릿한 어조로 그녀의 이름을 음미하듯이 조용히 불렀다.

"소희야라고 불러주면 안 돼?"

연우는 갑자기 소희라는 이름이 간절하게 듣고 싶었다.

"소희가 누구야? 왜 엄한 여자 이름을 부르라고 그러냐?"

그가 황당하다는 표정으로 살짝 고개를 들어 그녀를 내려다보았다.

정소희. 열여섯 살 겨울, 서울로 오면서 사라지고 만 이름이었다. 평생 죽을 때까지 최연우로 살아야 할 테지만 정소희라는 이름은 그녀에게 아득한 그리움을 안겨 주었다. 넉넉하지는 못했지만, 좁고 더러운 골목에서 살았지만 정이 있었고, 무엇보다 사랑하는 엄마를 기억할 수 있는 하나의 암호이기도 했다.

"나야, 정소희는. 옛날에 엄마랑 살 때 엄마 성을 붙인 정소희가 내 이름이었어. 열여섯 살 때까지 난 정소희였어."

"소희야, 연우는 싫어?"

"아니."

그녀는 살짝 고개를 저어 보였다. 단 한 번도 최연우란 이름을 싫어한 적이 없었다. 최연우란 이름은 그녀에게 기회였다. 정소희가 할 수 없었던 모든 일들을 가능케 하는 이름이었다.

그리고 큰오빠 최현우란 이름과 너무나 비슷해 행복하기도 했다. 이름만 들어도 누구나 두 사람이 가족 관계라는 것을 알 수 있는 닮은 이름.

"정소희도 최연우도 모두 나야."

"그래, 정소희든 최연우든 아무 상관없지. 난 널 사랑하니까.

이름이 어떻든 상관없이 난 널 사랑해."

이 남자는 낯간지럽게도 사랑한다는 말을 참 잘했다.

"나도."

"뭐라고?"

다 들었으면서 못 들은 척하는 준혁을 연우는 살짝 꼬집었다. 그러자 준혁은 엄살을 피우며 거의 죽는시늉을 했다. 그리고 나서 살짝 미소를 지으며 그녀의 머리카락을 쓸어 올렸다. 그녀의 머리카락이 사각거리는 소리를 내며 그의 손길에 흩어졌다.

"사랑합니다, 강준혁 씨. 사랑합니다. 됐지! 만족해?"

"너무 좋다! 나 죽을 때까지 너한테 사랑한다는 얘기를 못 들을 줄 알았는데. 너무 좋아서 나 기절할 것 같아!"

그가 웃음을 터트리며 그녀의 어깨와 목, 입술에 정신 없이 입을 맞추었다. 그러자 마술처럼 기분 좋은 열정이 온몸으로 오글오글 몰려들었다.

잠시 후 연우에게 키스하는 데 열중하던 그가 갑자기 진지한 표정을 지었다.

"연우야, 아버지가 많이 안 좋으시니? 너희 아버지를 한 번 뵙고 싶다. 정식으로 인사를 드리고 싶어."

연우는 갑자기 찬물을 뒤집어쓴 듯 오싹한 기분에 다시 그의 팔을 베고 누웠다. 그의 따스한 체온이 그녀에게 남김없이 전해졌다.

연우는 아버지와 준혁이 만나는 장면을 상상할 수 없었다. 물론, 준혁은 예의바르게 행동하겠지만 아버지가 문제였다. 아버지가 준혁을 반기지 않을 터였다. 그만큼 그녀와 아버지 사이가 좋지 않았다.

사실 그녀와 아버지는 예전에도 그렇게 살갑고 좋은 사이는 아니었다. 하지만 엄마와 큰오빠의 죽음을 겪으면서 그녀는 아버지와 한자리에 있는 것도 못 견뎌했다. 엄마와 큰오빠의 죽음의 실질적인 원인에는 아버지였으므로.

"연우야?"

"나, 아버지를 별로 좋아하지 않아. 준혁 씨한테 아버지를 인사시키고 싶지 않다고."

"연우야, 그러는 거 아니야. 중환자실에 계시다며? 어쨌든 너희 아버지잖아. 언제 돌아가실지 모르는데 좋게 보내 드려야지."

"아니, 좋게 보내 드릴 생각은 눈곱만치도 없어. 나 죽을 때까지 아버지를 용서하지 않을 거야."

연우는 자리에서 벌떡 일어나 앉았다. 그 바람에 벌거벗은 몸이 훤히 드러났다. 준혁도 일어나 그녀의 옆에 앉았다.

"우리 엄마, 1년이 넘도록 병원에 입원해 있어도 한 번도 찾지 않은 사람이 우리 아버지란 사람이야. 장례식 때도 오지 않았어. 상주 노릇하고 장례식을 뒤처리한 사람이 큰오빠였어. 자기 자식까지 낳은 여자의 장례식에도 오지 않았다고."

"연우야, 나 좀 봐."

그가 그녀의 어깨를 잡고 마주 보게 했다. 하지만 연우는 눈을 내리깔고 시선을 그의 어깨에 맞추었다. 그녀는 혹시라도 자신의 감정이 눈에 드러날까 봐 두려웠다. 아버지를 향한 가장 역겨운 감정들까지 그에게 보여줄 것만 같아서 겁이 났다. 이 감정은 어느 누구보다 그에게만은 숨기고 싶었다.

"큰오빠……, 정인언니 사고로 죽은 거 아니었어. 아니, 사고로 죽긴 했지만, 원인 제공은 아버지였어. 총애하는 당신 아들에겐 어울리지 않다고 생각했겠지. 사람을 시켰어. 정인언니는 도망가다가 사고가 나서 죽은 거였고. 그리고 정인언니 없이 큰오빠는 살 수 없었지. 내 아버지란 사람은 그런 사람이야. 나 내일 당장이라도 아버지가 돌아가셔도 눈 하나 깜짝 안 할 거야."

"연우야."

그가 손을 내밀어 그녀의 턱을 어루만졌다. 그녀는 자신도 모르게 눈을 감고 한숨을 내쉬었다.

"미안해. 하지만, 생각 좀 해봐야겠어. 그 집이 나에게 편하지 않아. 작은오빠! 작은오빠는 괜찮아. 작은오빠는 내가 당신을 만나는 거 알고 있어. 당신을 한 번 보고 싶대."

"그래."

그는 더 이상 다그치고 싶지 않아 마지못해 대답하고 그녀를 끌어당겨 품에 안았다. 연우는 이제는 너무나 익숙해진 그의 넓은 가슴에 안겨 어깨에 얼굴을 묻었다.

"연우야, 너 힘든 거 알겠는데, 버릴 건 버리고 살아. 이미 지난 일이야. 계속 끌어안고 살면 상처받을 일밖에 없어. 연우야, 나쁜 기억은 그냥 다 버려……."

그녀는 대답 대신 고개를 들고 그의 입술에 입을 맞추었다. 그는 그녀만큼이나 아픈 표정을 하고 있었다. 그녀는 말없이 그에게 키스했다. 거짓말은 하고 싶지 않았다. 버릴 수 있었다면 진작 그렇게 했을 것이다.

적과의 동침

아버지는 일반 병실로 옮겼다. 2년 동안 오늘 내일 하셨듯이 쉽게 갈 사람이 아니었다.

연우는 진우의 손에 끌려가다시피 해서 병원을 찾았다.

"제 발로 온 건 아니겠지만, 그래도 오긴 왔구나."

침대 옆을 차지하고 있는 커다란 기계에 연결된 선들이 아버지의 앙상하게 마른 몸을 에워싸고 있었다. 하지만 누렇게 뜬 얼굴에 유독 눈동자만 반짝였다. 연우는 그러한 모습이 마치 자신에게 조롱을 보내고 있는 것만 같았다. 이렇게 넌 와야 한다고. 그렇게 증오해 마지 않는 아버지라도, 죽을 만큼 싫어도 결국은 올 수밖에 없다고.

"진우야, 넌 좀 나가 있거라."

연우가 대답도 없이 침대 발치에 서서 무심하게 바라보는 것을 무시한 채 아버지는 진우를 내보냈다. 그녀 역시 병실을 나서는 진우를 따라 나섰다.

"넌 좀 남아 있고!"

그녀가 병실 문을 막 빠져 나오려는데, 죽음의 문턱까지 갔다 왔다고는 믿을 수 없을 만큼 큰 목소리가 그녀의 발목을 잡았다. 연우는 더러운 쓰레기 더미에 발이 걸린 것 같은 기분이 들었다. 그래서 불쾌함을 숨기지 않은 채 신경질적으로 몸을 돌렸다.

"나한테 무슨 할 얘기가 남아 있으세요?"

"이리 가까이 와."

그녀는 냉기가 뚝뚝 흐르는 얼굴로 문 앞에 그대로 서서 움직이지 않았다.

"뭡니까?"

"나와는 얼굴을 마주 대하기도 싫은가 보구나. 그래, 넌 내가 아직 안 죽어서 실망했을 거야. 나도 네가 싫어. 네 얼굴 더 보고 싶지 않아서라도 빨리 죽어야겠구나. 하긴……, 저 세상 가서도 편치는 않겠군. 현우 녀석은 여전히 그 여자와 붙어 있을 테니. 그뿐이 아니야. 네 어미도 거기 있을 테니까."

사람은 죽을 때가 되면 달라진다고 하던가. 하지만 아버지는 아니었다. 여전히 속이 시커멓고 자신이 해왔던 모든 일들에 조금도 죄책감을 갖지 않고 있었다.

연우는 쓰레기 더미에 파묻힌 듯한 기분이었다. 아버지는 언제나 그랬듯이 그녀가 가장 역겨워하는 인간상이었다.

"아뇨, 아버지는 오빠와 엄마를 만나지 못하실 거예요. 아버지는 지옥에 떨어질 테니까요."

그녀의 서슴없는 힐난에 그의 얼굴이 잠시 굳었다가 금세 컬컬한 웃음을 토해냈다. 유리를 긁는 듯한 거슬리는 소리였다.

"난 너의 그런 점이 마음에 들어. 싫은 상대에게는 가차없지. 넌 모든 점에서 나와 가장 많이 닮았어. 그래서 아무리 발버둥쳐도 벗어날 수가 없는 거야."

연우는 아버지가 자신에게 마치 저주라도 내리는 것처럼 느껴졌다. 더 이상 아버지의 얼굴을 마주 대할 자신이 없었다. 결국 혐오감에 찬 얼굴로 찬바람이 쌩쌩 날 정도로 휙 돌아서 병실을 나왔다.

단호하게 문을 닫고 나가는 딸의 모습을 바라보던 최성식 회장의 주름진 얼굴에 희미하게 미소가 피어올랐다.

세상에서 자신과 가장 많이 닮은 자식이었다. 그래서 그는 자신을 보고 싶으면 딸에게 투영하곤 했었다. 그러나 성깔머리는 자신과 닮았지만 얼굴 생김은 제 엄마를 빼다 닮았다.

한 가정의 가장이 어린 처녀를 가슴에 안았던 일은 그의 일생의 최대의 실수였다. 차라리 그녀가 술집 작부였거나, 돈만을 탐하는 여자였다면 오히려 나았을 것이다.

소박하고 평범했던 그녀, 순수한 웃음에 그는 자기도 모르게 빠져들었다. 그래서 임신 소식을 들었을 때에도 매몰차게 떨쳐내지 못했다. 그악스런 아내와 순박한 여자 사이에서 그는 잠시 시소를 타듯 왔다갔다했다.

그러면서도 바람 같은 마음은 또 다른 여자를 찾게 되었고, 그러한 여성 편력은 세월이 흐를수록 더욱 심해지고 강화가 되었다. 그런데도 여전히 자신의 아이를 혼자 낳아 키우는 연우 엄마가 잊혀지지 않았다. 결국 그는 연우가 열네 살이 되던 해, 아이를 보겠다는 핑계로 대구에 내려갔다. 그동안 자주는 아니지만, 가끔씩 얼굴을 보고 가기는 했다.

"이제 중학생이 되겠구나."

연우에게는 아버지라는 사람은 낯선 손님 같은 사람이었다. 추운 날씨에 교복을 맞추고 잔뜩 얼어 있는 얼굴로 집에 돌아왔을 때, 아무렇지 않게 인사말을 건네는 사람은 아버지라며 가끔씩 찾아오던 사람이었다.

"아, 안녕하셨어요?"

소녀가 떨떠름하게 언 얼굴로 꾸벅 고개를 숙이며 중얼거렸다.

"교복 다 맞추고 왔나? 언제 다 된다 그러드노? 좀 넉넉하게 해 달라고 했나?"

"응."

소녀가 풀었던 코트의 단추를 다시 여몄다. 미색 목도리를 다시 두르는 것을 보고 여자가 말했다.

"또 어디 갈라고? 아부지 오셨는데 같이 밥 묵어야지."

"안 먹는다."

연우의 말에 그가 엄하게 타일렀다.

"어디서 배운 말버릇이냐? 어른한테 버릇없이 뭐 하는 거야?"

"무슨 상관이세요? 아버지는 누가 아버지라고 그래? 사람들이 저보고 뭐라고 그러는지 아세요? 인심 쓰듯이 한 번씩 왔다 가면서 아버지는 무슨 아버지예요!"

소녀가 울컥해서 소리쳤다. 그러더니 손등으로 눈가를 훔친 뒤 문이 부서져라 닫으며 밖으로 뛰어나갔다.

　그가 미처 딸의 원망에 찬 말을 이해하거나, 가슴속의 죄책감을 덜어내지 못하고 있을 때 그녀가 말했다.

　"들었지요? 애가 벌써 저렇게 컸는데 알 건 다 알겠지요. 이제 오지 말아요. 책임질 생각은 더 이상 하지도 말고요. 저도 이제 조용히 살고 싶어요."

　"지금 무슨 말이야? 지금 나한테 무슨 통보하는 거야?"

　"전, 우리 소희를 잘 키우고 싶어요. 동네 사람들이 떠드는 것을 하나도 듣게 하고 싶지 않다고요. 이렇게 한 번씩 왔다 가면 조용하던 동네에 무슨 태풍 불 듯이 소문이 휩쓸고 가요. 이제 오지 말고, 우리 더 이상 안 보고 삽시다. 그렇게 해줘요."

　그녀의 말은 10여 년의 세월이 지나도 가시처럼 심장에 박혀 상채기를 냈다. 화가 솟구칠 대로 솟구친 그는 울컥 하는 마음에 소리쳤다.

　"좋아, 내 오지 말라면 안 오지. 단지 저 애는 내가 데리고 가서 키울 거야."

　그는 안 된다고, 무슨 소리냐고 눈물바람으로 애원하는 그녀를 사정없이 내친 뒤 차갑게 뒤돌아 섰다. 아이의 장래를 생각하면 절대로 거부할 수 없을 거라고 협박하면서 그녀를 궁지로 몰아넣었다. 아이가 중학교를 마치면 곧바로 서울로 올려 보내라고, 만일 그렇게만 하면 만나고 살게는 해주겠다고 윽박질렀다.

　그녀가 먼저 그를 거부할 것이라고는 생각지도 못했기에 충격은 놀라울 정도로 컸었다. 그래서 그는 잠시 이성을 잃었다. 오로지 배신감에 악만 남은 상태였다.

　그러자 그녀 역시 만만치 않게 반격을 했다. 다시는 얼굴을 보지 않을 거라고 악다구니를 쓰면서 대들었다. 그래서 그녀가 병마와 싸우고 있다는 소식을 들었을 때에도, 세상을 떠났다는 소식을 들었을 때에도 그는 철저하게 무관심으로 일관했었다.

아니, 볼 자신이 없었다. 다시 그녀를 보게 되면 죄책감에 무너지게 될까봐 겁이 났다. 그녀의 병의 원인이 자신이라는 것을 알고 있었기에 더욱 그랬다.

세월은 유수처럼 흐른다던가. 그는 성공을 했지만, 그에 못지 않게 많은 것을 잃었다. 사람이 죽을 때가 되어야 비로소 자신을 되돌아볼 여유가 생긴다더니, 정말 그런가 보았다.

최 회장은 삑삑거리는 규칙적인 소리를 내는 자신의 몸을 휘감은 기계를 쳐다보았다. 그때 간병인이 병실로 들어왔다. 그는 간병인에게 고문 변호사를 부르라고 명령했다.

여태껏 어떻게 살았는데, 이제 와서 착한 사람 노릇할 필요는 없지.

부랴부랴 달려온 변호사에게 그는 유언장을 변경했다. 녹음기를 켜고 유언장을 대리 집필하는 변호사에게 하나하나 지시를 내렸다. 여전히 최 회장의 눈동자에는 평생동안 그를 움직인 원동력인 야심이 고스란히 담겨 있었다.

"진심이십니까?"

"내가 지금 이렇게 누워 있어도 아직은 정신이 말짱해."

되묻는 변호사의 물음에 그가 무슨 단호하게 말했다. 잠시 후 말을 고른 그는 천천히 혼잣말처럼 중얼거렸다.

"진우는 지나치게 너그러워. 냉철한 경영철학을 가지고 있어도 가끔 인정에 흔들리거든. 그게 인간적이고 신뢰할 수 있는 경영자일 수 있지. 하지만 그에 비하면 연우는 맺고 끊는 게 확실해. 한 번 아니면 무슨 일이 있어도 아니야. 무슨 사정이 있다고 해도 잘라야 할 때 자를 줄 알거든. 그게 나와 비슷한 점이지. 그애한데 기회를 주고 싶네. 누구보다 잘해 낼 것 같거든. 욕은 욕대로 들어먹겠지만, 회사에는 꼭 필요한 존재야."

"네, 계속하시지요."

가만히 듣고 있던 변호사가 다시 고개를 숙이고 유언장을 작성해 나갔다.

그 뒤로 연우는 다시는 아버지를 찾지 않았고, 아버지 역시 그녀를 찾는 일은 없었다. 이제까지 그래왔듯이 타인보다 더 무심한 감정으로 아버지라는 존재를 잊기 위해 더욱 열심히 일했다.

시간은 여름의 폭풍우처럼 지나갔다.

진우와 연우는 눈코뜰새없이 바쁜 나날을 보내고 있었다. 전자계열은 서서히 안정을 찾아가고 있었다. 북미로 수출하던 물량의 클레임이 풀리고, 새로운 계약을 따내면서 적자도 어느 정도 만회한 상태였다. 그리고 만일의 세무조사를 대비한 장부 준비도 완벽에 가까울 정도로 해놓았다.

남매는 계열 정리와 각 분야 전문 경영자를 뽑고 있었다. 그리고 오늘부터 신제품 시연회가 열릴 예정이었다.

진성전자에서 새롭게 내보일 홈 시어터는 코엑스에서 축제 형식으로 일주일 동안 열릴 계획이었다. 소규모로 영화를 상영하고 국내에서 가장 인기가 좋은 밴드의 콘서트를 열면서 생중계할 예정이었다. 그 외의 여러 가지 다양한 이벤트들이 유저들을 맞을 준비를 하고 있었다. 연우는 회사로 출근하는 대신 바로 현장으로 갈 계획이었다.

잠이 부족한 연우는 아침마다 일어나는 게 전쟁이었다. 알람소리를 듣고 깨기는 하지만, 침대에서 일어나 앉기가 힘들었다. 그래서 몇 번이고 뒤척이다 겨우 초침을 세며 마지막 순간이 되어서야 일어나곤 했다.

"일어나야지."

준혁이 그녀를 마주 보며 바닥에 무릎을 꿇고 앉았다. 그리고 그녀의 무릎을 다정하게 만지며 가볍게 흔들었다.

"응, 일어날 거야."

그가 고개를 내밀고 그녀의 입술에 키스하는 순간, 그녀는 눈을 번쩍 떴다. 방금 씻고 나온 그에게서 비누 향과 알싸한 치약 향기가 함께 풍겼다. 젖은 머리칼에서는 물기가 느껴졌다.

"넌 조는 모습도 예쁘다."

그의 말에 그녀가 웃으며 면박을 주었다.

"팔불출."

그녀의 대답에도 아랑곳없이 그는 고개를 숙였다. 그의 입술이 살짝 그녀의 입술 위로 스치고 지나갔다.

"입술도 예쁘고."

그는 그녀의 손을 잡고 곧게 뻗은 가는 손가락마다 입을 맞추었다.

"손가락도……."

여전히 그는 그녀의 손을 놓지 않은 채 고개를 숙여 무릎에 키스했다.

"이 무릎도."

그는 그윽한 눈빛으로 바라보는 그녀에게 시선을 맞추었다. 아침 햇살이 그녀의 등뒤를 비추자 머리칼이 올올히 부서져 내렸다. 그녀는 행복한 미소를 지으며 그의 모습을 지켜보았다.

"다 예쁘고, 다 사랑해."

연우가 얼굴을 그의 어깨에 묻었다. 자신의 허리를 잡아당기는 그의 손이 아주 따뜻했다.

"뭐야……."

그의 따스한 포옹에 그녀는 눈물이 나왔다. 바보처럼 꼭꼭 숨겨두었던 눈물이 노파처럼 주책맞게 쏟아져 내렸다.

"나도야, 나도 자기를 사랑해."

참으로 행복하고 기분 좋은 아침이었다. 이런 아침이 있으리라고는 상상도 못했던, 그래서 더욱 조심스러운 아침이었다.

"최 여우! 이리 와."

준혁이 이제는 아예 드러내놓고 연우란 이름 대신 여우라고 마구 불러댔다. 그는 아예 그녀의 침실을 자신의 안방처럼 사용하고 있었다. 마치 남편이라도 되는 것처럼 그녀에게 응석을 부리며 이것저것 요구했다.

그녀가 일어나 밖으로 나간 사이, 그는 이미 출근 준비를 끝낸 상태였다. 그녀가 간단히 세수를 한 뒤 화장대 의자에 앉자 그가 목을 들이대며 귀엽게 말했다.

"이거! 넥타이 매줘."

그가 연두색 빛깔의 넥타이를 그녀의 손에 쥐어주었다. 검은색 바지와 눈처럼 하얀 와이셔츠를 입고서 그녀에게 넥타이를 매달라고 조르는 중이었다.

"앉아."

준혁은 그녀가 내주는 의자에 즉시 걸터앉았다. 연우는 정성스럽게 넥타이를 매주었다.

"하지 마, 간지러워."

그녀가 넥타이를 매주고 있는 사이 그가 손을 뻗어 그녀의 허리와 옆구리를 간질였던 것이다. 그녀는 몸을 비틀며 얼른 그의 손을 찰싹 때렸다.

"오늘 바빠? 저녁에 나랑 어디 좀 갔으면 좋겠는데."

"미안해, 오늘은 안 되겠어. 일 때문에 많이 늦을 거야."

그녀가 미안해하자 그는 할 수 없다는 듯이 투덜거렸다.

"요즘 너무 바쁜 거 아니야? 나도 좀 신경 써라."

"미안하다고."

"쳇! 됐어. 이래서 남자는 한 번 몸 주면 끝이라니까. 자기 거 됐다고 이렇게 신경 안 쓰면 너무하잖아."

"무슨 말도 안 되는 소리야!"

연우가 그의 말도 안 되는 소리에 웃으며 와이셔츠 깃을 가지런히 정리해 주었다. 그는 잠시 그녀의 허리를 안고 가슴에 얼굴을 묻었다.

"웬 어리광이야? 나도 미안하게 생각해. 대신 요번 주말에 우리 근사하게 데이트하자. 응?"

연우가 그의 목을 껴안고 다정하게 머리칼을 쓰다듬으며 제안했다. 요즘은 눈코뜰새없이 바빠서 거의 매일 야근하다시피 했고, 당연히 그에게 소홀해질 수밖에 없었다.

"약속할게. 야외에 나가서 바람도 쐬고, 드라이브도 하고. 우리 김밥 싸서 소풍 갈까?"

그녀는 어린애 달래듯이 얼렀다. 하지만 그의 대답은 자신은 완전한 성인남자라고 주장하고 있었다.

"드라이브고 밥이고 다 필요 없어. 그냥 콘돔 한 상자 챙겨서 스위트룸에서……."

"어이구, 이 짐승!"

연우는 그의 말을 자르고 소리쳤다. 그리고 어느새 그녀의 블라우스 단추를 끌어내리고 있는 그의 손을 찰싹 때려 떨쳐내고 먼저 침실을 나왔다.

토스트기에 식빵을 넣고 구워지길 기다리면서 그녀 속으로 중얼거렸다. 하여튼, 남자들이란…….

신제품 시연회가 열리는 코엑스에서는 사람들로 발 디딜 틈이 없었다. 연우는 구석으로 물러나며 진행 상황을 차트에 꼼꼼히 메모한 뒤 살펴보았다. 평일인데도 첫날에 이루어지는 각종 이벤트 덕분에 행사는 성황리에 치러지고 있었다.

지금까지 상황을 점수로 매긴다면 단연코 100점이었다. 각계 인사들과 일반인들이 차별 없이 많이도 찾아와 주었다. 각계 유명 인사들은 새롭게 떠오른 진성 CEO와 안면을 트기 위해서였고, 일반인들은 공짜 영화와 공연을 즐기기 위해서였다.

소규모로 마련된 영화관은 관객들이 꽉 들이찼고, 홈 시어터 유저들은 똑같이 옷을 차려입은 모델들에게서 신제품 설명을 듣고 있었다. 음악소리가 쿵쾅거리며 축제 분위기를 한층 띄웠고,

색색의 풍선이 두둥실 떠다니며 실내를 장식하고 있었다. 게다가 아름다운 모델들이 진행하는 이벤트 행사장에는 사람들로 발 디딜 틈이 없었다.

"이 정도면 대 성공이지?"

연우가 구석에 서서 취재진들의 카메라 플래시가 터지는 것을 바라보며 옆에 서 있는 진우에게 물었다.

"그래."

"일정이 앞당겨져서 급하게 준비하느라 마음을 졸였는데 다행이야. 마케팅부 이 실장이 고생 꽤나 했어."

진우는 몰려드는 인파로 인해 그녀에게 바짝 붙어 섰다. 사람들이 어찌나 많이 몰려드는지 그녀의 어깨를 감싸안아야 했다.

"그래, 이 실장 대단한 사람이야. 승진할 때 됐지. 그래도 제일 고생은 우리 동생이지. 연우야, 고생 많이 했다."

그의 장난 섞인 칭찬에 그녀는 얼굴을 살짝 붉혔다.

"칭찬하기에는 너무 이른 거 아니야? 아직 갈 길이 멀었는데. 다 해결되면 그때 가서 칭찬해 줘. 물론 칭찬만으로는 안 되겠지만 말야."

그녀는 예상치 못한 오빠의 칭찬에 똑같이 장난으로 대꾸했다. 그는 손으로 그녀의 머리칼을 헝클어 놓았다.

"참 많이들 왔네. 저기 Korea C&C 장남이야. 어? 저긴 대한투자 이사다. 여긴 왜 왔지?"

"오빠한테 얼굴 한 번 보여주겠다고 바득바득 몰려든 거지 뭐. 얼른 가셔서 인사나 좀 하셔."

진우의 짜증 섞인 말에 그녀가 가볍게 대꾸했다. 사람들을 살피던 그가 갑자기 얼어붙은 얼굴로 한 곳을 응시했다.

"재수 더럽게 없네. 저 새낀 여기 뭐 얻어먹겠다고 왔어? 미친 거 아니야?"

그가 욕설을 내뱉으며 얼굴을 험상궂게 찡그렸다.

"왜 그래? 누군데 그래?"

"DM 말야. DM 강 회장 차남이 왔어. 진성전자 먹어 보겠다고 덤비는 욕심 많은 새끼가 지금 여기에 와 있어."

연우는 진우가 욕을 하는 이유를 충분히 납득할 수 있었다. DM은 아무리 막으려고 해도 무슨 수를 쓰는지 조금씩 주식을 빼내가고 있었다. 누군지는 몰라도 경영 실력 하나만큼은 인정해 줘야 했다. 지금 그들과 치열한 싸움 중인 상대방을 마주할 순간이었다.

"와봐, 인사는 해야지. 미친 놈."

그녀는 진우의 손에 이끌려 사람들 사이를 헤집고 걸어갔다.

"DM 경영본부장님, 오셨습니까."

진우가 그답지 않게 비꼬며 상대방을 노려보며 말했다. 연우는 진우의 말투가 몹시 거슬렸지만 얼른 그의 옆에 서서 고개를 들었다.

"공식적으로 뵙는 건 처음이군요. 신제품 시연회가 아주 성공적이십니다."

연우는 눈을 깜빡이며 차갑게 형식적으로 이야기하고 있는 DM 경영본부장이라는 사람을 쳐다보았다.

너무나 잘 알고 있는 목소리였다. 이 얼굴도. 눈을 감고도 그릴 수 있을 정도로 낯익은 준혁의 얼굴이 바로 앞에 있었다.

왜…….

이 사람이 여기 있지?

"신제품 시연회는 다음달로 알고 있었는데 이렇게 앞당긴 이유가 있……."

준혁이 말을 끝맺지 못했다. 진우를 향하던 그의 시선이 그녀에게 머물렀다. 그도 영문을 모르겠다는 표정으로 나란히 선 진우와 연우를 번갈아 쳐다보았다. 서로 당황해하는 두 남녀를 눈치채지 못하고 진우가 준혁에게 연우를 소개했다.

"그러고 보니 처음 뵙겠군요. 이쪽은 제 여동생이자 우리 회사 이사인 최연우입니다. 미국에서 돌아온 지 얼마 안 되지요. 이번 시연회도 이 녀석 공이 컸습니다."

진우의 말에 그의 눈동자가 점점 더 커졌다.

"연우야, DM 강 회장님 차남이신 강준혁 경영본부장님이시다. 인사해."

연우는 눈을 감으며 진우의 옷자락을 움켜잡았다. 잠시 현기증이 일면서 귓가가 웅웅거리며 울렸다.

누구라고? DM? 준혁 씨가.

말도 안 돼. 이건…….

이러한 상황은 단 한 번도 생각해 본 적이 없었다. 끔찍한 일이었다. 준혁이, 그녀가 사랑하게 된 이 남자가 경쟁업체 경영본부장이고, 후계자라니. 그녀의 오빠가 목숨을 걸고 지키려는 것을 탐내고 욕심부리는 남자가 그녀의 사랑이라니. 이 싸움판에서 그녀가 밤낮으로 싸워왔던 상대가 준혁이라니.

삶은 아이러니라고 하던가. 이게 무슨 삼류 시나리오에서나 나올 법한 상황인가.

그녀는 이 모든 혼란스러움과 귓가를 울려대는 소음에서 먼저 벗어나야겠다는 생각이 들었다. 정신이 하나도 없었다. 우선 이 자리부터 벗어나야겠다.

"일이 있어서……."

연우는 자신이 듣기에도 기어 들어가는 소리로 말하고는 황급히 뒤돌아서 두 사람에게서 도망쳤다. 부딪히는 사람들을 헤치며 기계적으로 앞으로 걸어 나갔다. 그녀가 세상에서 가장 사랑하는 두 사람에게서 도망치고 있었다. 바로 작은오빠와 연인에게서.

준혁은 서둘러 사라지는 연우의 뒷모습을 멍하니 넋 놓고 바라보았다.

그가 이곳에 온 이유는 호기심이었다. 진성 쪽에서 어떻게 대처하나 호기심이 일어 진성전자 신제품 시연회가 열리고 있는 코엑스까지 온 것이다.

온통 주위는 쿵쿵거리는 음악소리와 모델들의 상품설명 소리, 그리고 관람객들의 왁자지껄한 소음이 뒤섞여 아무 생각도 할 수 없도록 만들었다. 더욱이 그곳은 발 디딜 틈 없이 사람들로 복작거렸다. 이 복잡한 곳에서 혼자 낙오자가 된 느낌이었다.

낙도에 버려진 느낌이 이럴까. 그저 그녀의 뒷모습만이 잔상으로 남아 그의 심장을 아프게 파고들었다. 연우는 어느새 사람들 속으로 사라지고 없었다.

그는 얼굴을 찡그리고 손으로 말끔하게 정리되어 있던 머리를 아무렇게나 쓸어 올렸다. 이해할 수 없는 상황이었다.

그녀가 왜 여기 있고 왜 그를 보자마자 등을 돌리고 사라졌을까? 이해할 수가 없었다.

"무슨 일이지?"

진성의 새 경영자로 나선 최진우가 영문을 모르겠다는 표정으로 연우가 사라진 쪽을 바라보고 있었다. 이 남자가 왜 연우와 함께 있을까?

왜?

최진우, 최연우.

어떻게 이제까지 까맣게 모르고 있었을까? 상상할 수도, 단 한 번도 그 가능성을 의심해 본 적도 없었다. 왜 하필 이곳 이 장소에서 마주칠 수밖에 없었을까?

왜? 하필 최연우, 그녀일까.

그는 절망감에 휩싸여 뒤뚱거렸다. 현기증이 일었다. 그는 천천히 눈을 감았다가 다시 떴다. 온갖 생각들이 뒤엉켜 한꺼번에 몰려들었다.

오, 하느님!

아무 생각도 할 수 없었다. 우선 머리에 가장 먼저 떠오른 일부터 하자. 그녀를 쫓아가서 잡는 것이었다. 그는 곁을 휙휙 스치고 지나가는 사람들을 헤치고 행사장 입구로 달려갔다. 엘리베이터를 기다릴 시간이 없었다. 그는 곧장 비상계단을 뛰어내려와 주차된 승용차에 올라탔다.

그리고 무조건 오피스텔로 향했다. 이유는 모르겠지만 연우가 오피스텔로 갔다는 확신이 들었다. 그리고 뒤이어 씁쓸하게도 그녀가 달리 갈 곳이 없다는 사실을 깨달았다.

준혁은 사고의 위험성을 무시한 채 험하게 차를 몰았다. 그리고 기록적인 시간 안에 빌딩 밀집 지역 한가운데 위치한 고급 오피스텔로 들어섰다. 그가 다급하게 핸들을 꺾어 주차장에 들어서자 연우가 막 차에서 내리는 모습이 보였다. 그 자신만큼이나 그녀가 위험하게 운전했다는 사실에 그는 아찔한 기분이 들었다.

"연우야!"

그는 대충 삐뚜름하게 차를 주차한 뒤 얼른 차에서 내렸다. 그리고 혹시라도 그녀가 다시 사라질까 두려워 고함을 쳤다. 그의 고함소리에 그녀가 뒤돌아 그를 힐끔 바라보았다.

그녀는 갑자기 작동을 멈춘 기계처럼 서 있었다. 그러더니 갑자기 몸을 돌려 곧장 엘리베이터로 달려갔다. 검은색 치마 정장에 하이힐을 신은 그녀가 뛰는 모습이 몹시 위태로워 보였다. 그는 그녀가 넘어질까 봐 걱정이 되었다.

"연우야, 뛰지 마!"

준혁이 소리치며 단숨에 그녀를 따라잡았다. 그가 그녀의 어깨를 잡은 뒤 돌려세웠다.

그러자 연우는 그의 손을 떼어내기 위해 몸부림을 쳤다.

"이거 놔! 놓으라고!"

그는 믿을 수 없을 만큼 그녀가 심하게 반항하자 잠깐 당황했다. 그녀는 그를 어떻게 생각하는 걸까? 자신을 다치게 할 거라고 생각하는 걸까?

"나랑 얘기 좀 해. 괜찮아, 연우야. 괜찮아, 나야."

그녀가 몸에서 힘을 풀고 그를 올려다보았다. 흐트러진 머리카락 사이로 눈물 맺힌 눈동자가 보였다. 참으로 낯선 눈빛이었다.

언제나 아기 사슴과 같은 눈망울이라고 생각했었는데…….

그녀는 지금 한 번도 본 적이 없는 눈빛으로 그를 바라보고 있었다. 처음 차에 흠집을 냈을 때에도 이렇지는 않았는데. 그녀의 눈은 그저 허허롭기만 했다.

"당신이 누군데?"

말문이 막혔다. 눈동자만큼이나 차갑고 어떤 감정도 실리지 않은 목소리였다.

"연우야……."

그가 그녀를 속삭여 불렀다. 준혁은 그녀가 어떤 모습으로 어떤 생각으로 살아왔는지 알 것도 같았다. 기댈 곳 하나 없는 외롭기만 했던 그녀가 어떻게 그에게 마음을 열었는지 알 것 같았다. 그리고 지금 그녀의 마음속에 어떤 폭풍우가 몰아치고 있는지도.

연우는 여전히 초점 잃을 시선으로 그를 올려다보고 있었다.

"그래, 내가 최연우야. 진성전자 이사지. 당신은? 강준혁! DM 강준혁 경영본부장이지."

"진성그룹 최연우와 DM의 강준혁. 이렇게도 되는구나. 정말……, 우리 생각하기 싫다."

그도 그녀의 말을 되뇌며 중얼거렸다.

세상에 별 희한한 인연도 다 있구나. 하필 너와 나, 우리가 그런 인연이라니.

최악의 기분이었다. 언제나 그 누구도 그녀에게 상처를 주지 못하도록 곁에서 지켜줄 생각이었는데, 지금 자신이 그러한 위치에 있다니, 그는 스스로도 기가 막혔다.

  그는 연우의 가느다란 손목을 내려다보았다. 너무나 익숙하고 따뜻한 그녀의 손이었다. 오늘 아침에 넥타이를 정성껏 매주던 손, 김밥을 조물조물 말던 손, 자신의 맨몸을 어루만지던 손이 거기에 있었다. 그의 사랑이고, 여자인 그녀가 거기에 있었다. 결코 그녀는 그에게 과거형이 될 수 없었다.

  그가 조심스럽게 긴 시간과 많은 돈을 들여 진행해 오던 사업과 단 하나밖에 없는 여자가 서로 대척점에 있었다. 그 둘은 물과 기름처럼 절대로 융화가 될 수 없는 관계였다. 내가 과연 이렇게 복잡한 상황을 잘 풀어낼 수 있을까.

  "올라가, 우리 애기 좀 해."

  "무슨 얘기? 나 지금 당신 얼굴 보고 싶지 않아. 내가 지금 당신 얼굴 보고 무슨 얘기를 듣고, 무슨 얘기를 할 수 있겠어?"

  "우린 얘기해야 돼. 그것도 지금, 지금 아니면 안 돼."

  그는 잡고 있는 이 손을 놓아버리면 다시는 잡을 수 없다는 걸 알고 있었다. 그래서 싫다는 그녀를 억지로 엘리베이터에 태워 그의 집으로 데리고 들어갔다. 그가 자신의 집으로 들어온 유일한 이유는 그녀의 집보다 엘리베이터에서 더 가까워서였다.

  집은 주인이 자주 오지 않아서인지 며칠 새에 황량하게 변해 있었다. 준혁은 혹시나 싶어 현관문을 잠그고 그녀를 안으로 안내했다. 두 사람은 의자를 앞에 두고도 앉지 않았다.

  "진성전자 주식, 당신은 모르는 일이야?"

  잠깐 침묵이 흐른 뒤 그녀가 먼저 물었다.

  "알아, 내가 지휘했어."

  이 상황에서 얘기를 못할 게 뭐 있겠는가. 잔인한 진실이라도 거짓보다는 낫기에 그가 솔직하게 대답했다.

"그래, 알았어."

연우가 그 한마디를 하고 고개를 돌렸다.

그는 울컥 화가 치솟아 답답하게 목을 조인 넥타이를 신경질적으로 잡아당겨 풀었다. 그녀의 시선이 연둣빛 넥타이에 머물렀다. 그제야 그는 그 넥타이가 오늘 아침 그녀가 손수 매준 거라는 걸 깨달았다.

오늘 아침만 해도 준혁은 세상에 부러울 것 하나 없는 남자였다. 밝은 미래와 돈과 명예, 그리고 아름답고 똑똑한 여자까지. 그야말로 모든 것을 가진 남자였다. 오늘 아침까지만 해도 모든 것이 완벽했었다.

그는 화가 마구 났다. 이 상황뿐만 아니라 너무나 쉽게 자신을 포기하는 이 여자 때문에…….

"뭐가 알겠다는 거야? 그래, 내가 그 DM 강준혁이야. 내가 이 사실에 사과라도 해야 하는 거야?"

그녀가 손으로 흐트러진 머리를 쓸어 올렸다. 그것도 올리기 힘들었는지 금방 아래로 떨어뜨리며 천천히 고개를 저었다.

"그럴래? 그럼 나도 내가 최연우라는 사실에 대해 사과해야 하는 거지?"

"왜 이래? 알잖아! 내 잘못이 아니라는 거. 나도 몰랐다는 거!"

기운 없는 그녀의 말에 그가 소리를 질렀다.

"나도 몰랐고 당신도 모르고 있었는데, 이상하게 난 꼭 당신 탓인 것만 같아……."

"연우야, 우린 변한 게 없어. 이대로면 돼."

"아니, 모든 게 다 변했어. 뭐가 이대로야? 당신은 당신이 이길 것이라고 생각하고 있지? 이대로 모른 척 싸움 끝날 때까지 당신은 당신대로, 난 나대로. 그렇게? 그렇게 그대로?"

그녀가 다시 고개를 저었다. 준혁이 손을 뻗었지만 그의 손길이 채 닿기도 전에 그녀는 한 걸음 뒤로 물러났다. 그가 다가오는 만큼 그녀는 물러났다.

"연우야, 알잖아. 힘들 것이라는 거. 알면서 왜 그래? 곧 언론에 터질 거야. 걷잡을 수 없을 것이고, 당신이 할 수 있는 일은 없어. 그냥 내가 하는 대로 있어 줘."

"그럴 수 없어. 힘들고, 가능성이 없어도 난 끝까지 해야 해."

"뭐 때문에? 진성이 당신한테 뭐기에? 당신은 그 회사에 미련이 없잖아."

이유를 알 수 없었다. 그녀가 그렇게 원망하는 아버지와 편치 않았던 가족들 틈에서 어떻게 자라왔는지 다 아는데, 왜 회사에 매달리는지 알 수 없었다.

"난 오빠가 원하는 일이라면 뭐든지 해."

연우가 대답했다. 그녀의 오빠, 최진우는 수긍할 수밖에 없었다. 최진우가 그녀에게 자신이 어떤 존재인지 익히 알고 있었다.

"도와줄게. 최대한 좋게 수습되도록 노력할게. 다른 계열이 타격을 받지 않도록 내가 노력할게."

준혁으로서는 최대한의 양보였다. 하지만 그는 그녀의 말에 세상이 무너졌다. 발 밑으로 땅이 꺼지고, 바늘로 심장을 콕콕 찌르는 아픔에 숨이 막혔다.

"나 이제 당신을 안 믿어."

그의 눈동자에 눈물이 고였다.

준혁의 몸이 일순간 얼어붙으며 눈동자에 눈물이 고였다. 격심한 분노와 상처가 뒤범벅이 되어 눈시울이 붉어졌다.

여태껏 연우는 이 남자가 울 수 있으리라고는 생각해 본 적이 없었다. 언제나 웃음이 많고 당당하던 그가 이런 모습을 보이리라고는 상상도 못했다.

연우는 자신의 말에 눈에 띌 정도로 상처를 받은 그의 모습을 똑바로 바라볼 수 없었다. 그래서 그가 아무렇게나 던져 놓았던 연둣빛 넥타이를 쳐다보았다.

왜 이렇게 변해 버렸을까? 아침만 해도 세상에 부러울 게 없었는데. 미소 띤 얼굴로 듬직한 준혁의 어깨를 만지고, 정성을 들여 넥타이 매듭을 지어 주었는데. 그는 그녀의 입술도, 손가락도, 무릎도 예쁘고, 그녀의 모든 것을 사랑한다고 고백했었는데. 모든 게 그대로인 것만 같은데, 이토록 가슴이 아픈 건 왜일까.

연우는 뻣뻣하게 움직여지지 않는 손을 들어 가까스로 머리칼을 쓸어 올리고 숨을 들이쉬었다.

"무슨 뜻이야?"

"우리 이제 그만 만나자. 다시는 보지 말자."

어쩜 이렇게 쉽게 나올까. 그녀 스스로도 놀랐다. 사랑한다는 말 한마디를 하는 데 얼마나 힘들었던가. 그런데 이별의 말은 참으로 쉽게 나와 스스로가 혐오스러울 지경이었다.

하! 최연우, 너 이 사람이 너에게 이 정도밖에 되지 않았니?

준혁이 성큼 앞으로 다가왔다.

"너란 여자, 정말! 쉽게도 그 말을 하는구나!"

그가 거칠게 그녀의 어깨를 잡고 흔들었다.

"너에게 나에 대한 사랑이 이 정도밖에 안 되니? 나를 다시는 안 보겠다고 하는 게 최선이라고 생각하는 거야? 응?"

준혁의 손에 힘이 들어갔다. 낮게 으르렁거리는 그의 낯선 모습에서 그가 얼마나 화났는지 알 수 있었다.

"또 도망치겠다고? 도대체! 내가 너한테 뭐였어? 최연우! 나한테 왜 이래?"

"이 손 치워. 아프다고."

"그래, 이건 아프고 마음은 안 아프니?"

그는 갑자기 그녀의 빈 껍데기만 붙잡고 있는 기분이 들었다.

"너는 이러면 안 돼. 이럴 순 없어. 넌 아무렇지도 않니?"

준혁은 필사적으로 소리쳤다.

준혁의 말이 맞았다. 연우는 가슴이 무너져 내려 차가운 바람이 쓸고 지나간 것처럼 황량했다.

아무렇지도 않냐고? 아니야. 아무렇지도 않은 게 아니야. 너무나 아파서 죽을 지경이야. 이럴 줄은 몰랐어. 이토록 아프고, 금방이라도 심장 멎을 듯이 숨이 찰 줄은.

연우의 얼굴에 드디어 참고 있던 눈물이 볼을 타고 주르륵 흘러내렸다. 한 번 쏟아진 눈물은 봇물 터진 둑처럼 주체할 수 없을 정도로 쏟아져 내렸다.

"우리 오빠가 어떤 마음으로 어떻게 회사를 지키고 있는데. 내가 오빠와 당신을 어떻게 저울질해야 해? 회사가 안 될 것 같다고 모른 척, 그렇게, 그래야 해? 우리 오빠, 작은오빠가……."

준혁의 손에서 힘이 풀렸다. 그가 손을 내밀어 그녀의 뺨에 쉴 새 없이 흐르는 눈물을 가만히 닦아냈다.

그녀가 울면 같이 울고 싶어진다던 사람이었다. 그 역시 젖은 마음으로 그녀의 뺨을 닦았다. 이 사람 앞에서는 쉽게 울보가 되었다. 언제나 울고 짜증내고 졸라대고. 그의 따뜻함에 아무 생각 없이 기대고만 싶었다.

"도와줄게, 연우야. 내가 도와줄게."

지금 이 사람에게 기대면 모든 것이 편해질 것이다. 모른 척 이 사람 옆에 앉아 그가 하는 대로 가만히 있으면 편해질 것이다. 하지만 그렇게 하고 싶어도 그럴 수는 없었다.

"도와줄 수는 있지만, 포기할 수는 없지. 안 그래?"

그가 머릿속으로 계산하는 것들이 그녀에게도 훤히 보였다.

"연우야, 내가 아니라 다른 누구라도 할 수 있는 일이야. 난 사업을 하는 사람이야. 기회가 되고 돈이 되는 일이라면 해야 해. 이제 와서 포기할 수는 없어. 내가 아니었더라도 진성은 어차피 위험했어. 저절로 망해가고 있었다고. 이건 누구라도 덤벼들려고 하는 일이야. 문제는 단지 당사자가 너이고 나일 뿐이라는 거야."

연우는 자신의 턱에 맺힌 눈물을 닦아내는 그의 손을 피해 한 걸음 더 뒤로 물러났다. 그녀는 손등으로 눈가를 비볐다.

그녀가 물러난 만큼 그가 다가왔다.

"당신, 참 욕심도 많아. 당신은 포기하지 못하면서 나에게 포기하라고? 당신, 지금 나에게 오빠를 포기하라는 거야?"

"아니야, 오해하지 마. 회사는 회사일 뿐이야."

"편리하기도 해라. 나도 그렇게 생각할 수 있었으면 좋겠다."

연우는 그의 등뒤로 보이는 현관문을 바라보았다.

"비꼬지 마. 너답지 않아. 나에게 무슨 이야기를 듣고 싶어? 내가 포기하겠다는 말이라도 듣겠다는 거야?"

그에게서 벗어나고 싶었다. 얼른 혼자가 되고 싶었다.

"아니, 아니야. 욕심부리지 말라는 얘기야. 난 오빠와 당신 중에서 당신을 포기하겠다는 말이야. 당신도 날 포기해. 두 개 다 갖겠다고 욕심부리지 말고 날 포기하라고."

"어떻게, 연우야, 네가 어떻게 나를 포기하니?"

준혁이 두 사람 사이의 거리를 좁혔다. 그가 자신의 품으로 그녀를 끌어당겨 안았다. 그의 뜨거운 숨결이 그녀의 귓가에 스쳐 지나갔다.

"이러지 마."

그녀 스스로가 생각해도 미약한 저항이었다. 그의 품이 너무나 따뜻하고 편안해 그저 그에게 안기고 싶은 마음뿐이었다. 그녀는 천천히 체념하듯 눈을 감았다.

그때 진우가 떠올랐다. 진우의 지친 얼굴과 술에 취해 단 한번도 밖으로 내비친 적이 없는 속내를 보여주었던 것까지 한꺼번에 그녀에게로 달려들었다.

준혁의 말이 맞았다. 회사는 스스로 몰락의 길을 가고 있었고, 그는 사업가다운 판단을 내리고 행동했을 뿐이었다. 하지만……

그녀는 그를 밀어내기 위해 버둥거렸다.

"제발 놔줘."

준혁은 연우의 어깨에서 얼굴을 들었으나 단단한 두 팔은 풀지 않았다.

"최연우, 너도 나를 사랑하잖아!"

그가 윽박지르듯이 소리를 치자 연우는 움찔했다. 그의 눈동자가 황량하기 그지없었다. 그에게서 매서운 찬바람이 불었다. 단한 번도 본 적이 없는 모습이었다.

"대답해! 날 사랑하잖아! 아니면, 그 마음까지 버렸니? 나를 버리듯이?"

"준혁 씨, 이거 놔줘. 제발……."

그는 그녀의 말을 무시하고 고개를 숙였다. 거칠고 뜨거운 키스가 영원처럼 이어졌다. 그는 상처받은 자신의 가슴을 그대로 보여주며 그녀의 여린 입술을 공격했다. 한 손으로는 그녀의 허리를 감싸고 다른 손으로는 머리칼을 움켜쥔 채 그녀를 탐욕스럽게 공격해 들어왔다.

연우는 그의 우격다짐에 꼼짝도 할 수가 없었다.

"욕심부리지 말고 널 포기하라고? 왜? 진성전자, 최연우! 두 개다 못 가질 것도 없지. 내가 어떻게 하는지 두고 보라고!"

준혁이 다급하게 연우의 블라우스를 열어젖혔다. 그의 거친 손길에 단추 몇 개가 뜯겨 사방으로 퉁겨 나갔다.

"이러지 마, 준혁 씨!"

"조용히 해! 안 그래도 화가 나서 미칠 지경이니까."

그가 버둥거리는 그녀를 안고 침대로 향했다. 처음 들어가 보는 그의 침실은 어두웠다. 이른 오후인데도 커튼을 쳐서 그런지 햇살이 하나도 들어오지 않았다. 커다란 침대가 괴물처럼 아가리를 벌리고 그녀를 집어삼키려 버티고 있었다.

침대 위에 거칠게 그녀를 내려놓은 그는 조금도 망설이지 않았다. 그는 경주라도 하는 사람처럼 다급하게 브래지어를 끌렀다.

그리고 그녀의 가슴에 허겁지겁 입술을 맞추었다. 버둥거리는 그녀를 한 손으로 누른 채 다른 손으로는 스타킹을 끌어 내렸다.

"준혁 씨, 제발 이러지 마!"

그녀의 입에서 흐느낌이 새어나왔다. 화가 머리끝까지 난 그는 그녀를 강제로 범하고 있었다. 금방 후회할 일인데도 그는 강행했다. 연우의 흐느낌에는 아랑곳하지 않은 채 오로지 옷을 벗겨내는 데에만 신경을 쏟고 있었다. 스타킹이 쭉 찢겨져 나갔다. 마침내 그녀를 발가벗기는 데 성공한 그는 다급한 손길로 자신의 와이셔츠와 바지를 벗었다.

"준혁 씨, 후회할 거야. 분명히 후회하게 될 거야. 제발, 제발. 준혁 씨!"

그녀가 애원했다. 힘으로는 이길 수 없다는 생각에 저항을 그만두었다. 대신 흐느끼며 애원했다.

그제야 그가 제정신이 든 것처럼 멈칫했다. 그리고 넋 나간 표정으로 울고 있는 그녀를 내려다보았다. 그의 시선이 천천히 그녀의 알몸을 훑으면서 그녀에게서 손을 떼지 않은 자신의 손을 내려다보았다. 우악스럽게 그녀를 움켜잡았던 바로 그 손을. 그는 자기 자신에 대한 혐오감과 자괴감으로 곤혹스러워했다.

이윽고 몸을 일으킨 그가 침대에 멍하니 걸터앉았다. 연우는 가만히 눈을 감은 채 누워 있었다. 그는 한참 동안이나 물끄러미 자신의 손을 내려다보다가 그녀에게로 시선을 돌렸다.

"울지 마, 연우야. 제발 울지 마."

그녀는 그제야 자신이 계속 울고 있었다는 것을 깨달았다. 얼굴을 적시고 있는 액체가 눈물이라는 것도 깨닫지 못하고 있었다. 그가 침대 시트를 끌어당겨 그녀의 몸을 꽁꽁 감싸주고는 꼭 껴안았다.

"미안해. 내가 잠시 미쳤었나 봐. 내가 잠시 어떻게 됐었나 봐. 미안해. 정말, 미안해."

연우는 그의 어깨에 얼굴을 파묻고 숨을 들이마셨다. 그녀는 그의 향기를 깊이 들이마시며 서럽게 흐느꼈다. 그녀의 울음이 진정되자 그가 다시 몸을 일으켰다.

그리고 바닥에 떨어져 있던 와이셔츠를 주워 들고는 천천히 문으로 걸어갔다. 연우는 그의 뒷모습을 바라보았다. 이상하게도 그의 뒷모습을 보는 것은 처음인 것 같았다.

내가 당신을 버린다고 생각했는데…….

그녀는 자신을 두고 나가려는 그의 뒷모습을 간절한 눈빛으로 바라보았다. 붙잡고 싶었다. 가지 말라고 붙잡고 싶었다.

오빠, 내가 어떻게 해야 해. 오빠도 이랬어? 정인언니를 보낼 때 오빠도 나만큼이나 아팠었어?

연우는 찌르는 듯이 극심하게 심장이 죄어오자 숨을 헐떡였다. 눈을 감고 자신의 심장이 내지르는 비명소리를 들었다.

난 그를 보내고 싶지 않아. 이렇게 아픈데. 저 사람 없인 이렇게 숨쉬는 것조차도 힘든데…….

오빠, 이번 한 번만 내 마음이 시키는 대로 하면 안 될까? 저 사람을 잡으면 정말 안 될까?

나 최연우는 강준혁을 사랑해. 저 사람을 사랑한다고…….

달칵.

준혁이 문을 여는 소리가 들렸다. 연우는 눈을 뜨고 그의 등을 바라보았다.

"가지 마, 준혁 씨. 가지 마."

그가 뒤돌아 그녀를 바라보았다. 그는 어리둥절한 표정으로 서 있었다. 도무지 그녀의 말을 알아듣지 못하겠다는 듯이.

"준혁 씨……."

"뭐? 뭐라고? 미안. 내가 잘 못 들어서……."

그가 문가에 서서 더듬거렸다.

"가지 마."

연우가 이번에는 또렷하고 제법 큰소리로 말했다. 준혁은 믿을 수 없다는 듯한 얼굴로 천천히 그녀에게로 걸어왔다.

그녀는 그의 눈가에 작은 눈물이 맺혀 있는 걸 보았다.

"미안해, 미안해. 잘못했어. 내가 잘못했어. 미안해……."

연우가 시트 속에 묻혀 있던 손을 그에게 내밀자 그가 망설임 없이 꼭 잡았다.

그녀가 속삭였다.

"사랑해. 당신을 사랑해. 내 옆에 있어 줘. 나 혼자 두지 마."

준혁이 고개를 끄덕이고 그녀의 뺨에 조심스럽게 입을 맞추었다. 연우는 혹시라도 그가 다시 가버릴까 두려워 그의 손을 꼭 붙들었다.

"사랑해, 준혁 씨. 사랑해. 정말이야……."

그녀가 나머지 다른 손을 내밀어 그의 눈가를 훔쳐내며 속삭였다. 준혁이 미소를 지으며 마른 입술을 열고 천천히 키스를 하기 시작했다.

"나도 그래, 연우야……."

시련의 꽃

창을 통해 들어오는 저녁노을이 눈이 부실 정도로 아름다웠다. 세상에 어떤 예술가도 흉내낼 수 없을 찬란하게 저녁햇살이 거실에 쏟아졌다.

준혁은 거실 테이블 위에 놓인 샌드위치와 생수를 먹기 전에 창가로 다가가 버티컬을 쳤다. 연우는 유리잔에 생수를 따른 뒤 바닥에 앉았다.

그들은 연우네 오피스텔로 옮겨 와 있었다. 그는 거칠게 행동했던 것에 죄책감을 느끼며 꼭 껴안고 잠이 든 그녀를 내려다보다가 함께 잠들었다. 그녀는 한낮을 달콤한 잠에 빠져 보낸 뒤 자신의 집으로 왔다.

연우는 하루종일 굶었던 자신과 그를 위해 급하게 샌드위치를 만들었다. 계란과 햄과 오이만 넣어서 보기에는 초라하지만, 맛은 그런 대로 먹어줄 만했다.

"맛있어?"

준혁은 배가 많이 고팠는지 허겁지겁 샌드위치를 먹었다. 무척 맛있게 먹는 그를 옆에서 지켜보며 그녀도 한 조각 집으며 물었다.

"응, 맛있어. 너도 좀 팍팍 먹어라."

그가 아직 한 조각도 다 먹지 못하는 그녀를 바라보며 잔소리를 늘어놓았다. 그녀는 고개를 끄덕이고 샌드위치를 입으로 가져갔다. 아삭거리며 씹히는 오이 때문에 맛이 좋았다. 버티컬 틈새로 들어오는 저녁햇살도 좋았고, 새로 꺼내 입은 면 티셔츠의 보송보송한 감촉도 좋았다.

변한 건 없고 해결된 것도 없지만 왠지 모르게 기분 좋은 저녁이었다. 앞으로 해결해 나가야 할 일이 태산인데도 이상하게 하나도 걱정되지 않았다.

그가 고개를 숙이고 그녀의 눈을 들여다보았다. 그의 입가에 장난기 어린 미소가 스쳐 지나갔다.

"우와, 진짜 못생겼다. 눈 봐."

울어서 퉁퉁 부은 그녀의 눈을 보고 준혁이 놀렸다. 장난인 줄 알지만 못생겼다는 말에 연우가 금세 얼굴이 달아올라 얼른 손으로 얼굴을 가렸다.

"손 내려봐. 한 번 보자."

"싫어. 웃겨, 남 말하고 있어. 준혁 씨야말로 눈이 퉁퉁 부었어. 못 봐줄 정도라고."

그녀가 받아쳤지만 그는 아랑곳하지 않고 얼굴을 더 바짝 들이댔다. 그의 손이 옆구리에 닿아 간지럽게 스치고 지나갔다.

“하지 마, 간지러워.”

연우가 그의 손을 떨쳐내려고 버둥거렸다. 그녀는 그의 손에서 벗어나려고 몸부림치다가 바닥에 쓰러지고 말았다. 그리고 바닥에 누워 필사적으로 그의 손을 피하며 웃음을 터트렸다. 한 번 터진 웃음은 보글보글 뱃속을 간질일 때까지 이어졌다.

두 사람은 서로 껴안은 채 정신없이 웃어댔다. 경쾌하게 울리는 그녀의 웃음소리와 진중한 그의 웃음소리가 거실을 가득 채웠다. 너무 기분이 좋아 시간이 멈춘 것만 같았다.

초인종 소리가 어렴풋이 들렸다. 연우는 초인종 소리를 듣고 바닥에서 일어나 흐트러진 옷차림과 머리칼을 대충 정리하며 빠른 걸음으로 현관을 향해 걸어갔다.

“누구지?”

인터폰을 들고 화면에 비친 사람을 확인한 그녀는 잠시 얼어붙은 채 서 있었다. 구름 속을 걷다가 갑자기 땅으로 곤두박질 친 기분이었다. 방금 전까지만 해도 행복했던 기분이 순식간에 사라지고 말았다.

진우였다. 작은오빠가 현관 밖에 서 있었다.

“연우야?”

“누구야?”

작은오빠와 준혁이 거의 동시에 물었다. 그녀는 인터폰에 비친 진우의 얼굴과 거실에 있는 준혁의 얼굴을 번갈아 쳐다보았다. 준혁이 그녀의 불안한 기분을 알아챘는지 자리에서 일어나 그녀에게로 걸어왔다.

“연우야? 뭐해?”

다시 인터폰에서 진우의 목소리가 들려왔다.

언젠가는 닥칠 일이었다. 연우는 준혁을 바라보며 인터폰 수화기를 내려놓고 버튼을 눌렀다. 삑 하는 소리와 함께 문이 열렸다. 준혁의 얼굴에 긴장감이 감돌았다.

"왜 이렇게 늦게 문을 여는 거야? 오늘 왜 그냥 갔어?"

진우가 문을 열고 안으로 들어오며 투덜거렸다. 그러다가 문득 준혁을 발견한 그는 얼굴이 순식간에 굳어졌다. 한 줄기 싸늘한 바람이 휙 지나갔다.

"오빠……."

그녀가 머뭇거리다가 가까스로 진우를 불렀다.

"뭐야? 이거!"

"오빠, 화부터 내지 말고 내 말 좀……."

연우가 애써 설명하려 하는데도 진우의 표정은 더욱 굳어질 뿐이었다. 그는 말없이 그녀에게 시선을 박았다.

"다시 인사드리겠습니다, 강준혁입니다."

난감해하는 연우 대신 준혁이 나섰다. 준혁은 적의로 가득 찬 상대방에게 최대한 예의를 차리고서 손을 내밀어 악수를 청했다. 진우는 그제야 연우에게로 향하던 시선을 준혁에게로 돌렸지만, 내민 손을 마주 잡지는 않았다.

"당신이 왜 여기 있어?"

진우의 목소리는 침착했지만 차갑기 그지없었다. 게다가 오늘 오전에 준혁을 만났을 때와는 사뭇 다르게 반말을 했다.

"연우의 친오빠가 되는 줄은 미처 몰랐습니다."

준혁은 진우의 적의를 이미 예상했던 터라 침착하게 대응했다.

"당신 인사받고 싶은 마음은 없으니까 당장 여기서 나가지. 내 동생 집에서 나가라고!"

"그럴 수는 없습니다. 물론 제가 반갑지는 않겠지만 연우를 생각해서……."

준혁이 무의식적으로 그녀의 등을 감싸안자 그것을 보고 있던 진우의 눈에 불이 붙었다. 당장 험한 소리가 튀어나올 듯한 분위기였다.

"당장 나가라고 했어. 꺼지라고!"

진우는 큰소리가 나오는 것을 억지로 참으며 조용하게 내뱉었다. 준혁이 난감하다는 듯이 허리에 두 손을 올리고 작게 한숨을 내쉬었다.

연우는 이대로 있다가는 정말 두 사람이 치고 받고 싸울지도 모른다는 생각이 들었다. 그래서 그녀가 나서면서 준혁에게 속삭였다.

"준혁 씨, 가요. 그냥 가."

"그렇지만!"

그녀의 말에 준혁이 못마땅하다는 듯이 토를 달았다. 그녀는 찌를 듯이 두 사람을 노려보는 진우의 매서운 눈초리를 느끼며 준혁을 채근했다.

"제발 그냥 가요. 내가 알아서 할게요. 응?"

준혁이 그제야 마지못해 고개를 끄덕이며 진우를 스쳐 지나갔다. 물론 작별인사도 잊지 않았다.

"그만 가보겠습니다. 다음에 또 뵙겠습니다."

진우는 준혁의 인사에 역시나 대답하지 않았다. 준혁이 가고 나서도 그는 그 자리에 꿈쩍도 않고 서서 그녀를 노려보았다.

"저 자식이 왜 여기 있는 거야?"

"들어와 앉아, 오빠. 계속 거기 서서 말할 거야?"

연우는 먼저 몸을 돌려 식탁 의자에 앉았다. 준혁과 마주 앉아 장난치고 웃음 짓던 거실로는 가고 싶지 않았기 때문이다. 진우가 다가와 맞은편에 의자를 빼서 앉았다.

"최연우, 설명해 봐."

"……."

그녀가 그를 바라보며 지그시 입술을 깨물자 그가 못 참겠다는 듯이 되물었다.

"오빠가 잘못 생각하고 있는 거지? 그렇지?"

그가 싸늘한 표정을 풀고 믿을 수 없다는 듯이 이야기했다.

"오빠, 미안해. 정말 미안해. 하지만 나도 어쩔 수가 없었어."

"무슨 얘기야? 연우야, 오빠가 말도 안 되는 생각을 하고 있는 거지? 응? 대답해 봐."

그녀는 그가 원하는 대답을 해줄 수가 없었다. 그건 오빠를 두 번 죽이는 일이었다. 이제 오빠한테 솔직해지는 수밖에 없었다.

"오빠, 그 사람이야. 내가 얘기했던 그 사람이 바로 준혁 씨야."

"하! 이게 무슨……."

진우가 목을 죄는 넥타이를 잡아당겼다. 그의 눈동자에는 혼란스러움과 분노, 그리고 슬픔이 스쳐 지나갔다.

"왜 하필이면 저 자식이야? 왜 DM 강준혁이냐고?"

"나도 안 되는 거 아는데……. 아는데도 내 마음을 어쩔 수가 없어. 안 된다고 생각해서 끝내려고 했는데, 그게 마음대로 안 되네. 오빠, 미안해."

그가 단호하게 고개를 가로 저었다.

"강준혁은 안 돼. 무슨 일이 있어도 절대로 안 돼. 내 말 알아들어?"

각오했던 일이었지만 그래도 진우가 가차없이 끊어 버리자 그녀는 가슴이 아팠다. 그녀가 준혁을 붙잡았을 때부터 각오했던 일이기도 했다.

하지만 그녀는 세상 어느 누구보다 진우의 축복을 받는 결혼을 하고 싶었다. 잠시 잠깐 그녀는 진우가 예상과는 다른 반응을 보일지도 모른다는 헛된 상상을 하기도 했다. 이해해 줄지도 모른다고……. 헛된 꿈을 간절히 바랐었다.

"오빠, 제발……. 오빠가 나 좀 봐주면 안 될까? 그냥 모른 척 해 주면 안 될까? 이번 한 번만. 응?"

"최연우, 정신 차려. 이건 아니야. 너도 강준혁이 무슨 일을 벌이고 있는 줄 알잖아. 이건 안 돼."

진우가 자르듯이 말하고 벌떡 자리에서 일어났다.

연우가 다급하게 그의 양복 재킷을 잡으며 그를 올려다보았다. 시야가 뿌옇게 흐려지면서 툭 하고 뜨거운 눈물이 턱을 타고 흘러내렸다.

그는 간절한 모습으로 눈물을 흘리는 그녀에게 몸을 숙였다. 그리고 바닥에 무릎을 꿇고 앉았다.

연우는 여전히 그의 옷자락을 잡은 채 흐느끼며 고개를 저었다. 그리고 애원했다.

"오빠, 나 그 사람 사랑해. 나 그 사람이 없으면 안 돼. 내가 목숨을 거는 사람이야. 내가 더 간절하게 목숨을 걸고 있다고. 오빠, 제발……."

"연우야, 네가 한 번 마음을 연다는 게 어떤 건지 오빠도 알아. 쉽지 않았을 것도 안다고. 하지만 그래도 이건 아니야. 제발 연우야. 네가 날 좀 봐줘. 연우, 네가 오빠 좀 봐줘."

"오빠……."

"이건 안 되는 일이야."

연우가 다급하게 말을 자르며 애원했다.

"오빠, 오빠도 사랑해 봤잖아. 그게 어떤 건지 오빠도 알잖아. 오빠도, 그, 민주라는 사람을 사랑했잖아. 내 마음, 알 수 있잖아."

그녀가 지푸라기라도 잡고 싶은 심정으로 애원했다. 예전에 진우가 술에 취해 혼자서 되뇌던 이름을 동원하면서까지. 오빠가 얼마나 그녀를 사랑했는지는 모르지만, 그 마음에라도 매달리고 싶었다.

진우가 옷자락을 잡고 있는 연우의 손을 억지로 떼어 내고는 몸을 일으켰다.

"그래, 그 마음이 어떤 건지도 알아. 아는데도 안 된다고 이야기하고 있는 거야. 연우야, 안 되는 건 안 되는 거야. 조를 걸 졸라. 내가 어떻게 회사를 포기하니? 내가 어떻게 처음부터 형 것이었던 그 회사를 포기하냐고? 내가 가짜라는 걸 증명하라고?"

"나 그 사람 잃으면 큰오빠처럼 죽을지도 몰라. 아니면, 오빠처럼 다 썩은 심장으로 허깨비처럼 살게 될지도 몰라. 내가 그랬으면 좋겠어?"

진우가 대답 없이 몸을 돌려 현관으로 향했다.

"오빠! 오빠!"

그는 여전히 대답이 없었다. 차가운 금속성 소리만 요란하게 들린 뒤 정적이 이어졌다. 연우가 단 한번도 들어보지 못했던 목소리로 한마디를 남긴 뒤 가버린 것이다.

"정리해."

낯선 모르는 사람의 짧은 한마디가 메아리처럼 사방에 부딪혀 그녀에게 달려들었다. 연우는 문이 닫히는 소리를 듣고서야 혼자 남았다는 것을 알았다. 오전에 준혁 앞에서 평생 흘린 눈물 다 쏟아냈다고 생각했는데, 그래도 퉁퉁 부은 눈에서는 눈물이 흘렀다.

준혁을 잡으면 진우를 잃게 된다는 것은 기정사실이었다.

열여섯 살 되던 해 겨울부터, 그리고 큰오빠의 죽음 후에도 변함 없이 그 자리에서 그녀를 지켜주었던 작은오빠였다. 다시는 한국 땅을 밟는 일은 없을 것이라는 다짐에도 그의 전화 한 통에 다시 돌아왔었다. 그 정도로 그는 그녀에게 커다란 존재였다.

그토록 찢어지는 가슴을 안고 살면서도 큰오빠처럼 훌쩍 가버리지 않고 여전히 그녀 옆에서 살아주는 작은오빠였다. 그녀는 그것만으로도 감격할 정도로 고마워 그의 일이라면 무조건 돕겠다고 다짐을 했었다. 그러한 다짐을 스스로 저버리다니, 그녀가 그의 손을 먼저 놓아 버린 것이다.

연우는 그렇게 사랑하는 오빠를 잃고 있었다. 속절없이 두 손을 놓은 채 보내고 있었다.

얼마나 지났을까. 그녀는 우두커니 서서 현관문을 하염없이 쳐

다보고 있었다. 완전히 이방인처럼 차갑고 낯선 뒷모습을 보여주
고 떠나버린 작은오빠, 그녀는 가슴이 미어지는 것 같았다.

사랑이란 아픔 속에 피어나는 꽃이라지만, 이것은 참으로 지독
한 아픔을 수반하는 운명이었다. 사랑하는 이를 얻기 위해 여태
껏 사랑해 왔던 사람을 잃는 게 운명이라면, 그녀는 차라리 운명
을 거부하고 싶었다.

연우는 손등으로 눈가를 훔치며 화장실로 가서 차가운 물을 얼
굴에 끼얹었다. 아직 찬물에 세수할 계절이 아니라서 그런지 정
신이 바짝 났다.

얼음장 같은 차가운 물을 얼굴에 끼얹으니 한 대 얻어맞은 듯
하던 머리가 금세 또렷해졌다. 거울을 들여다보니 눈이 퉁퉁 부
어 있었다. 가슴 위로 물이 뚝뚝 떨어져 옷자락을 적시고 있었다.
그녀는 손으로 턱을 훔치고 코를 세게 풀었다.

화장실을 나와 거실 바닥에 앉은 뒤 먹다 만 샌드위치를 집어
들었다. 그리고 억지로 한 입씩 베어 물고는 생수를 마시며 한
조각을 다 먹었다.

나도 모르겠다, 될 대로 되라지.

수화기를 들고 숫자 하나마다 꼭꼭 힘을 주어서 눌렀다.

"네, 여보세요?"

수화기 건너편에서 낮은 목소리의 남자의 나왔다.

"나야."

"응, 가셨어?"

"응, 이쪽으로 와."

연우는 간단하게 말한 뒤 전화를 끊었다.

전화를 끊고 채 5분도 지나지 않았는데 준혁이 들이닥쳤다.

그녀는 여전히 거실 바닥에 쭈그리고 앉아 있었다. 그러한 그녀의 모습을 잠시 바라보던 그가 다가왔다. 그리고 그녀의 옆에 바짝 붙어 앉으며 강아지를 어루만지듯 그녀의 머리를 쓰다듬었다. 그런 다음 샌드위치를 집는 그녀의 앞에 물컵을 내밀었다.

"혼났어?"

준혁의 걱정스럽게 묻자 연우가 고개를 끄덕였다.

"혼나서 울었구나? 눈 좀 봐라. 너 쌍꺼풀이 없어졌다."

그녀가 얼굴을 찌푸리고 한 입 베어 물었던 샌드위치를 테이블 위에 올려놓았다. 이제는 도저히 넘어가지가 않았다.

"이렇게 보니 정말 별로네. 너 나 보여? 보이기는 보이는 거야?"

그녀가 그를 가만히 올려다보자 그는 금방 말을 바꿨다.

"어? 아니야. 쌍꺼풀이 없어도 봐줄 만하구만, 뭐……."

준혁이 손사래까지 치면서 장난스럽게 너스레를 떨었다.

그러한 모습도 잠시 연우가 준혁의 어깨를 끌어당겨 안으며 고개를 숙였다. 그리고 그의 입술에 자신의 것을 포갰다. 그의 입술을 지그시 깨물자 치약 맛이 났다. 아마 그녀에게서는 텁텁한 계란 맛이 나겠지. 그의 상쾌한 민트향을 맛보며 그녀는 그러한 생각을 했다.

준혁이 소파에 등을 기댄 채 연우의 허리를 끌어안았다. 그리고는 그녀의 등을 쓸어 내리며 보드라운 머리카락을 손가락빗으로 빗어 내렸다.

이윽고 그녀는 그의 허벅지에 올라앉은 뒤 티셔츠 안으로 손을 넣어 더듬었다. 따뜻하고 매끄러운 감촉이 손끝으로 전해졌다.

그녀의 손이 닿는 순간 그의 입에서는 탄성이 흘러나왔다.

"하! 연, 연우야……."

그는 미칠 듯한 열정에 들떠 다급하게 그녀의 티셔츠를 벗겨냈다. 그녀 역시 가쁜 숨을 내쉬며 팔을 들어 티셔츠를 쉽게 벗길 수 있도록 도왔다. 그리고 봉긋한 가슴을 감싼 레몬빛 브래지어를 벗겨냈다. 그의 눈동자가 탁해지면서 입술이 탐욕적으로 부풀어올랐다.

그는 황홀한 듯 그녀의 가슴을 손과 입술로 정성스럽게 애무해 나갔다. 그리고 그녀의 온몸을 탐험해 나가는 그의 가슴이 한껏 부풀어올랐다.

연우는 그의 과감한 애무에 고개를 뒤로 젖히고 탄성을 내질렀다. 그리고 그의 바지를 급히 벗겼다. 너무나 빠르게 찾아드는 쾌락에 그들은 흥분한 채 서둘러 서로를 품에 안았다. 그녀가 더욱 적극적으로 몸을 움직였다.

"잠깐, 연우야. 아, 연……."

준혁이 몸을 들썩이며 간헐적으로 그녀의 이름을 불렀다. 피임을 안 했다는 것을 깨닫고 그만두어야겠다는 생각이 들었지만, 도저히 그만둘 수가 없었다.

"안 돼, 연우야. 피, 피임……."

"괜찮아. 날짜가 괜찮아."

연우는 두 손을 그의 가슴에 올려놓고 몸을 움직였다.

"괜……찮아? 정말 괜찮아?"

그의 물음에도 그녀는 아랑곳하지 않고 그의 몸을 탐닉했다. 하긴 그녀가 안 된다고 해도 그 역시 이미 멈출 수 없는 상태였다. 그는 이성을 잃은 채 몸이 원하는 대로, 욕정이 시키는 대로 행동하고 있었다.

준혁은 연우의 온몸에 자신의 손바닥 도장이라도 찍듯이 정성스럽게 어루만졌다. 이윽고 그녀의 보드라운 엉덩이를 주무르며 다리를 벌렸다. 금방이라도 뱃속이 오그라들면서 온몸에 전율이 흘렀다. 여기저기서 폭죽 터지는 소리가 들리는 듯했다. 그녀가 나지막이 그의 이름을 부르며 그의 가슴에 얼굴을 묻었다.

두 사람은 잠시 거친 숨소리만을 내쉬었다.

"연우야, 울고 있니?"

준혁은 가늘게 떨리는 그녀의 어깨를 어루만지며 속삭였다. 방 안은 두 사람의 열기로 가득 차 있었다. 그녀의 어깨가 소리 없이 흔들렸다.

그는 어린애 어르듯 그녀의 등을 토닥였다.

"아니, 잠깐만. 잠깐……."

연우는 그의 어깨에 얼굴을 묻고서 고개를 살짝 흔들었다. 땀으로 범벅이 된 그의 어깨가 그녀의 눈물로 얼룩지고 있었다.

그는 조심스레 그녀의 허리를 감싸안은 채 침실로 향했다. 그녀는 한참 동안이나 흐느껴 울며 그에게 안겨 있었다.

모진 말을 뱉고 나온 진우는 내키지 않는 걸음을 옮겼다.

이게 도대체, 이게 무슨 말도 안 되는 일이야?

그는 속으로 욕설을 중얼거리며 깜박이는 엘리베이터 불빛을 바라보았다. 그의 머릿속은 복잡하기 이를 데 없었다.

처음 연우가 누군가에게 마음을 열고 있다는 사실을 알았을 때 얼마나 기뻤던가. 사랑이라는 것과 인연이 없는 가족이라는 것을 알고 있었지만, 봄날 햇살을 받으며 꽃이 피어나듯 그렇게 조용히 피어나는 여동생을 보며 참으로 흐뭇해했다. 그리고 진심으로 행복을 빌었다. 여동생이 좋아한다는 이유만으로 누군지도 모를 상대 남자에게 막연한 호감까지 가지고 있었다.

그는 신제품 시연회에서 다급하게 빠져나가는 연우와 그런 그녀를 뒤쫓아가는 준혁을 보면서도 전혀 상황을 눈치채지 못하고 있었다. 아니, 두 사람 사이에 이런 감정은 고사하고 알지도 못하는 사이라고 확신했던 터여서 눈에 보이는 사실조차도 의식하지 못했다.

그래서 연우의 집을 찾아갔을 때 그는 자신의 눈을 의심했다. 두 사람은 함께 사는 부부처럼 같이 있었다. 더욱이 준혁은 흐트러짐이 전혀 없는 당당한 모습으로 그녀를 안고 있었다. 묘하게도 그 둘이 잘 어울린다는 사실에 그는 화가 불쑥 치밀어올랐다.

그래, 사랑이라는 것이 어떤 것이라는 걸 모르는 게 아냐. 지독할 정도로 잘 알지. 하지만 이건 아니야.

그는 눈물로 얼룩진 얼굴로 애원하는 그녀의 모습과 방향을 알 수 없는 분노를 떠올리며 애써 마음을 다독였다.

용납할 수 없는 일이었다. 그는 회사를 포기할 생각이 없었다. 아마 그건 강준혁 역시 마찬가지일 것이라는 생각이 들었다. 오랜 시간 준비하고, 막대한 돈을 쏟아 부었을 테니 쉽게 포기가 되지 않을 것이다.

더구나 그는 철저한 사업가였다. 손해 볼 일을 자기 스스로 하지는 않을 것이다.

그렇다고 진우가 양보할 수도 없는 문제였다. 그 자신이 회사를 구해내는 것은 사명감이자 의무였다. 자신의 존재감을 증명하는 일이었기에 결코 포기할 수 없었다.

결국 상처받는 건 연우뿐인가?

지하 주차장에 내려와 그는 차에 몸을 기댄 채 담배를 찾아 주머니를 뒤적거렸다. 예전에는 꽤나 많이 피운 것 같았는데, 저절로 줄기 시작한 담배는 고작 하루에 한 개비 피우거나, 어떨 때는 아예 안 피우는 날도 있었다. 담배 한 갑을 사면 한 달도 더 갈 정도였다. 오랫동안 피우지 않았던 담배가 지금은 절실했다. 니코틴이 곤두선 신경을 가라앉혀 주기를 바라며 그는 불을 붙였다.

강준혁, 당신이 진심이라고 하자. 당신도 진심이고, 연우도 진심이라고 하자. 그애가 말했던 것처럼 두 사람이 아니면 안 될 수도 있다고 하자. 하지만 그 감정이 얼마나 깊든 끝나면 끝인 거다. 죽을 것 같다가도 살게 되고, 못 잊을 것 같아도 시간이 지나면 잊혀지는 거다. 그게 너희가 떠드는 대단한 사랑이라는 녀석의 실체다.

담배연기가 탁하게 고였다. 진우는 빨갛게 타들어가는 담배 필터를 깊게 빨았다.

그래…….

인정하지. 내가 민주를 덜 사랑했고, 내 사랑이 절실하지 않았을 수도 있다는 점은 인정하지.

하지만 강준혁, 연우를 사랑한다면 왜 포기하지 못하지?

손끝에 뜨거운 기운을 느끼는 순간 그는 담배를 바닥에 떨어뜨리고 비벼 껐다. 미련처럼 그의 가슴에 남은 것과 비슷해 보이는 검은 재가 뭉개져 있는 것을 그는 차갑게 외면하고 차에 올랐다. 부드럽게 시동이 걸리는 순간, 그 잿더미가 똑같이 되묻는 소리도 그는 무시했다.

너도 그녀를 사랑하지만 왜 너는 포기하지 못하냐고…….

자신에게 되돌리는 물음이나 연우의 눈물, 그 외의 모든 것들을 그는 지우려고 애썼다.

다음날 무거운 침묵에 싸인 사무실에서 준혁은 혼자 있었다. 그는 굳은 얼굴로 서류의 제목을 바라보았다.

《진성LCD 무역 수지 현황 보고서》

준혁은 보고 있던 서류를 덮고 등 높은 가죽의자에 몸을 기대었다. 마음이 편치 않았다. 고지가 바로 눈앞에 있었다. 조금만 더 가면 원하던 것을 손에 잡을 수 있는데도 그는 선뜻 손을 내밀지 못했다.

피임도 하지 않고 미칠 듯이 뜨거웠던 사랑을 나눈 후 연우는 한참 동안이나 고개를 들지 않고 울었다. 울음소리도, 흐느끼는 소리도 내지 않았다. 차라리 소리내어 펑펑 눈물을 쏟았으면, 이렇게 불안하지도, 이렇게 안쓰럽지도 않았을 것이다.

적의를 드러내던 연우의 오빠, 최진우의 얼굴이 떠올랐다. 그는 최진우가 그렇게 화를 내지 않을 때에는 참 선한 눈을 가졌을 것이라는 생각이 들었다. 자세히 보지는 못했지만, 어쩌면 연우의 눈과 많이 닮았을 것 같았다.

그는 이 상황이 정말 싫었다.

준혁이 몸을 일으켜 모니터의 복잡한 선이 그려진 주식 그래프

를 노려보았다. 그때 삐익 하는 소리와 함께 비서의 목소리가 들려
왔다.

"본부장님, 홍 팀장님 오셨습니다."

"들여보내요."

금세 문이 열리고 수더분한 인상의 홍 팀장이 들어왔다. 홍 팀
장이 소파에 앉아 서류들을 테이블에 늘어놓았다. 준혁은 그의
맞은편에 앉아 홍 팀장의 설명을 들었다.

"본부장님, 진성전자 주식 19.6퍼센트를 확보했습니다. 현재
본부장님께서 최대주주이시며, 지금 진성전자 주식은 전날에 비
해 소폭으로 올랐습니다. 오늘 장이 마감될 때까지 더 오를 것으
로 생각됩니다. 그리고 이번 주 안으로 배 이상으로 치솟을 것으
로 예상됩니다."

준혁은 내키지 않는 마음으로 홍 팀장이 내미는 서류를 받아
대충 읽어 내려갔다.

"금융감독위원회에 넌지시 언질을 해두었습니다. 세무서에서는
지금 눈치를 보고 있지만, 금감위에서 나서면 뛰어들 것입니다.
조금만 더하면 조만간 세무 조사가 있을 겁니다. 그전에 먼저 언
론에 터트려야겠습니다. 대한경제일보, 한국신문 기자를 만나 언
질을 둔 상태입니다."

홍 팀장이 자랑스럽게 씩 웃으며 칭찬을 기다리는 듯이 안경을
손으로 밀어 올리며 준혁을 바라보았다.

준혁이 눈으로 대충 훑고 있던 서류를 내려놓고 몸을 일으켜
창가로 다가갔다. 한 블록 건너에 위치한 진성 본사 사옥이 눈에
들어왔다.

지금 저기서 연우가 그를 맞서 싸우고 있을 것이다. 그녀의 오빠 눈치를 보며 새어 나가는 주식을 막기 위해 종종걸음을 치고 있을 것이다.

연우야, 연우야…….

그가 속으로 그녀의 이름을 간절히 불렀다. 그리고 잠시 눈을 감고 생각에 잠겼다가 번쩍 뜨며 결연한 의지를 불태웠다.

"진행할까요?"

홍 팀장의 시선이 등뒤로 느껴졌다.

그가 숨을 들이마셨다. 지금의 결심이 흔들리지 않을지, 혹여 후회하지 않을지 확신이 서지 않았다.

연우야, 내가 어떻게 해야 하니? 어떻게 하면 좋겠니?

'당신, 참 욕심도 많아. 당신은 포기하지 못하면서 나에게 포기하라고?'

'당신, 지금 나에게 오빠를 포기하라는 거야.'

그녀가 했던 말들이 머릿속을 헤집고 둥둥 떠다녔다.

'가지 마……. 가지 마. 사랑해……'

귓가에서 그녀의 속삭임이 들려왔다.

"기다려요."

준혁은 재빨리 주워 삼키듯 홍 팀장에게 말했다.

"이게 무슨! 본부장님, 보류라니요?"

홍 팀장이 불만에 찬 몇 마디를 중얼거리다가 나가라는 준혁의 날카로운 말에 서둘러 들고 온 서류를 들고 나갔다.

그는 유리창에 이마를 기댔다.

연우야.

그래, 네 마음 알겠다…….

시간을 줄게. 하고 싶은 대로 해. 네가 어떤 결정을 했는지……. 날 어떻게 잡았는지 다 알겠어. 너에게 최진우가 어떤 존재인지 알 것도 같다. 이제는 내가 할 차례지. 내가 줄 수 있는 이 시간 동안 난 네가 날 놓지만 않으면 괜찮아.

설령 네가 이 싸움에 이긴다 해도 난 지금 이 결정을 후회하지 않는다. 결코 후회하지 않을 거야. 너만 있다면.

하루하루가 전쟁을 치르는 것 같았다.

연우에게는 하루가 살얼음판을 맨발로 걸어나가는 기분이었다. 갈수록 지치고 피곤해졌다. 어떻게든 회사 일이 마무리되었으면 싶었다.

날마다 회사에서는 무뚝뚝한 작은오빠의 눈치를 보며 일해야 했고, 퇴근 후에는 준혁의 눈치를 보며 행동해야 했다. 이런 생활이 계속될수록 죄책감만 더해졌다.

결국 그녀는 견디지 못하고 무단결근을 하기로 마음먹었다. 그녀는 느긋하게 늦잠을 자고 일어났다. 준혁이 출근하는 모습을 몽롱한 상태로 바라보다가 겨우 몸을 일으켰다.

시리얼을 먹으며 불륜을 소재로 한 아침 드라마를 보았다. 그리고 그저 아무 일도 하지 말고 누워서 책이나 보아야겠다고 마음먹었다. 하지만 채 10시도 되지 않아 전화가 끊이지 않고 울려 대기 시작했다. 받지 않고 버티던 그녀는 전화선을 뽑아 놓을까 하다가 자신이 비굴한 것 같아 전화를 받았다.

"당장 출근해!"

진우는 딱 이 한마디를 하고 전화를 끊었다. 연우는 결국 오후 에 출근을 해야 했다.

그녀는 진우와 준혁의 사이에서 갈피를 잡을 수가 없었다. 어 디로든 떠나고 싶었다. 어서 이 상황에서 벗어나고만 싶었다.

신제품 시연회가 성공적으로 끝났고, 세계 유명한 휴양지에 고 급호텔들을 체인으로 운영하는 '파라다이스'기업의 대표자에게 승 인 사인을 받아냈다. 이제 별 다섯 개짜리 호텔 스위트룸에서 진 성전자의 홈 시어터를 볼 수 있을 것이다.

연우는 양장 서류철에 꽂힌 수십 억짜리 사업 승인을 받은 서 류를 들고 진우의 사무실로 들어갔다.

진우는 잠시 고개를 들고 그녀를 힐끔 보더니 다시 보고 있던 서류에 고개를 집중했다. 그는 다음달에 〈국제멀티미디어 페스티 발〉의 스폰서 자격으로 뉴욕에 출장 갈 예정이었다.

아직 축제 기간까지 두 달 정도 시간이 남았지만, 준비 현황 점검과 미국 내에서 지사와 거래처를 직접 살피기 위해서 한 달 일찍 떠나는 출장이었다.

그녀의 하이힐 소리가 유난히 크게 들렸다. 두 사람 모두 긴장 하고 있다는 뜻이었다.

연우는 서류를 펼쳐서 그의 책상 위에 올려놓았다.

두 사람 사이에 무거운 침묵이 흘렀다. 유난히 의가 좋던 남매

사이가 삐걱거리기 시작하자 비서들이 먼저 알아차리고 눈치부터 살피고 있는 상황이었다.

진우는 승인 서류를 꼼꼼히 검토한 뒤 연우에게 돌려주었다.

"아직도 강준혁을 만나니?"

진우가 지나가는 말처럼 물었다. 하지만 그녀의 대답에 촉각을 곤두세우고 있다는 것을 알 수 있었다.

"응."

"너, 정말!"

그가 고개를 들고 매섭게 그녀를 쏘아보았다.

"내 말을 뭐로 듣는 거야? 내가 지금 안 된다고 얘기하는 게 장난으로 보여? 지금 너 자신을 한번 봐. 지금 제대로 하고 있는 거니? 어느 쪽에도 가지 못하고 이리 치이고 저리 치이고 있어. 너 지금……!"

"내가 어떻게 해? 마음대로 안 되는 걸 어떻게 하냐고?"

차라리 이렇게 목소리를 높이고 싸우는 게 반가울 지경이었다.

"사람이 마음먹고 하면 안 되는 게 뭐가 있어? 더 이상 상처받기 전에 어서 마음 접어."

연우가 단호하게 고개를 저었다.

"그게 가능했다면 강준혁, 그 사람 처음 만났을 때 그랬을 거야. 나 그 사람 사랑해. 그 사람을 버리는 건 나를 버리는 거야. 오빠, 오빠가 나 좀 이해해 주면 안 될까?"

"연우야, 넌 내 동생이야. 네가 상처받는 걸 바라지 않아. 내가 어떻게 이 회사를 포기하니? 내가 어떻게 강준혁을 이해해?"

"오빠는 포기하지 않아도 돼. 오빠가 이길 수도 있잖아."

"그렇게 생각하니?"

진우가 굳었던 얼굴 대신 서글픈 표정으로 연우를 바라보았다. 그녀는 체념하는 심정으로 천천히 고개를 저었다. 2년 동안이나 공백 상태였던 경영자 자리, 부실채권, 노조문제, 만기 날짜가 다가오는 어음까지 앞으로 주식말고도 정신 차리고 일만 해도 힘들 정도로 싸울 일은 많았다.

"누구라도 상관없어. 네가 전과자를 만나든, 길거리 청소부를 만나든 그게 누구든, 너만 좋으면 난 상관없어. 하지만 강준혁은 아냐. 이건 안 되는 일이야. 죽어도 안 되는 일이라고!"

"난 아무 것도 약속할 수 없어. 그 사람과 관련된 그 어떤 것도 오빠와 약속할 수 없어."

그가 한숨을 내쉬고 고개를 돌렸다.

"나가 봐. 너랑 계속 얘기해도 제자리걸음이겠다."

"오빠……."

다시 한번 그와 대화를 시도하려다가 무리라는 것을 깨달은 연우는 조용히 그의 사무실을 나왔다. 육중한 문이 두 사람 사이로 소리 없이 닫혔다.

진우는 닫히는 문 사이로 조용히 사라지는 여동생의 뒷모습을 바라보았다. 곧 무거운 문이 그의 시야를 가로막았다. 그는 잠시 동안 멍하니 문을 바라보았다.

"최연우, 널 어떡하면 좋니?"

그의 혼잣말에는 의도하지 않았는데도 절로 죄책감이 묻어났다. 고개를 돌리고 책상 위에 쌓여 있는 일거리로 주의를 돌리면서도 그녀의 모습은 잔상처럼 오랫동안 그의 시야에서 사라지지 않았다.

　약속되어 있던 정확한 시간에 노크를 하는 소리가 들렸다. 들어오라는 진우의 대답에 비상대책위원회 팀장인 김준섭이 여전히 말끔한 모습으로 나타났다. 맑게 반짝이는 유리알 너머의 눈동자가 자신만만해 보였다.

　"시작할까요?"

　진우는 고갯짓으로 사무실 중간에 놓인 소파를 가리킨 뒤 자신도 책상을 돌아 나와 소파에 앉았다. 두 사람은 비서가 내온 차를 한 모금 마시고, 곧장 서류를 살피기 시작했다. 그리고 이야기를 들은 뒤 문제점을 검토했다.

　준섭이 준비해 온 황금낙하산(黃金落下傘, golden parachute)에 관련한 서류를 읽어내려 갔다.

　이것은 비싼 낙하산이라는 뜻으로, 적대적 M&A에 대한 방어전략으로 활용할 수 있었다. 인수 대상 기업의 CEO가 인수로 인해 임기 전에 사임하게 될 경우를 대비하여 거액의 퇴직금, 저가에 의한 주식 매입권, 일정 기간의 보수 및 보너스 등을 받을 권리를 사전에 고용 계약서에 기재하여 안정성을 확보하고 동시에 기업의 인수 비용을 높이는 방법이었다.

　서류는 준비해 온 담당자의 성격을 그대로 보여주는 것처럼 각 조항들이 빈틈없이 꼼꼼하게 작성되어 있었다.

　"법적으로는?"

　"이미 담당 변호사가 검토를 끝냈습니다. 문제가 없다고 들었습니다."

　"좋군요. 다음은?"

"다음은 독약조항(Poison Pill)[1] 건입니다. 아무래도 이게 가장 강력한 방어 수단이 될 것 같습니다. 일단 이 정도만 주주들에게 풀어도 되겠습니다. 물론 하려고 한다면 더 분배할 수도 있지만, 만약의 사태를 대비해서 그냥 두는 것이 좋을 것 같습니다."

독약조항까지 거론되고 있었다. 결국 여기까지 왔단 말인가?

진우는 가볍게 미간을 찡그리며 준섭이 내미는 서류를 받아들고 훑었다. 어쨌든 이것만으로도 준섭이 유능한 엘리트라는 것을 알 수 있었다. 그는 서류에서 고개를 들고 미소를 지었다.

"김준섭 씨, 이번 일이 해결되면 자리를 마련하겠소."

"휴가부터 주시지요."

그의 뼈 있는 농담에 준섭이 장난스럽게 미소를 지으며 재치 있게 대답했다.

"본부장님, 홍 팀장님 전화입니다."

비서의 낭랑한 목소리가 울리자 준혁은 퍼뜩 컴퓨터 모니터에서 시선을 뗐다. 거의 반사적으로 손목시계를 보니 퇴근시간이 다 되어 있었다.

"연결하세요, 그리고 퇴근해요."

그는 지친 어깨를 풀며 수화기를 들었다.

"네."

"본부장님, 팩스를 보냈는데 받으셨습니까?"

---

1) 특수한 권리가 부여된 증권을 보통 주주에게 배당 형태로 나누어주는 방법. 증권의 소지자는 그 기업에 대해 공개매수가 시작되거나 주식의 일정량 이상이 매집되는 등의 상황이 발생하면 부여된 권리를 행사할 수 있게 된다.

홍 팀장이 평소 풍채에 맞지 않게 불쑥 말을 꺼냈다. 그 목소리가 꽤나 다급하게 들려왔다.

"아직요, 잠시만요."

그가 대답을 하며 팩스를 보려고 자리에서 일어나는 순간 노크 소리가 들렸다. 퇴근 준비를 마친 비서가 팩스 용지를 들고 들어왔다. 건네주는 서류를 받고 퇴근하라고 손짓을 해 보이고, 다시 문이 닫히는 소리를 듣고서야 그는 수화기를 들었다.

팩스는 뜻밖의 내용이었다, 그가 잠시 할말을 잃을 정도로.

팩스의 발신지는 진성그룹이었고, 타이핑된 서류는 진성의 레터 용지에 작성된 것이었다.

……. 진성그룹 노동조합과 비상대책위원회에서는 DM그룹의 일방적인 경영권 침해를 받아들일 수 없습니다. 비생산적이고 소모적인 경영권 분쟁으로 기업의 가치가 훼손되고 있는 점을 좌시할 수 없으므로 그에 따라 아래의 규정상 문제를 제기하는 바입니다…….

수화기 저편에서 홍 팀장이 한숨을 내쉬었다.

"일이 귀찮아지겠군요. 보류하셨던 일을 지금이라도 다시 진행한다면, 그리 크게 문제될 것은 없을 것 같습니다."

…… 3월 ○일을 기하여 DM그룹의 적대적 M&A에 반대하는 직원연대 발족식을 가졌음을 알려드립니다. 저희는 회사 발전에 아무 득이 되지 않는 소모적 경영권 분쟁이 더 이상 지속되지 않

기를 바랍니다. DM그룹에서 이번 적대적 M&A 시도를 즉각 중단하지 않는다면, 적극적인 단체행동에 나설 것임을 경고하는 바입니다…….

"본부장님?"

준혁이 대답이 없자, 홍 팀장이 그를 불렀다. 그는 입을 꽉 다문 채 팩스 용지를 노려보았다. 그의 손에 잡혀 있는 하얀 종이가 가늘게 떨리더니 이내 작은 비명을 지르며 구겨졌다.

"본부장님, 지시를 내려주십시오."

뭘?

준혁은 갑자기 치미는 자신의 분노를 이해할 수 없었다. 연우에게 방어할 시간을 주기로 결정한 것은 바로 자신이었다. 결코 후회하지 않겠다고 맹세한 것도 자신이었다.

후회하지 않겠다고 했었지만, 진성그룹 노동조합이 단체행동을 한다는 경고를 보내 오자 분노가 치밀어올랐다.

"무시해요."

"네? 본부장님! 말도 안 됩니다!"

"두 번 말하게 만들 겁니까?"

그가 조용하게 되받았고, 수화기 건너편에서는 아무 말이 없었다. 그는 수화기를 내려놓은 뒤 의자에 기대어 앉았다. 그리고 창 쪽으로 의자를 당겨 커다란 유리창을 통해 바깥 풍경을 보았다.

해는 이미 저물어 검푸른 밤하늘과 대조적으로 밝은 불빛을 두른 도시의 빌딩들이 보였다. 도시는 낮의 햇살보다 더 강렬한 불빛을 뿜어내며 불야성을 이루고 있었다.

그의 생각이 자동적으로 연우에게로 옮겨졌다.

새삼 그녀의 기분을 이해했다고 한다면 변명이 될까? 팩스 한 장에 치밀어 올랐던 감정을 되짚어 보며 그가 히쭉 자조적인 미소를 지었다.

어쩔 수 없는 사업가인 모양이었다. 시간을 두고, 보류시킨 일인데도 머릿속이 팽팽 돌아가며 대응책이 떠오르는 것을 보면 말이다. 일단 보류하기로 한 일이니만큼 아예 기억 속에서 지우는 게 속이 편할 것 같은데, 그게 생각처럼 잘 되지 않았다.

강준혁, 너도 어쩔 수 없는 인간이구나.

그는 매고 있던 넥타이를 잡아당기며 다시 의자를 돌려 책상 앞으로 다가왔다. 그만 퇴근해야겠다는 생각에 컴퓨터 전원을 끊기 위해 종료 메시지가 뜰 때까지 잠시 기다렸다.

내가 이렇게까지 하고 있는 걸 넌 알까? 최연우, 넌 모르겠지. 하긴 몰라도 돼.

컴퓨터 모니터 전원이 꺼지면서 윙윙거리던 소음도 뚝 끊겼다. 그는 겉옷을 걸치고 사무실을 나와 비서실 구석에 놓인 종이분쇄기에 좀전에 받은 팩스 용지를 집어넣었다. 기계는 탐욕스러운 소리를 내며 서류를 집어삼키고 있었다.

후드득, 빗방울이 창문을 두드리는 소리가 들렸다.

연우는 방금 목욕을 마치고 나와 아직 젖어 있는 머리카락을 수건으로 닦으며 창가로 다가갔다. 밖은 빗방울이 하나둘씩 듣는가 싶더니 금세 굵은 빗줄기가 무서운 기세로 쏟아져 내렸다. 비가 내리는 것을 보니 을씨년스럽고 추웠다. 그녀는 서둘러 창문을 닫고 걸쇠를 걸었다.

거실의 불을 끄고 침실로 들어가 화장대 의자에 앉았다. 거울을 보니 침대에 잠옷 차림의 준혁이 보였다.

"감기 걸리겠다."

머리카락에서 아직도 물이 떨어져 내리자 침대에 누워 책을 읽고 있던 준혁이 한마디를 건넸다.

그가 자리에서 일어나 그녀의 등뒤에 섰다. 그리고 수건으로 부드럽게 머리에서 물기를 닦아내 주었다. 그의 따뜻한 손길에 연우는 눈을 감았다.

"살 빠졌니?"

"응."

그녀의 대답에 그가 말없이 빗으로 그녀의 머리카락을 빗어 내렸다.

잠깐 동안 침묵이 흘렀다.

"오늘 예상치 못한 팩스를 받았어."

그가 아무렇지 않게 이야기하며 이미 축축해진 수건으로 그녀의 머리카락을 두드렸다. 그녀의 샴푸 향기가 코끝을 자극하며 사방으로 퍼져나갔다.

"받았어?"

"받으라고 보낸 거 아니야? 좀 놀랐다. 노조의 단체행동은 예상하지 못한 일이었는데, 노조랑 사이가 좋은가봐."

그녀가 거울 속에 비친 그의 눈동자를 바라보았다. 잠시 거울 속에서 그들의 눈길이 마주쳤다. 하지만 그 속에는 어떠한 계산이나 계략도 없었다.

"밥 그릇 문제니까. 합병되면 구조조정은 당연한 거잖아. 어쩔 수 없는 선택이었지, 뭐……."

"아, 진짜! 우리가 왜 이런 얘길 하고 있는 거지?"

그가 짜증스럽다는 듯 중얼거리며 작게 웃었다.

그의 손이 부지런히 그녀의 머리카락에서 물기를 제거하고 있었다. 그러한 그에게 그녀는 머리카락을 맡긴 채 눈을 감고 있었다. 그가 다시 조용하게 말을 이어가자 그녀가 살짝 감았던 눈을 떴다. 이미 그녀의 눈에는 잠이 덕지덕지 묻어 있었다.

"주말에 잠깐 나갔다 오자. 춘천에 별장이 있는데, 조용하고 좋아. 늦잠도 자고, 호숫가에서 낚시도 하자."

"그래."

그의 손이 그녀의 젖은 머리칼을 헤집었다. 그의 몽롱한 손길에 잠이 쏟아졌다. 연우는 그의 어깨에 등을 기대고 하품을 했다.

그가 조심스럽게 그녀를 안아 들었다. 준혁은 그녀의 목까지 이불을 덮어주고 옆에 누워 그녀를 끌어안았다. 그의 품에 안긴 그녀의 체온 때문에 옆구리가 따뜻했다. 조용하고도 규칙적인 숨소리가 귓가에 들려왔다. 그 역시 눈을 감고 잠을 청했다. 치열했던 하루의 끝이 이상할 정도로 고요했다.

준혁은 전화벨 소리에 눈을 떴다. 아직 창 밖에 새벽빛도 떠오르지 않은 깊은 밤중이었다. 평화로운 잠을 방해받은 그가 속으로 욕설을 중얼거리고 있을 때, 옆에서 그녀가 잠결에 몸을 뒤척이며 미간을 찡그렸다. 그는 연우가 깰까 싶어 반사적으로 손을 뻗어 전화를 받았다.

“여보세요?”

“연우 좀 바꿔.”

이 새벽에 전화를 걸면서 예의는 눈곱만큼도 갖추지 않고, 앞뒤 다 잘라먹은 퉁명스러운 말이 수화기 건너편에서 들려왔다.

그는 수화기 너머로 들리는 목소리의 주인이 진우라는 것을 알 수 있었다. 아무리 동생이라지만 이 밤중에 전화하는 건 예의가 아니다. 준혁은 목소리를 낮춰 이야기했다.

“급한 게 아니라면 아침에 다시 하시죠. 지금 자고 있습니다.”

“당장 깨워! 연우를 바꾸라니까. 집안 일이니까 당신은 빠지고.”

진우가 여전히 적의에 찬 목소리로 딱 잘라 이야기했지만, 준혁은 왠지 불길한 예감이 들어 연우의 어깨를 흔들었다.

“연우야, 일어나 봐.”

연우가 손으로 눈가를 비비더니 눈을 깜빡이며 그를 올려다보았다. 그녀의 입가에는 무거운 하품이 걸렸다.

“전화 받아 봐.”

연우가 묻는 듯한 시선으로 그를 바라보며 수화기를 받았다.

“여보세요?”

“연우야.”

“오빠, 지금 시간이 몇 시인데…….”

그녀가 불만에 찬 목소리로 중얼거렸다.

“지금 집으로 와라. 아버지가 돌아가셨다.”

단숨에 뱉어내는 그의 말에 이불을 어깨 위로 끌어올리던 그녀의 행동이 순간 얼어붙었다.

“뭐라고?”

"조금 전에 돌아가셨다. 집으로 와. 집으로 모셨어."

연우는 눈을 감고 숨을 들이마셨다. 아버지가 돌아가셨다! 이 소식에 충격받는 자신이 놀라웠다.

그녀는 침대에서 몸을 일으켜 옷장에서 검은색 정장을 꺼냈다.

"무슨 일이야?"

준혁이 급하게 검은색 스타킹을 신고 있는 그녀에게로 다가와서 물었다. 창백하게 질린 그녀의 얼굴빛을 보며 그가 걱정스런 목소리로 조심스럽게 그녀를 불렀다.

"연우야?"

연우는 고개를 들고 그를 쳐다보았다. 그냥 다시 그의 품에 안겨 따뜻한 침대 시트 속으로 들어가고 싶었다.

"나 지금 성북동 집으로 가봐야 해. 아버지가 돌아가셨어."

그가 손을 내밀어 그녀의 어깨를 잡았다.

"괜찮니?"

그녀는 고개를 끄덕였다. 괜찮은지 아닌지는 잘 모르겠지만, 생각할 틈도 없었고, 그러기 전에 먼저 기계적으로 대답하고 있었다.

"괜찮아. 장례식이 끝나면 바로 올게."

코트를 들고 뒤돌아서다가 갑자기 그녀는 몸을 돌렸다. 준혁이 그녀를 따라 나오고 있었다.

"저기……."

"왜? 나가자, 바래다줄게."

무슨 말을 해야 할 것 같은데 말이 나오지 않았다. 그는 어느새 그녀의 팔꿈치를 꼭 잡고 있었다.

"일 처리되는 대로 바로 올게. 기다려."

그는 아무 것도 되묻지 않고 고개를 끄덕였다.

기다려. 연우는 알 수 없는 복잡한 기분으로 집을 나섰다. 성북동 집으로 가는 게 꼭 끝이 보이지 않는 어둡고 축축한 동굴로 끌려 들어가는 기분이 들었다.

장례식은 성대했다.

병원 영안실 대신 궁궐같이 으리으리하고 마당이 넓은 성북동 저택에서 진성그룹 최성식 회장의 장례식이 치러졌다. 장례 기간 내내 정계와 재계 사람들이 몰려들었다. 하얀 국화가 넓디넓은 마당 인공 초록 잔디 위를 뒤덮었고, 찾아오는 사람들로 인해 골목 앞에는 고급 외제 승용차들이 줄을 이었다.

각계 인사들이 형식적인 위로를 건네며 새롭게 회장직에 오를 최성식 회장의 장남에게 바쁘게 얼굴도장을 찍었다.

연우는 하얀 리본이 달린 핀을 꼽고 검은색 정장 차림으로 구석에 서 있었다. 그녀는 몰려든 사람들을 무심한 표정으로 스쳐 보았다.

장례식에서 그녀의 아버지 최성식의 죽음을 진심으로 애도하는 사람은 별로 없는 것 같아 보였다. 사람들은 재빠르게 계산하며 다음 이익을 위해 진우에게 얼굴을 비추기 위해 안달했다.

검은 양복 차림의 진우와 윤우가 함께 손님들을 맞이했다. 아버지의 아내 금희는 표독스럽게 연우에게 달려들었던 것이 언제인가 싶을 정도로 남편을 잃은 우아한 미망인 역할을 훌륭하게 해내고 있었다.

연우는 그저 조용히 구석에 서 있을 뿐이었다. 그녀는 여전히 이 집의 불청객이었으므로.

무심한 그녀의 얼굴에 잠시 표정이 떠올랐다.

그녀의 시야에 놓인 무채색 풍경 가운데 유독 한 군데만 색깔이 있었다. 그 색깔을 채우는 것은 검은 양복차림에 키가 큰 남자였다. 그가 현관으로 들어서고 있었다. 이틀 만에 보는 준혁의 모습이었다.

그는 주변을 두리번거리거나 살피지도 않고 마치 실에 매인 것처럼 곧바로 그녀에게 시선을 던졌다. 그리고는 걱정스러움과 안타까움이 뒤섞인 표정으로 구석에 서 있는 그녀의 얼굴을 바라보았다.

준혁은 형식적으로 진우에게 몇 마디 애도의 말을 전하고 간단하게 고인에게 향을 피웠다. 진우는 굳이 준혁을 막아내거나 내쫓지 않았다. 준혁은 지금 DM그룹을 대표해서 조문을 온 것이기 때문이었다. 두 사람은 깍듯하게 예의를 갖추어 서로를 대했다.

몇 분되지 않는 짧은 시간 동안, 준혁의 시선은 연우에게로 향해 있었다. 그가 처연한 눈길로 그녀를 바라보았다. 연우는 그에게 달려가 넓은 가슴에 얼굴을 묻을 때가 아니라고 되뇌며, 우두커니 서서 차마 다가오지 못하고 있는 준혁을 바라보았다.

절절한 두 사람의 시선이 공중에서 마주쳤다.

잠시 시간이 멈추었고, 주변의 소음도 들리지 않았다. 그녀는 몇 걸음 떨어진 같은 공간 속에 있는 그의 존재를 너무나 확실하게 느끼며 그에게로 손을 내밀고 싶은 것을 간신히 참아냈다. 그녀가 충동을 이기지 못하고 손을 내민다면 그는 망설이지 않고 그녀의 손을 마주잡고 이 숨막히는 끔찍한 공간에서 빠져나갈 것이다.

그가 먼저 움직였다. 준혁은 희미하게 미소를 지어 보인 뒤, 왔던 것처럼 조용히, 하지만 폭풍처럼 재빨리 나가 버렸다.

그녀는 그의 미소에서 그가 하는 말을 들었다.

기다리고 있을게.

그는 그렇게 이야기하고 있었다.

연우는 그가 사라지고 나서 잠시 시간이 흐른 후에 천천히 현관을 나와 마당을 걸어갔다. 당장 이곳을 나갈 수는 없겠지만, 그녀도 갈 곳이 생겼다.

준혁이 기다리고 있는 곳.

그녀는 돌아갈 그라는 존재 덕분에 눈물이 날 정도로 안도감을 느꼈다.

연우는 마당 오른쪽 끝에 놓인 벤치에 앉아 고개를 들고 하늘을 올려다보았다. 이른 봄기운이 가득 찬 따사로운 바람이 뺨을 스치고 지나갔다. 며칠 전 내렸던 그 비는 봄비였나 보다. 그녀는 가만히 뽀송뽀송한 햇살이 내려앉은 자신의 무릎을 쓰다듬었다. 그리고는 휴대폰을 꺼냈다.

"여보세요?"

낮은 목소리가 익숙하게 귓가에 울렸다.

"나예요."

"그래, 밥은 제대로 먹고 있는 거야? 속상하게 얼굴이 그게 뭐야, 죽 한 그릇도 못 얻어먹은 것처럼! 살이 더 빠진 것 같더라."

여지없이 그의 잔소리가 이어졌다.

"아니야. 잘 먹고 있는데 신경 쓰니까……. 오빠가 나 밥 안 먹게 그냥 놔둘 리가 없잖아."

"그건 그렇지. 처음으로 그 사람한테 고맙다고 느껴지네."

"당신은 괜찮아? 밥은?"

"너나 신경 써라. 안 그래도 어제 어머니가 오피스텔에 오셔서는 크게 야단 치셨다. 집에 사람이 없으니까 엉망이지 뭐. 네가 없어도 난, 그래도 1505호에 있어. 그러니까, 넌 그냥 그리로 오면 돼."

"응. 당신이 여기 와줘서 고마워. 별 뜻 없이 의무적으로 온 거라서. 그리고 나한테 당신 얼굴 보여줘서 반갑고 안심이 돼."

"밥 많이 먹고 기운 내서 와라. 연우야, 보고 싶다."

"나도 너무 보고 싶어. 당신이 보고 싶어."

그녀는 눈을 감고 속삭였다. 두 사람은 아쉬운 마음에 머뭇거리다가 한참 후에야 전화를 끊었다.

그녀는 좀더 봄바람을 느끼고 싶어 가만히 벤치에 앉아 있었다. 그녀의 눈에 순백의 눈송이 같은 꽃잎이 만발한 목련나무가 보였다. 꽃잎 하나가 춤추는 듯 살랑거리며 그녀의 무릎 위로 떨어졌다. 그 모양을 내려다보고 있을 때, 문 열리는 소리가 들려 고개를 들었다.

현관문이 열리고 검은 양복차림에 삼베 리본을 단 윤우가 마당으로 나왔다. 그는 곧장 대문으로 걸어갔다. 몰랐는데 대문 밖에는 여자가 서 있었고, 곧이어 짜증 섞인 윤우의 목소리가 들렸다.

"뭐 하러 여기까지 와?"

그리고 여자의 목소리가 이어졌다. 여자는 차분하게 짜증내는 그를 달랬다.

"왜 짜증을 내고 그래. 난 너 괜찮은가 싶어서 보러 왔지. 생각해줘서 왔더니 고맙다는 인사는 않고 뭐라고 핀잔만 하냐?"

"운전도 못하면서 차 끌고 다니니까 그렇지. 사고 나면 어쩌려고 그 장롱면허로 여기까지 와! 대체 어디서 그런 용기가 나오는 거야?"

윤우는 지금 대문 밖에서 여자를 향한 걱정 때문에 짜증을 내고 있었다. 연우는 자리에서 일어나 조용히 걸어서 대문 밖을 내다보았다. 이러면 안 된다는 것을 알지만, 그저 윤우의 여자를 보고 싶은 호기심을 어쩔 수가 없었다.

눈이 동그랗고 얼굴이 하얀 여자는 낮이 익었다. 연우는 얼굴을 떠올리기 위해 고등학교 때까지 거슬러 올라가야 했다.

이성경.

고등학교 3학년 때 같은 반이었다. 목사님이신 성경의 아버지가 기독교 재단인 그들의 학교에서 예배를 담당하고 있었다. 예배 때마다 앞에 나가서 피아노를 쳤었다.

따돌림을 받던 연우를 위해 자진해서 기꺼이 함께 주번을 해주었던 이성경이었다. 그때 그녀는 윤우의 여자친구였다. 그리고 아직도 여전히 그녀는 윤우의 여자친구로 있었다.

연우는 불쑥 예기치 못한 반가운 마음이 들어 자세히 성경을 바라보았다.

윤우와 성경은 한참이나 대문 앞에 서서 티격태격 말싸움을 계속했다. 윤우는 성경이 운전하는 차가 완전히 사라질 때까지 걱정스럽게 바라보다가 내키지 않는 듯 무거운 발걸음으로 대문 안으로 들어왔다.

그의 시선이 대문 앞에 선 연우에게 머물렀다. 그는 그녀가 앉았던 벤치에 앉아 양복 주머니에서 담배를 꺼내 물었지만, 한참이 지나도 불을 붙이지는 않았다.

연우의 시선이 그의 입술에 매달린 담배에 머물자 윤우가 먼저 이야기를 꺼냈다.

"왜? 아, 이거! 담배 끊은 지 한참 됐어. 그 녀석이 어찌나 잔소리를 해대는지 결국 끊어 버렸어."

윤우의 말에 그녀는 턱으로 대문 밖을 살짝 가리키며 말했다.

"성경이는 그대로네."

"그 녀석이야 언제나 똑같지 뭐."

두 사람은 나란히 벤치에 앉았다. 이렇게 나란히 앉아 같은 곳을 보며 이야기하는 것은 처음이었다.

"미안하다, 어머니 말이야."

그 전에 병원에서 그의 어머니가 표독스럽게 연우에게 달려들며 욕설을 퍼붓던 일을 이야기하는 것이었다. 언제나 그녀의 방패가 되어 주었던 사람은 큰오빠였지만, 그때는 윤우가 그 역할을 대신했었다. 잠깐 그가 미안해할 일이 있나 생각하다가 이내 연우가 고개를 저었다.

"아니야. 그냥, 섭섭하고 속상한 마음 없는 건 아니지만 이해할 것도 같아. 그냥 잘 모르겠는데 그렇게 이해가 되기도 해. 그럴 수도 있겠다. 내가 싫을 수도 있지, 그러면서. 입장 바꿔 놓고 보면, 나도 나란 존재를 못 받아들이겠어. 나도 그래. 이해해."

윤우가 고개를 돌려 그녀를 바라보았다. 그녀가 그를 마주보며 작게 미소를 지었다.

"난 이제야 철이 드는가봐."

연우가 덧붙인 말에 윤우가 짧게 웃음을 터트렸다. 전혀 어색하지 않은 기분 좋은 침묵 끝에 그가 먼 산을 바라보며 입을 열었다.

"성경이랑 나, 올해로 꼭 10년째야. 이제 시들하고 혼자 있고 싶을 만도 한데, 난 아니야. 겨우 이틀밖에 못 봤을 뿐인데 참 반갑더라. 이 여자가 나에게 어떤 존재인지 절실하게 깨달았지. 반갑기만 하고 그렇게 보고 싶었던 얼굴인데 짜증부터 냈어. 걔가 예전에 그러더라. 내가 아니었다면 성경이와 너 어쩌면 친구가 될 수 있었을지도 모른다고. 이제 그 말이 좀 이해가 되네. 어쩌면 우리도 친구가 될 수 있었을 텐데. 난, 연우야. 난 네가 왔을 때부터 꼬이기 시작했었어. 날 붙잡은 게 성경이야. 너 미국 있는 동안 한번도 연락하지 않았던 게 이제야 후회된다. 네 말대로 나도 이제 철들기 시작하나 보다."

목이 메었다. 연우가 고개를 숙이고 간신히 말했다.

"미안해. 내가 너한테 참 못되게 굴었었지. 너한테……."

오랫동안 입가에 머물렀던 말이었다. 시간이 오래 걸리기는 했지만, 그녀는 10년이라는 시간이 흐른 후에야 그를 가족으로 받아들이고 있었다.

"네가 우리 어머니 이해하듯이 나도 널 이해해. 난 평생 한 여자만 사랑하고 살 거야. 딴 여자 생각하는 일없이 한 여자만 바라보며 충실하게 살 거야. 내 어머니 같은 사람, 또 너와 나 같은 사람 만들지 않을 거다."

윤우의 표정은 진지하기 이를 데가 없었다. 그는 스물일곱 살 성인의 얼굴을 하고 있었고, 큰오빠 현우와 꼭 닮아 있었다.

언제나 둔하게 그녀를 지배해 왔던 통증이 일지 않았다. 그녀는 더 이상 큰오빠를 떠올려도 가슴이 무너지지 않고 있었다. 이제는 그의 죽음을 받아들일 수가 있을 듯했다. 어쩌면 큰오빠에게 죽음이 안식이었을지도 모른다는 작은오빠의 말도 떠올랐다.

오빠는 정인언니 만나서 행복하지? 내가 괜한 걱정하고 있었던 거지?

연우는 멈춰 있던 자신이 자라고 있음을 느꼈다. 봄기운 아래에서 기지개를 켜는 목련 꽃잎처럼 마음이 꽃을 피우고 있었다.

또한, 자신이 말한 대로 이제야 철이 드나 보다.

성대한 장례식을 비웃기라도 하는 것처럼 부서질 듯 눈부신 봄햇살이 내내 비추었다. 매서운 꽃샘추위는 생각도 못할 정도로 따뜻한 날씨가 계속되었다.

세상을 등진 진성그룹 최성식 회장은 여러 친지들과 각계 인사들이 모인 가운데 미리 준비해 두었던 선산에 고요히 묻혔다. 사람들이 한 송이씩 내려놓은 흰 국화가 관을 뒤덮었다.

평범하지 않은 삶이었지만 죽음은 사람들에게 예외 없이 평등했다. 세상 모든 죽음이 그러하듯 고인이 어떤 삶을 살았든 상관없이 을씨년스럽고 공포스러울 정도로 적막했다.

2년이란 세월은 참으로 길었다.

아버지란 사람은 연우가 생각했던 것만큼이나 끈질겼다. 단 한 번도 살가웠던 적이 없는 부녀 사이였다. 어쩌면 생판 모르는 남보다도 더 정이 없었던 아버지와 딸이었다.

엄마와 함께 살고 싶었다. 그 추웠던 열여섯 살 겨울에 자신에게 맹세했던 것처럼 아버지의 돈으로 대학을 다니고 졸업하면 엄마에게로 돌아가고 싶었다.

그녀가 아버지와 사는 것은 딸에게 더 많은 기회를 주기 위한 엄마의 마지못한 선택이란 걸 알고 있었다. 그럼에도 한없이 그리운 엄마에게 돌아가고 싶었다. 언제나 시끄러웠던 그 비행기 소음과 기차 소리까지 그리울 정도였다. 하지만 한 번도 그 그리운 공간 속에 엄마가 없는 것은 생각해 본 적이 없었다.

대학 1학년 1학기를 마치고 집으로 찾아갔을 때 이미 엄마는 한눈에 보기에도 안타까울 정도로 쇠약해져 있었다. 무심했던 자기 자신을 자책하고, 그동안 아파도 아프다고 말 한마디 못했던 엄마를 원망했다.

엄마를 덮친 병마는 갑작스러웠고, 그 기세는 드셌다. 1년이 넘는 시간 동안, 엄마는 대구 경북대병원에 입원해 있었다. 연우는 학교를 휴학했다. 병마만큼이나 끔찍했던 건 병원비였다.

단 한 번도 병원을 찾지 않았던 아버지에게 병원비 이야기를 하는 것은 도저히 자존심이 허락하지 않았다. 자신이 모았던 돈과 학교를 휴학하고 등록금으로 병원비를 계산했지만, 그것도 잠시였다. 합병증으로 잦아진 수술과 각종 검사 비용에다 입원비, 약값까지 병원비는 눈덩이처럼 불어났다.

하지만 그녀는 얼마 후 병원비가 모두 정산되었다는 소식을 원무과 직원한테서 전해 들었다. 그 소식을 전해 들은 그날 오후에 큰오빠 현우를 병원에서 만날 수 있었다.

왜 이야기하지 않았냐고 화를 내는 그에게 안겨 처음으로 참고 참았던 눈물을 쏟아냈다.

병마는 엄마를 쇠꼬챙이처럼 마르게 만들었다. 그리고 고요히 잠든 상태에서 그 순결한 영혼을 거두어 갔다. 1년이 넘도록 필사적으로 움켜잡았던 엄마의 생명은 모래알처럼 연우의 두 손에서 빠져나갔다.

초라하고 춥기만 했던 종합병원 영안실에서 치러진 장례 기간 동안에도 아버지는 오지 않았다. 꼬박 상주노릇을 한 사람은 현우였다. 작은오빠가 소식을 듣고 한걸음에 달려왔다.

장례 마지막 날, 검은 원피스를 입은 한 젊은 여자가 찾아왔다. 서울에서 기차를 타고 3시간을 넘게 입석으로 대구까지 왔다고 했다. 현우는 수줍게 얼굴을 붉힌 채 어쩌면 결혼할지도 모르는 사람이라고 했다. 평범했지만 너무 맑아 투명하기까지 했던 미소를 가진 정인은 엄마를 위해 향을 피웠다. 큰오빠가 정인언니를 사랑했듯이 연우도 그녀를 그렇게 사랑했다.

그리고 얼마 지나지 않아 그녀 또한 떠났다. 단 한번 꿈결같이 만났던, 오빠가 사랑했던 정인은 사고로 세상을 떠났다. 그리고 그녀의 죽음이 사고 탓만이 아니라는 것도 알게 되었다. 순식간에 무너지는 그를 붙잡을 사람은 더 이상 세상에 존재하지 않았다. 끝없이 망가지던 그도 떠났다.

비 오는 날 처참하게 부서진 그의 아우디 승용차가 인적 드문 외진 고속도로에서 발견되었다. 중환자실로 옮겨져 채 반나절도 버티지 못하고 그는 그렇게 세상을 등졌다.

아무 감정의 움직임도 느껴지지 않는 아버지라는 사람을 죽도록 미워했다. 최씨라는 성을 저주했다. 몸 안에서 뜨겁게 고인 피를 죽이고 싶었다.

연우는 흙이 뒤덮이는 관을 노려보았다. 사랑이나 값싼 애틋함마저도 느낄 수 없는 사람이 아버지라는 존재였다. 아버지의 그 구역질나는 탐욕과 이기심으로 그녀가 떠나보낼 수밖에 없었던 사람들을 대신해 죽을 때까지 용서하지 않으리라 생각했었다.

멀리서 새 울음소리가 들렸다. 잎도 없는 가지에 피어난 노란 개나리가 보였다.

그녀의 엄마만큼이나 모진 세월 보내야 했던 아버지의 아내가 있었다. 아버지의 아들이라 믿을 수 없을 만큼 다정한, 그녀의 오빠 되는 사람과 5개월 늦은 남동생이 있었다. 그의 인품에 비하면 얼마나 축복받은 광경인가!

그녀는 고개를 돌리고 아프게 입술을 깨물었다. 죽도록 미워하고 원망했던 아버지였다. 평생 사생아라는 짐을 짊어지고서 살게 만든 사람이었다.

하지만, 지금 이 감정은 무어란 말인가?

도대체, 이 감정은…….

손님들이 돌아간 성북동 저택은 쥐 죽은 듯 조용했다. 거실 가죽소파에 금희와 두 아들 진우, 윤우가 앉아 있었다. 그리고 연우가 멀찍이 떨어져서 앉아 있었다. 그리고 상석에는 아버지의 변호사가 앉아 있었다.

변호사는 깡마른 몸에 잘 재단된 검은색 고급 양복 차림으로 은테 안경을 낀 흰머리의 노신사였다. 그는 오랫동안 이 집의 고

문변호사였다. 지금 그의 손에 들린 것은 최성식 회장이 남긴 유언장이었다.

"유감입니다. 최 회장님은 저에게도 좋은 친구였습니다."

그저 인사치레의 말이었고, 자리에 앉아 있는 그 누구도 그의 말을 진심으로 듣는 사람은 없었다.

"그럼 유언장을 발표하도록 하지요. 우선 사모님께 제주도 호텔과 설악산의 콘도와 진성투자증권 주식 2.8퍼센트를 남기셨습니다. 물론 성북동 집도 사모님 몫입니다. 큰 도련님께는 진성투자증권 주식 5퍼센트와 진성패션 주식 5퍼센트, 진성상해보험 주식 10퍼센트와 강남의 오피스텔과 선산의 땅과 가창의 땅을 남기셨습니다. 작은 도련님께는 진성건설 주식 10퍼센트, 경기도의 땅과 대구의 과수원을 남기셨습니다. 그리고 여의도와 용산구의 빌딩을 남기셨습니다."

유산되는 모든 것들은 아버지의 개인 재산이었다.

"마지막으로 아가씨께는……."

"지금 뭐 하는 거예요? 남편이 이 애한테까지 재산을 남겼단 말이에요?"

금희가 다급히 변호사의 말을 잘랐다.

"물론입니다. 최 회장님은 아가씨께 모든 계열사 주식을 균등하게 8퍼센트씩 남기셨습니다. 그리고 돌아가신 도련님 몫이었던 진성LCD, 진성자동차, 진성전자 주식 10퍼센트도 추가로 함께 남기셨습니다."

"말도 안 돼! 모든 계열 주식이라고? 어째서 저 년이 현우 몫까지 받는 거야?"

　연우는 두 손을 꼭 말아 쥐었다. 손톱이 아프게 살갗을 찔렀다. 그녀는 아버지의 뜻밖의 유언을 이해할 수 없었다.
　무슨 뜻입니까, 아버지?
　"이건 무효야! 그 양반이 몸이 아파서 정신까지 놓았던 게 분명해! 이건 아니야! 왜 저 년이……?"
　금희가 자리에서 벌떡 일어나 앙칼지게 소리를 질렀다. 늙었지만 그 눈빛만큼은 아직 젊은 사람 못지 않은 변호사가 금희를 무시하고 연우에게로 시선을 돌렸다. 연우는 알 수 없는 예감에 숨을 쉴 수가 없었다.
　끔찍한 일이 벌어질 것만 같았다.
　"최 회장님께서는 자신의 후계자로 아가씨를 지목하셨습니다."
　이건 말도 안 돼.
　변호사가 선언한 이 한마디에 모두 경악할 수밖에 없었다.
　"그 양반이 미쳤던 게 분명해! 이건 아니야!"
　"아닙니다. 이 유언장은 충분히 법적으로 효력이 있습니다. 다시 말씀드리지요. 다음 진성그룹 경영자는 따님이십니다."
　"누가 딸이야? 누가? 어떻게 저 년이 딸이야? 내가, 내가 어떻게 이제까지 참고 살았는데, 겨우 이거야? 남편이 밖에서 낳아온 첩년의 딸이 우리 그룹의 경영자라니! 인정할 수 없어! 멀쩡한 두 아들을 놔두고, 왜 하필이면 이 년이야?"
　연우의 귀에는 금희의 목소리가 들리지 않았다.
　이제야 준혁의 품에 안겨 깨고 싶지 않은 단잠을 자다가 아버지의 부음을 듣고 오피스텔을 나올 때 느꼈던 그 기분의 정체를 깨달았다. 축축하고 어두운, 끝이 보이지 않는 동굴 속으로 끌려

들어가는 기분을 지금 다시 느끼고 있었다.

그녀는 앉아 있던 자리에서 일어났다. 이곳에서 벗어나고 싶다는 한 가지 생각뿐이었다. 자신을 기다리고 있는 준혁에게로 돌아가고 싶었다. 그의 넓은 품에 안겨 그저 오랫동안 깨지 않고 잠들고 싶었다.

한 걸음도 내딛기 전에 공기를 가르는 요란한 소리와 함께 금희의 손이 연우의 뺨으로 날아들었다. 매서운 그녀의 손길이 뺨을 내리치자 연우의 몸이 잠시 휘청거렸다.

"얼마나 더 해야 만족하겠어? 독한 년! 무슨 욕심으로 이러는 거야? 네 년이 뭔데, 네 년이 뭐 그리 대단하다고 내 멀쩡한 두 아들 다 제치고 그 자리를 꿰차?"

"어머니, 왜 이러세요?"

진우와 윤우가 미처 말리기도 전에 커다란 보석이 번쩍이는 반지를 낀 손이 다시 연우의 뺨을 내리쳤다. 금세 얻어맞은 왼쪽 뺨이 벌겋게 부어 올랐다. 금희의 두 손이 우악스럽게 연우의 검은 정장 재킷을 움켜잡고 뒤흔들었다.

"어머니, 이 손 놓으세요! 연우가 무슨 죄가 있다고!"

진우가 다급히 두 사람 사이에 끼여들어 자신의 등뒤로 연우를 감추었다. 윤우가 재빨리 뛰어들어 허공을 휘젓는 금희의 두 손을 잡았다.

"이거 놔라! 내가 오늘은 기필코 저 년을 요절내고 말겠어! 이제까지 내 집에 저 년을 둔 것만 해도 내 속이 뒤틀리는데. 감히 지가 뭐라고? 이제까지 그렇게 공부하고, 이사 자리 하나 해 먹었으면 됐지. 뭐? 경영자? 이거 놔! 윤우야! 얼른 이 손놓지 못해?"

"어머니, 이러지 마세요!"

윤우가 손을 풀지 않고 금희를 말리는 사이에 진우는 연우를 데리고 집을 나왔다. 그는 대문을 닫고 나와서야 손으로 그녀의 턱을 받치고 빨갛게 부은 뺨을 살폈다.

"괜찮니? 병원 안 가도 되겠어?"

그녀는 한 걸음 물러나며 그의 손길을 피했다.

지금 누구라도 그녀에게 손대는 것은 견딜 수 없었다. 뺨의 욱신거리는 아픔보다 머리가 더 아팠다. 그녀는 말없이 주차되어 있는 차로 걸어갔다.

"연우야, 어디 가? 너 지금 운전하면 안 돼."

진우가 차 문을 여는 연우의 팔을 낚아챘다.

"어디 가려는 거야? 강준혁한테 가는 거야?"

"이거 놔. 내 몸에 손 대지 마."

그녀가 날카롭게 그의 손을 뿌리치고 차에 올랐다. 폭풍처럼 몰아치는 심장소리와는 달리 시동은 부드럽게 걸렸다.

"연우야, 운전하면 안 돼! 너 지금 운전할 정신이 아니야. 어디 가? 오빠가 데려다줄게. 그 사람한테 오빠가……."

진우가 다급하게 차창을 두드리며 소리쳤다. 연우는 진우를 무시하고 핸들을 꺾었다. 뭐라고 외치는 그의 목소리가 들렸지만 무시했다.

분노가 그녀를 휘감았다.

아버지, 내가 어떻게 받아들여야 하는 겁니까? 나에게 그 회사를 물려주신 이유가 뭡니까? 그렇게 마땅치 않으셨던 정인언니와 같이 있는 큰오빠를 보니 속이 뒤틀리셨습니까? 그래서 나에게 이러시는 거예요? 그래서 그 위태로운 회사를 저에게 남기셨습니까? 작은오빠와 윤우를 다 놔두고 저에게 이 짐 덩어리를 지우셨어요? 내가 뒤도 안 돌아보고 그 사람 뜻대로 하면 어쩌려고요? 조각조각 나누어서 팔아버리고 그 사람에게 가버리면 어쩌려고요?

아니면…….

확신이라도 하셨어요? 한 발 물러서 있던 저를 이 싸움에 끌어들여 제가 고집부리며 매달리기를 바라셨습니까? 제 성미 뻔히 아시고 오빠 싸움이었던 이 일을 제 싸움으로 만드셨습니까? 그 사람 저에게 어떤 존재인지 다 아시면서……. 모를 리 없었겠지요. 당신이 어떤 사람인지 다 아는데, 당신이 모를 리가 없지요.

아니면…….

그저 저를 괴롭히고 싶은 마음 하나였습니까? 절 불행하게 만들고 싶으셨어요?

연우는 도로 구석에 차를 세우고 핸들에 고개를 숙였다. 그녀의 울부짖는 물음에 대한 대답은 없었다.

# 슬픈 선택

도시가 어둠에 잠겼다. 하루해가 저물었지만 사람들은 하루 일과가 아직 끝나지 않았는지 바쁘게 걸음을 옮기고 있었고, 하늘 높이 솟아 있는 빌딩들에서는 불이 꺼질 줄을 몰랐다. 도시는 밤이 될수록 더욱 화사해지는 야화와도 같았다.

연우의 차가 오피스텔 주차장으로 들어갔다. 운전을 말리는 진우를 뿌리치고 무작정 차를 몰고 나왔으나, 휘몰아치는 분노 때문에 도저히 운전을 계속할 수 없어 길가에 차를 세우고 그렇게 있었다. 다시 차분해진 기분으로 시동을 걸었지만, 갈 곳은 한 곳밖에 없었다.

그녀가 돌아갈 곳이라고는 이곳뿐이었다. 준혁이 기다리고 있는 곳.

그녀는 빈 공간에 주차를 하고 시동을 끈 채 멍하니 운전석에 앉아 있었다. 손가락 하나 까딱할 기운이 없었다. 장례 기간 내내 고단하게 하루를 보냈고, 그리고 오늘 아버지의 유언장이 공개된 것이 결정적이었다.

진성그룹 총수. 아버지가 그녀에게 남긴 것이었다. 작은오빠와 윤우를 제쳐두고 말이다.

'그 집 돈 내가 다 차지하고 말 거다.'

엄마가 헤어지는 게 싫어 어린 소녀가 했던 맹세였다. 그 맹세를 저버린 지 오래였지만, 어렸을 적 그 맹세가 소리 없이 이루어졌다. 단 한 번도 진심으로 아버지가 가진 돈에 욕심을 내본 적이 없었다.

아니, 오히려 버리고 싶은 것이었다. 준혁을 위해 버리고 싶었다. 하지만 지금 그녀는 그것을 끌어안도록 강요당하고 있었다.

냄새나는 더러운 물에 몸을 담그고 있는 기분이었다. 끈적끈적한 기운이 등을 훑고 지나갔다. 벗어나려고 발버둥을 쳐도 이 역겨운 냄새는 끝까지 따라붙었다.

연우가 차에서 내려 엘리베이터에 섰다. 구석에 세워진 준혁의 검은 승용차가 마치 그녀를 쳐다보는 것처럼 느껴졌다.

엘리베이터가 쥐 죽은 듯 조용하던 주차장을 깨우며 문을 열었다. 연우는 아무도 타고 있지 않은 엘리베이터의 빈 공간 속에 차마 올라타지 못하고 있었다. 기계는 인내심 있게 그녀가 타기를 기다리다가 천천히 문을 닫았다.

마음을 정해야 해.

그녀가 다시 손을 내밀어 엘리베이터 버튼을 눌렀다. 그녀의 눈에 분노와 절망이 고여 있었다.

아버지, 무르는 건 이번 한 번뿐입니다. 죽어도 당신을 용서하지 않을 거예요. 저에게 하신 것만큼 그대로 돌려 드리지요.

서서히 닫히는 엘리베이터 문을 그의 자동차가 마치 딱하다는 듯이 불빛 아래 반짝이며 그녀를 바라보고 있었다.

연우는 1505호라고 적힌 문 앞에 서서 초인종을 눌렀다. 가방에는 열쇠가 있었지만 열쇠를 꺼내드는 대신 초인종을 눌렀다. 준혁이 문을 열어주는 것을 보고 싶었다. 기다리고 있겠다고 했던 그가 직접 문을 열고 그녀를 맞아 주길 바랐다. 이 기대가 얼마나 이기적인 것인지 잘 알고 있었지만 말이다.

인터폰으로 그녀의 얼굴을 보았는지 다급하게 문 열리는 소리가 들렸다. 곧 문이 활짝 열리고 준혁의 모습이 보였다.

"연우야!"

그가 반갑게 소리쳤다. 그녀는 가슴 가득 그의 모습을 담으며 물끄러미 그를 바라보았다. 현관 앞에 선 그가 맨발이라는 것을 깨닫고 그녀는 울컥하며 뜨거운 덩어리가 목안에 걸린 기분을 느꼈다. 모양 좋게 곧게 뻗은 그의 맨발이 차가운 현관 바닥을 밟고 있었다.

"뭐야, 왜 맨발로 뛰어나오고 그래?"

마음과는 달리 퉁명스러운 말이 입에서 쏟아져 나왔다. 준혁이 머쓱하게 자기 발을 내려다보았다.

"하하, 나도 모르게 너무 반가워서. 얼른 들어와. 춥다. 난 내일이나 돼야 올 줄 알았는데 일찍 왔네."

그가 손을 뻗어 그녀의 허리를 감아 안으로 끌어당긴 후 현관문을 잠갔다. 이 오피스텔을 떠난 지 채 일주일도 되지 않았다.

전혀 특별하게 생각한 적 없는 공간이었는데, 얼마나 반가운 마음이 드는지. 어느 순간 이곳은 그녀에게 집이 되어 있었다. 돌아올 곳, 준혁이 기다리고 있는 집이었다.

모든 게 그대로였다. 변한 것은 오직 그녀뿐이었다.

연우는 지겹도록 입은 검은 정장을 벗고 청바지에 회색 라운드 티셔츠를 입었다. 옷을 갈아입고 침실을 나오자, 준혁이 소파에 앉아 있는 게 보였다. 그녀는 그에게 가까이 다가가 그의 어깨를 감싸 안았다.

"나 보고 싶었어?"

"그래, 말해서 뭐해. 얼마나 보고 싶었는지 몰라. 안 보고 살 때도 있었는데. 그땐 내가 어떻게 살았는지도 기억도 안 난다."

준혁이 몸에서 힘을 빼고 연우의 가슴에 얼굴을 기댔다. 그의 두 팔이 그녀의 허리를 안았다.

"나도 보고 싶었어."

그리고 앞으로 당신을 안 보고 어떻게 살까 겁이 나.

차마 입 밖으로 나오지 않는 말을 다시 속으로 삼켰다.

"힘들었지? 고생 많았다."

그가 마치 아기를 어르듯이 부드럽게 등을 두들겼다.

두 사람은 잠시 떨어졌던 그 시간을 보상받기라도 하듯이 오랫동안 서로를 품에 안고 체온을 느끼고 심장박동 소리를 들었다.

연우는 냉장고 문을 열고 안을 들여다보며 과장되게 한숨을 내쉬었다. 냉장고 안에는 바닥에만 약간 고인 생수 한 통을 빼고는 아무 것도 없었다.

"도대체 뭐 먹고 산 거야?"

"바빠서……. 밖에서 먹었어."

준혁이 우물쭈물 변명을 중얼거렸다.

"냉장고 선은 왜 꽂아놨니? 전기가 아깝다."

그녀가 눈을 흘기며 잔소리를 쏟아냈다. 빈 물통을 꺼내고 냉장고 문을 닫는 그녀에게 그가 다가왔다.

"뭐 시켜 먹을까? 얼굴이 이게 뭐냐? 그 집구석은 왜 사람 밥도 안 먹이고 그러냐?"

준혁이 싱크대 서랍에서 한 뭉치의 광고전단지를 꺼냈다. 연우는 광고지를 뒤적이는 그의 손을 바라보다가 불쑥 말했다.

"나한테 약속했던 거 기억 나?"

"응? 뭐?"

"잠깐 나가자고 했던 거. 춘천 별장에 가자고 했었잖아."

그가 고개를 끄덕였다.

"아, 그래. 언제 갈까?"

"지금 가면 안 될까?"

"지금?"

그녀의 말에 그가 놀랍다는 듯한 표정을 지으며 그녀를 바라보았다. 하지만, 그녀의 얼굴에서 무엇인가를 읽었는지 곧 순순히 고개를 끄덕였다.

그들은 간단하게 옷만 챙겨 입고 오피스텔을 나섰다. 그의 손에서는 자동차 열쇠가 짤랑거렸다. 연우가 현관에 앉아 운동화 끈을 묶을 때 준혁이 씁쓸하게 중얼거렸다.

"기분 이상하네."

그녀가 고개를 들고 그를 바라보았다. 그의 얼굴은 얼음장처럼 굳어 있었고, 두 눈동자에는 아픔이 가득했다. 그의 표정에 그녀의 분주하던 손이 멈추었다.

"꼭 마지막으로 이별 여행이라도 가는 것 같다. 이상해."

그가 혼잣말처럼 중얼거렸다.

뭐니? 당신 그 표정은…….

그녀가 그를 바라보고만 있자 그가 무릎을 꿇고 대신 운동화 끈을 곱게 묶어 주었다. 양말과 청바지에 감싸진 그녀의 발목을 쓰다듬으며, 그가 얼굴을 가까이 내밀었다.

"우리 가서 오지 말까?"

준혁은 마치 들여다보는 듯 연우의 마음을 읽고 있었다. 그녀가 어떤 결정을 내렸고, 왜 갑자기 지금 당장 떠나자고 하는지도 다 알고 있었다.

심장이 쿵 내려앉았다.

준혁과 연우가 함께 찾은 별장은 그림처럼 아름다웠다. 도로에서 벗어나 인적 없는 사유지로 들어서면 양 길가로 나무들이 빽빽하게 심어져 있었다. 오랫동안 정성 들여 가꾼 듯한 봄꽃이 수줍게 고개를 내민 꽃밭도 보였다. 길 끝에는 통나무와 붉은 벽돌로 지어진 투박하지만 서정적인 별장이 호숫가를 등지고 있었다.

연우는 준혁이 미처 시동도 끄기 전에 먼저 내려 이 아름다운 별장을 바라보았다. 새벽빛이 어슴푸레 근처를 비추고 있었다. 그녀는 얼른 해가 떠 밝은 곳에서 이곳을 감상하고 싶었다.

"들어가자."

준혁이 그녀의 손을 잡고 재촉했지만, 그녀는 요지부동이었다.

"잠깐만!"

연우는 멀리서 들려오는 물소리에 귀를 기울이며, 뺨에 스치는 차가운 새벽바람을 기분 좋게 즐겼다. 들어가자고 하던 준혁도 가만히 옆에 서서 그녀의 시선이 향하는 곳을 바라보았다. 그가 그녀의 어깨에 팔을 둘렀다.

침묵이 두 사람 사이에 가로놓였다.

"여기 너무 좋다. 서울로 돌아가지 말고 여기서 죽 살았으면 좋겠다."

그녀가 속삭였다. 그녀의 가슴에 있는 가장 솔직한 말이었다.

"그래, 여기 있자. 여기서 살지 뭐. 이대로 계속……."

그의 대답에 연우는 짧게 웃으며 그의 어깨에 몸을 기댔다.

"말도 안 돼. 여기 있는 동안은 웃기만 하기! 서로 마음 상하는 이야기는 하지 말고 편안하게……. 그렇게 웃기만 하면서 있자."

그렇게 이야기하는 그녀의 표정은 금세 서글프게 변했다.

"연우, 말은 그렇게 하고 울려고 하면 어떡해?"

그가 그녀만큼이나 작은 소리로 속삭였다.

연우는 차가운 공기가 심장 속까지 빨려 들어간 듯 시려 왔지만, 억지로 기운을 내 흐릿한 미소를 지어 보였다.

별장 안은 관리가 잘되어 깨끗했다. 수제품인 듯한 고풍스러운 가구는 최소한 놓여 절제되어 있었고, 이층 복도를 따라 마주한 여러 개의 방에는 하얀 시트가 깔린 침대만이 놓여 있었다. 하지만 주방만큼은 현대식으로 없는 것 없이 꾸며져 있었다.

두 사람은 빳빳하고 깨끗한 이불 속에 파묻혀 기분이 좋을 만큼 푹 잠을 잤다.

　연우는 등뒤로 서늘한 기운을 느끼고 머리끝까지 이불을 끌어
올렸다. 언제나 볼이 빨개질 만큼 따뜻한 체온으로 안아주던 그
를 찾기 위해 잠결에 더듬더듬 손을 움직였다. 하지만 손에 잡히
는 것이라고는 차가운 시트뿐이었다.

　그녀는 자꾸 감기는 눈을 억지로 뜨고 머리끝까지 덮은 이불을
끌어내렸다. 눈부신 한낮의 햇살을 가린 커튼은 그의 배려가 분
명해 보였다. 눈을 깜박이며 자리에서 일어나 앉고서야 침대에는
자기 혼자라는 사실을 깨달았다.

　"준혁 씨?"

　텅 빈 방안에 그녀의 목소리만이 울렸다. 그 순간 잠이 확 달
아나면서 공포감이 밀려들었다. 그녀는 자신이 알몸이라는 것도
의식하지 못한 채 다급하게 문 쪽으로 달려갔다. 문고리를 잡는
그녀의 손이 떨렸다.

　"준혁 씨, 어디 있어?"

　새벽에는 무척이나 아름답다고 생각했던 이곳이 갑자기 무서
운 생각부터 들었다. 낯선 곳에 혼자 버려졌다는 생각을 하자 저
절로 비명이 터져나왔다. 연우는 한걸음에 아래층으로 내려갔다.

　"준혁 씨!"

　그녀는 뛰어서 탁 트인 거실을 지나쳐 현관으로 향했다.

　"연우야?"

　낮은 그의 목소리가 등뒤에서 들려왔다. 그녀는 여전히 현관문
손잡이를 잡고서 고개를 돌려 그를 찾았다.

　준혁이 당황한 얼굴로 주방 앞에 서 있었다. 금방 샤워를 한

듯 머리칼은 젖어 있었고, 턱은 깨끗하게 면도되어 있었다. 청바
지에 카키색 티셔츠를 받쳐입은 그는 젓가락을 든 채 그녀를 바
라보았다.

"왜 그래?"

"준혁 씨."

연우가 비틀거리며 그에게 다가왔다. 준혁은 알몸인 그녀의 몸
을 훑듯이 뚫어지게 바라보았다. 그리고 황급하게 벌겋게 달아오
른 얼굴을 돌리고 더듬거렸다.

"야! 너 그 차림으로, 지금, 이 대낮에 무슨, 옷 좀 입어!"

"어디 갔었어?"

그녀는 금방 울 것 같은 표정을 싹 바꾼 채 씩씩거렸다. 그리
고 잔뜩 화가 난 뾰로통한 얼굴로 물었다.

"밥 먹었어. 네가 계속 자기에."

"정말! 그렇다고 혼자서 먹니?"

"왜 화를 내고 그러냐? 푹 자라고 일부러 깨우지 않은 건데. 나
어제 점심 먹고 여태 아무 것도 못 먹었단 말이야!"

"나도 안 먹었어! 나도 그런데, 치사하게 혼자서……."

그가 영문도 모른 채 화를 내는 그녀에게 변명을 했다. 그의
얼굴은 당황한 빛이 역력했다. 그런 그를 노려보고 있던 그녀가
갑자기 울컥 눈물을 쏟아냈다.

"왜, 왜 울어? 야? 연우야?"

그녀가 그의 품에 파고들며 가슴을 마구 때렸다.

"가버린 줄 알았단 말이야! 일어났는데 당신이 없어서. 나 혼자
두고 간 줄 알았단 말이야!"

준혁은 두 팔을 벌려 그녀를 끌어안은 뒤 머리칼에 얼굴을 묻었다. 그녀가 그의 어깨에 얼굴을 묻고 흐느꼈다.

"울지 마. 연우야, 울지 마."

"잠에서 깼는데 나 혼자잖아. 불러도 대답도 없고. 얼마나 무서웠는데……."

"괜찮아, 나 여기 있잖아."

그가 손을 내밀어 그녀의 턱에 맺힌 눈물을 닦아냈다. 눈물을 머금은 그녀의 까만 눈동자가 새치름하게 그를 쳐다보았다.

"그런다고 이렇게 나오면 어떡해? 감기 걸리겠다. 얼른 가서 옷 좀 입어. 나 자꾸 이상한 생각이 들잖아."

그의 입가에 장난기 섞인 음흉한 미소가 걸렸다. 옷을 입으라는 말과는 달리 그는 그녀의 가슴을 주물렀다. 그리고 새하얗게 곧은 목덜미를 따라 입술을 찍어 내렸다.

연우는 샐쭉해져서 그를 살짝 밀치며 돌아섰다.

"비켜, 나 옷 입으러 갈 거야."

"연우야! 너 거기 서. 여기서 그만두라는 건 진짜 잔인하다."

계단을 올라가는 그녀를 그가 곧장 쫓아오며 투덜거렸다.

"너 나 너무 좋아하는 경향이 있다. 잠깐 안 보인다고 그렇게 울기나 하고."

드레스 룸에 보관되어 있던 그의 옷을 꺼내 입는 그녀를 옆에서 지켜보며 그가 능글맞게 웃으며 놀렸다. 그녀는 기가 막혀 그를 힐끔 쳐다보며 고개를 절레절레 저었다.

"울보 최연우! 넌 떼쟁이 어린애야! 나도 이런 애기가 뭐가 좋다고. 쯔쯧!"

처음에 그의 말에 대꾸도 않던 그녀도 그의 놀림에 얼굴을 찌푸리고 쏘아붙였다.

"내가 뭐 당신이 좋아서 그런 줄 알아? 착각하지 마. 나 돈이랑 휴대폰이랑 아무 것도 가지고 오지 않았는데 댁이 가버린 것 같아서 잠시 걱정했던 것뿐이라고."

"뭐? 댁? 내가 댁이냐?"

준혁이 벌떡 몸을 곧추세우고 연우에게 달려들었다. 연우가 황급하게 그를 피해 달아났지만 곧바로 잡혀서 바닥에 쓰러졌다.

그가 일부러 험악한 표정을 지으며 방금 입은 그녀의 티셔츠를 끌어올렸다. 연우는 좁고 어두운 드레스 룸에서 그와 그의 가족들이 입었던 옷 틈에 누워 그와 사랑을 나누었다.

"다시 한 번 말씀해 보시지? 댁이라고?"

"사랑해."

"하여튼 여우라니깐. 나도다! 최연우, 사랑해……."

준혁이 미소를 지으며 달콤하게 속삭이는 연우의 입술에 입을 맞추었다.

유리창 앞에 놓인 흔들의자가 나른하게 앞뒤로 움직였다. 유리창 밖으로는 호숫가가 한 폭의 그림처럼 보였다. 연우는 각각 다른 천으로 기워 만든 알록달록한 쿠션을 껴안고 흔들의자에 앉아 있었고, 준혁은 그녀의 발치에 깔린 카펫에 앉아 있었다.

그녀는 부드럽고 향이 진한 커피를 한 모금 마셨다. 역시 조용히 커피를 마시고 있던 그가 눈짓으로 웃어 보였다.

"미국에 있을 때 말이야. 음, 유학 간 지 얼마 안 됐을 때야.

기숙사에 있었는데, 하루는 커피가 마시고 싶어 죽겠는 거야.”

그가 물음표 섞인 시선을 던졌다.

“그때는 커피를 못 마셨거든. 마시고 나면 가슴이 울렁거리고, 잠이 안 와서 말야. 밤샐 일도 많고 나도 우아하게 아침에 커피 한잔 마시면서 하루를 시작하고 싶었는데, 그게 안 되는 거야.”

“그래서 어떻게 했는데?”

“커피우유부터 시작했지.”

연우가 자랑스럽게 커피 잔을 들어 보였다.

“난 커피는 향 때문에 마시는데. 맛은 별로 좋아하지 않지만 향이 좋아서 마시는 거야.”

그가 빈 커피 잔을 바닥에 내려놓으며 지나가는 투로 말했다. 그의 말에 그녀는 잠시 생각에 잠겼다.

“우리 엄마도 그랬어. 옛날에 커피는 마시지 않으면서 한참이나 향을 맡고 있곤 했었어.”

그의 그녀의 다리를 만졌다. 부드럽게 살짝 감싸쥐는 손길은 다정하고 따스했다.

“엄마에게 당신을 보여주고 싶은데, 애석하다.”

“그래, 나도 그랬으면 좋겠는데.”

연우는 손을 뻗어서 그의 머리카락을 쓸어 올렸다. 그가 그녀에게 머리를 맡기고 눈을 감고 이야기에 귀를 기울였다.

“엄마가 많이 아파서 1년 넘도록 병원에 있었어. 병원에서 지낸 이야기 다하려면 밤을 새워도 모자랄 거야. 무슨 마음의 준비는 그렇게 자주 하라 그러는지…… 정말 하루 걸러 한 번씩 마음의 준비를 하라고 했어. 그런데 정말 마지막은 마음의 준비를 할 틈도 안 주더라. 좋아지고 있다고 해서 안심하고 있었거든.
엄마가 자는 거 보고 점심을 먹으러 갔었어. 지하식당에서 먹고
올라오는데 큰오빠가 뛰어와서 내 손을 잡아끌더라고."

"연우야."

"괜찮아. 잠들어 있을 때 고통 없이 떠날 수 있다는 게 얼마나
축복받은 죽음이야. 그런데, 그 전날 밤에 엄마가 다리 아프다고
했는데 못 주물러 줘서 그게 가장 마음에 걸렸어. 피곤해서 다리
를 주무르며 졸았는데, 엄마한테는 그게 안돼 보였었나봐. 하지
말고 그냥 자라고 그래서 그냥 잤었거든. 근데, 그게 장례식 치
르는 동안에도 생각나 엄마한테 너무너무 미안하더라고. 그런데
이상한 거 있지. 장례식을 치른 지 얼마 안 돼 꿈에 엄마가 나타
난 거야. 그때 나는 밤새도록 다리를 주물렀지. 오빠는 내가 너
무 미안해하니까 엄마가 내 마음 편하게 해주려고 그랬을 거래."

그의 머리카락을 쓸어 올리던 손길이 멈추었다. 그녀는 고개를
들고 창 밖을 바라보았다. 햇살을 받으며 찬란하게 빛나는 호수
의 수면이 그녀에게 '괜찮다'고 이야기하는 것처럼 바람결에 흔들
렸다.

"나 괜찮아."

"응?"

"좀 전부터 계속 당신이 나보고 괜찮다고, 이제 괜찮다고 이야
기하고 있는 것 같아서 말야."

준혁이 낮게 웃으며 그녀의 무릎을 쓰다듬었다.

"통했네. 이제는 우리 텔레파시도 통하는 사이구나."

"전에 당신이 나 데리고 칵테일 바에 갔을 때 말이야. 그때 거

기 지하라서 되게 어둡고, 계단이 가팔라서 좀 무서웠거든. 그때 준혁 씨가 내 손을 잡아줬었잖아."

"아, 그랬지."

그가 기억난다는 듯이 살짝 고개를 끄덕였다.

"그때 난 내가 당신을 사랑하고 있다는 걸 처음 깨달았어."

"뭐? 그때? 그게 벌써 언젠데! 너 그럼 계속 시치미를 떼고 있었던 거야?"

그가 벌떡 일어나 그녀를 위협적으로 내려다보았다. 그는 일부러 과장되게 씩씩거렸다.

"그때 준혁 씨가 손을 잡아주는데, 따뜻하고 안심이 돼서 나도 모르게 놓기 싫더라. 아, 저기. 그랬다고. 꼭 이걸 말로 표현해야 하나? 뭐……."

노려보는 그에게 연우가 배시시 웃으며 변명을 덧붙였다.

준혁은 다시 바닥에 털썩 주저앉으며 못 말린다는 듯이 그녀를 쳐다보았다.

"졌다, 최연우. 어쨌든 기분이 썩 나쁘지는 않네."

잠시 기분 좋은 침묵이 흘렀다. 함께 있어도, 침묵하고 있어도 편하고 좋았다. 그가 그녀의 손을 잡고 속삭였다.

"예전에 너는 사랑 따윈 안 하고 싶다고 했었지. 하지만 사실은 넌 사랑하고 싶었어. 사랑받기를 바라고 있었던 거야. 사실은 많이 외롭고, 누구보다 간절히 사랑을 원하고 있었어. 넌 사랑에 실패하게 될까봐 사랑을 안 하고 있었던 거야. 그게 나한테 다 보였어. 네가 나 싫다고 말할 때 거짓말인 게 눈에 다 보이는 거야. 나는 다 알겠는데, 너는 열심히 거짓말하려고 애쓰고 있더라

고. 그때 아, 이 사람은 참 거짓말 못하는 사람이구나라고 생각
했었어. 그래서 나는……. 널 사랑하게 되어서 다행이야."

따뜻한 말, 따뜻한 속삭임, 따뜻한 마음.

연우는 소리 없이 눈물을 흘리며 그의 손을 꼭 붙잡았다. 그리
고 고개를 숙이며 그의 손을 이마에 갖다 댔다.

그런데 어떡하니?

나는 당신을 버릴 텐데…….

호수 위로 저물어가는 해가 아른거렸다. 붉은색, 황금색, 보라
색. 세상의 모든 색깔이 뒤섞인 노을이 두 사람을 비추고 있었다.

어느새 어둠이 통나무별장 아래로 내려앉았다. 별장을 끼고 있
는 꽤나 큰 호숫가에 준혁은 접이식 의자에 앉아 낚싯대를 드리
웠다. 고요하게 흐르는 물소리만이 들려왔다.

"언제까지 이러고 있어야 해?"

준혁의 옆에 앉아 있던 연우가 그에게 얼굴을 기울이고 속삭였
다. 이 평화로운 침묵을 깨는 것이 겁이 나 자신도 모르게 목소
리를 낮추었다.

"잡히기는 잡히는 거야? 벌써 이게 몇 시간째냐?"

"어허! 쉿! 네가 자꾸 떠드니까 안 잡히는 거지! 가만히 있어.
원래 낚시의 필수 요소는 바로 인내심이야."

준혁이 연우의 말에 자존심이 상했는지 눈을 부라렸다. 연우는
불만에 찬 얼굴로 잔잔한 수면 위를 쳐다보다가 몸을 일으켰다.

"나 들어갈래."

"야! 좀 있으면 잡을 수 있어. 기다려 봐. 내가 옛날에 여기서

50센티미터짜리 월척을 낚았다는 거 아니야. 오늘 진짜 예감이 좋다니까!"

그가 의자에서 일어나는 그녀의 팔을 잡아 다시 앉히며 허풍을 떨었다. 그녀는 그의 팔에 이끌려 마지못해 다시 자리에 앉아 멍하니 수면 위를 쳐다보았다.

준혁은 어슴푸레한 저녁때쯤부터 낚시를 한다며 그녀를 끌고 호숫가로 데리고 나왔다. 팔뚝만한 월척을 잡아서 무공해 매운탕을 끓여 주겠다며, 그는 수면 위에 낚싯대를 드리워 놓고 있었다. 하지만 어둠이 완전히 내려앉은 지금까지도 망에는 팔뚝만한 월척은커녕 피라미 한 마리 담겨 있지 않았다.

이러한 상황에 그녀가 의심스러운 눈초리로 바라보자, 그가 그녀의 무릎을 토닥이며 달래듯이 말했다.

"기다려, 기다려 봐. 금방 잡아준다니까! 너 이 오빠 못 믿니?"

그리고 미끼를 갈아끼웠다. 벌써 열 번은 미끼만을 갈아끼웠을 것이다.

연우는 준혁이 입었던 커다란 셔츠에 몸을 깊숙이 묻고 하늘을 올려다보았다. 잔잔하기만 한 수면 위를 쳐다보느니 별이 뜬 하늘을 바라보는 게 훨씬 기분이 좋았다. 서울에서는 있는지도 몰랐던 별들이 이곳에서는 마치 손에 잡힐 듯이 가까이 있었다.

그녀의 입가에 미소가 피어올랐다. 그녀는 위로 손을 뻗어 짙은 잉크빛 하늘에 점점이 박힌 별들을 휘저었다. 별이라고 생각하는 저 반짝이는 것들이 실상은 인공위성이라 해도 좋았다.

"어렸을 때 가족 모두 여기로 휴가를 왔었어. 내가 한 아홉 살 때였을 거야. 그러니까 형은 열세 살이었겠지. 형이 저기 숲속에서 어미 잃은 까치새끼를 데리고 왔었어. 난 그저 신기하기만 했고, 아버지는 얼른 제자리에 갖다 놓으라고 했었지. 하지만 형은 그 까치를 돌봐줘야 한다는 의무감이 들었나봐. 당장 조류 관련 책을 뒤지기 시작했지. 나를 데리고 까치 먹이를 구하러 숲으로 들어갔다가 부모님께 종아리를 맞기도 했고. 형이 밤을 새우며 까치를 돌봤지만 그 까치는 이틀도 못 돼서 죽었어. 형은 죽은 까치를 끌어안고 대성통곡을 했고, 아버지는 직접 숲으로 가서 까치 무덤을 만들어 주셨지. 그때부터였어. 형이 장래희망 란에 수의사라고 쓰기 시작한 건.”

연우는 그의 말에 귀를 기울이며 그의 손을 마주 잡았다.

“형은 꿈을 이뤘네. 결국은 수의사가 됐잖아.”

“그래, 하지만 쉽지는 않았어. 아버지는 형과 내가 나란히 함께 회사를 이어가길 바라셨으니까. 죽이니 살리니 하셨어도 자식 이기는 부모 없다잖아. 나는 다른 건 꿈꿔보지도 않았어. 사업을 이어받는 건 당연한 거였고, 나 역시 원하는 일이었으니까. 하긴, 내가 어렸을 때 가장 좋아하던 게임이 블루마블이었다는 걸 생각하면 나 역시 꿈을 이룬 거지. 아버지 덕분에 쉬운 길을 오긴 했지만…….”

어느새 그는 낚시는 안중에도 없는 듯 그녀의 손을 꼭 잡고 함께 하늘을 올려다보았다. 그녀가 올려다보고 있는 같은 밤하늘을.

“넌? 연우야, 뭐가 되고 싶었니?”

“얘기 안 할래. 분명히 웃을 거야.”

“안 웃어! 진짜!”

준혁이 다짐하듯 강조해서 이야기했다. 연우는 피식 웃으며 가
슴속 꼭꼭 담아두었던, 자신조차도 잊고 있었던 이야기를 했다.

"난, 음, 서점 주인."

그녀는 혹시나 그가 웃나 싶어 바라보았으나 그의 표정은 무척
이나 진지했다.

"왜, 외국 도서관같이 햇살이 가득 들어오는 높은 창문이 있고,
원목의 고풍스런 책장에 빽빽이 고서가 꽂혀 있고, 문을 열고 들
어서면 종소리가 울리는. 헤이즐넛 향기가 연하게 풍기고, 사다
리가 있고, 계산대에는 녹슨 양철 금고와 타자기가 있는 그런 서
점 주인이 되고 싶었어. 이건 그냥 꿈이야. 앞으로도 내가 서점
차릴 일은 없을 테니까……."

"나한테 시집 와. 결혼하면 서점 차려 줄게. 매일 아침 셔터 올
려주고 저녁에 셔터 내려줄게. 책이 들어오면 사다리를 올라가서
책도 정리해 줄게. 그러면 넌 헤이즐넛 커피를 가지고 오는 거지.
아! 꼭 너는 배가 남산만 해야 한다! 이건 꼭이야!"

연우는 눈앞에 그려지는 꿈결 같은 풍경에 눈을 감았다.

"내가 그렇게 해줄 테니까……. 넌 나한테 오기만 하면 돼. 여
기가 끝이라고 하지 말고, 마음을 닫지도 말고, 내 옆에 지금처
럼만 있어."

준혁도 느끼고 있었다. 그녀는 말하지는 않았지만 끊임없이 그
에게 여기까지라고 느끼게 만들었다.

그가 애원하듯이 속삭이는 말에 그녀는 아버지의 유언장이 공
개되었던 그날부터 준비해 두었던 말을 꺼냈다.

"아버지 유언장이 공개되었어. 다음 진성 경영자가 누구인 줄

알아?"

"……."

"나야. 하! 웃기지도 않아. 난 그 회사를 탐낸 적이 없는데 오빠와 윤우를 모두 제쳐두고 나를 후계자로 지목했어. 당신, 진성전자 갖고 싶지? 내가 줄까?"

"연우야!"

연우는 얼음장마냥 굳어진 준혁의 얼굴에서 시선을 돌려 물 위를 바라보았다. 낚싯줄 아래로 물이 심하게 요동치고 있었다.

"잠깐, 그런 생각도 했었어. 정말 다 버리고 당신한테 가버릴까 그런 생각도 했었어. 우리 오빠도 버리고……. 회사 따위 내가 알게 뭐냐고. 그저 당신만 있으면 좋다고, 그렇게도 생각했었어. 잠깐 그런 생각도 했었어……."

낚싯줄이 금방이라도 끊어질 듯 팽팽하게 아래로 당겨졌다.

"하지만 아버지는 내가 그럴 수 없다는 것을 나만큼이나 잘 알고 계셨어. 나를 전혀 모르고 있다고 생각했는데. 아버지는 나에게 손님 같은 존재였거든. 가끔 한 번씩 잊을 만하면 인심 쓰듯이 들러서 얼굴만 보여주고 가는 사람 말야. 엄마와 큰오빠 때문에 절대로 다시는 얼굴 마주 하지 않을 거라고 마음도 먹었어. 하지만 그분이 선산에 묻힐 때 내가 느낀 그 감정은 뭐였지? 내가……."

그녀의 눈동자가 공허하게 빛을 잃었다.

"내가 아버지를 사랑하기라도 했다는 거야?"

낚싯줄이 물 안에서 흔들렸지만, 두 사람 모두 관심을 두지 않았다. 준혁이 거칠게 연우의 어깨를 잡고 마주보았다. 그녀는 이미 그 대답을 알고 있었다.

"연우야, 마음을 닫지 마."

"책임감, 오빠와 윤우. 나 아무 것도 버릴 수 없어. 당신을 사랑하지만 그래도 그럴 수는 없어. 미안해, 준혁 씨. 정말 미안해. 난 오빠도 윤우도 사랑해. 내 가족을 내가 지키고 싶어."

준혁이 고개를 저었다.

"이러지 마, 제발……. 나한테 이러지 마. 아니야. 네가 이제까지 어떻게 살았는데! 네 아버지가 너한테 어떻게 했는데! 그런데 어떻게 사랑할 수가 있어?"

사랑보다는 미움이 더 컸지.

하지만 그보다 더 큰 것은 칭찬받고 싶은 마음이었다. 그래서 늘 뭐든지 열심히 했다. 가끔 대구로 내려왔을 때 엄마가 자랑스럽게 딸의 이야기를 할 때마다 잠깐씩 미소를 지으며 고개를 끄덕이는 아버지에게 뭔가를 보여주고 싶었다. 그녀는 단지 그것이 좋았고, 그런 만큼 간절히 원했던 것이다.

그리고 시간은 인정받고 싶은 마음에서 미움으로, 다시 사랑으로 퇴색시키고 있었다.

"준혁 씨, 나도 몰랐다면 그렇게 할 수 있었어. 하지만 아버지가 나에게 무슨 짓을 했어도……, 나는 아버지를 사랑해. 아버지를 사랑했었어. 미안해, 준혁 씨. 정말, 정말 미안해."

그녀의 어깨를 꽉 잡고 있던 그의 손이 맥없이 풀렸다.

"널 다 가졌다고 생각했는데."

그가 쓸쓸하게 고개를 돌리고 시커먼 심연 같은 호수를 바라보았다.

"그래, 여기로 왔을 때부터 나는 알고 있었어. 네가 날 떠날 거라는 거. 붙잡았다고 생각했는데, 무슨 일이 있어도 놓지 않겠다고 다짐했는데, 결국 이렇게 되어 버리네."

연우는 커다란 셔츠를 여몄다. 그의 손이 떨어지자 순식간에 찬물을 끼얹은 듯 한기가 들었기 때문이다.

"내일 아침에 돌아가자. 서울에 가면 오피스텔을 비울 거야."

"세상 사람들은 참 쉽게도 만나 쉽게 사랑하고 헤어지던데! 왜 나한테는 조금도 쉽지 않은 걸까? 정말, 아프고 힘들다."

"미안해."

"미안하다는 얘기는 이쯤에서 그만두자."

준혁이 그녀를 바라보지도 않은 채 자르듯이 말했다. 그는 자리에서 일어나 미끼가 사라진 낚싯대를 챙겼다. 거친 그의 손길에 낚싯대들이 서로 부딪혀 날카로운 소리를 냈다.

"역시 내가 더 손해야."

고개를 돌려 그녀를 바라보는 그의 눈동자에는 상처받은 마음이 고스란히 드러났다.

"내가 더 사랑해서 더 손해야."

언젠가 그는 같은 얘기를 한 적이 있었다. 그녀는 그때와 변함이 없었지만 예전에 했던 부정의 대답 대신 솔직하게 이야기했다.

"나도 많이 아파."

"나만큼은 아니야. 너는 그래도 입으로 이야기할 정도는 되잖아. 난…… 난, 듣는 것만으로도 죽을 것 같거든."

그의 눈동자에서 어른거리는 것은 달빛일까, 눈물일까.

234

"넌 더 아파야 돼, 나처럼. 아니, 나보다 더 아파서 차마 그런 얘기를 할 수 없었으면 좋겠다. 난 절대로 그런 말을 먼저 안 할 테니까. 너도 너무 아파서 말하지 못했으면 좋겠어."

눈물이 쏟아질 것 같아서 고개를 돌렸다. 예전 같으면 고개를 돌리는 그녀를 억지로라도 마주 보게 만들었겠지만, 이번에는 그도 같이 고개를 돌려 버렸다.

연우는 억지로 몸을 일으켜 발길을 돌렸다. 그를 남겨두고서.

"연우야!"

그녀는 발걸음을 멈추고 기다렸다.

"오피스텔은 그대로 둬. 내가 거기 있을게. 시간을 좀 줘. 정리할 시간을. 쉽진 않겠지만 노력해 볼게."

이제는 눈물조차 나오지 않는다고 생각했는데…….

"널 잊도록 애써볼게."

무거운 그의 말에 그녀의 눈에 눈물이 고였다.

봄이 왔다고 생각했는데 뺨을 스치며 심장까지 파고드는 바람은 한겨울의 그것보다 더 매서웠다.

헛된 바람

　새벽빛이 푸르스름하게 호수 위로 드리워졌다. 이른 아침을 맞이한 숲속에서 불어오는 신선한 바람이 창문을 두드렸다.
　연우는 밤새 잠들지 못하고 뒤척이다가 일어났다. 새하얀 시트의 서늘한 감촉이 그녀의 다리를 휘감았다. 혼자 쓰기에는 지나치게 큰 침대는 전날에 느꼈던 따스한 온기를 조금도 전해주지 않고 있었다.
　문을 열고 계단을 내려가는데, 발을 디딜 때마다 마룻바닥이 삐걱이는 소리가 정적을 깼다.
　널따란 거실의 유리창 앞에 준혁이 서 있었다. 프랑스 식 창은 호수를 집안으로 다 들여놓은 것처럼 전망이 넓고 좋았다. 그가 말없이 아침햇살에 깨어나는 호수를 바라보고 있었다. 역광 때문에 그의 모습이 검은 그림자로밖에 보이지 않았지만, 그래도 그녀는 그의 어깨에 걸린 피곤함을 감지했다. 그녀만큼이나 그 역시 편치 않은 밤을 보냈다.

어젯밤, 그녀가 먼저 별장 안으로 들어온 후에도 그는 돌아오지 않았다. 그는 오래도록 호숫가에 앉아 아무 것도 없는 시커먼 물 속만을 들여다보고 있었다. 그녀 역시 그런 그를 하염없이 바라볼 수밖에 없었다.

얼마나 오랜 시간이 지났는지 알 수 없지만, 마침내 그가 자리를 털고 일어나 별장 안으로 들어왔다.

"들어가서 자. 내일 출발하려면 자야지."

거실의 유리창 앞에 붙어선 그녀를 보고 이야기했다. 그녀는 그의 말에 따라 침실로 들어갔지만 쉽게 잠들지 못했다. 귀를 기울이고 혹시나 들릴지 모를 그의 발소리에 집중했지만, 새벽이 되도록 아무 소리도 듣지 못했다.

이곳에는 침실이 아주 많으니까…….

2층 복도를 따라 쭉 펼쳐진 침실들 가운데서 그도 잠들지 못하고 뒤척이고 있겠지. 그러한 생각을 하자 오들오들 떨렸고, 그녀는 이불을 머리끝까지 끌어당겼다. 그가 없다는 단 한 가지 이유만으로 체온이 한 2도쯤 뚝 떨어진 것만 같았다.

일렁이며 떠오르는 아침햇살이 별장 안 깊숙한 곳까지 비쳐 들었고, 수면 위는 금가루를 뿌려놓은 듯이 찬란하게 반짝였다. 그 순간 그가 몸을 돌려 그녀를 바라보았다.

연우는 눈부신 햇살에 잠시 눈을 감고 있었다. 어느새 그가 커피를 끓여 내왔다. 그의 발자국 소리와 희미한 커피 향이 퍼지자 그녀는 비로소 눈을 떴다.

"일찍 일어났네. 좀 서두를까?"

"그래."

그녀는 서둘러 옷을 갈아입었다. 하지만 아침부터 기운이 쭉 빠지는 것이 카페인이 필요한 증세였다. 그래서 그녀는 다시 느긋한 마음으로 의자에 앉아 커피를 마셨다. 제발 카페인이 제대로 각성제 역할을 해주기를 바라며 한 모금씩 천천히 커피를 마셨다. 그는 그녀가 늑장을 피워도 재촉하지 않고 잠자코 기다렸다. 어느 새 커피 잔은 바닥을 드러내고 말았다.

"나 먼저 나가 있을게."

"그래, 난 정리 좀 하고 금방 따라 나갈게."

그의 대답을 뒤로 하고 그녀는 짧은 휴식과 아름다움을 전해준 별장을 뒤로 하고 밖으로 나왔다. 숲속의 아침 공기는 도시의 그것과 비교할 수 없을 정도로 싸늘했다. 어쩌면 이 싸늘함의 시작은 마음속에서부터 시작된 건지도 모른다.

곧이어 뒤따라 그가 나왔다. 주차된 차로 향하는 그의 얼굴은 좋지 않아 보였다.

"제대로 못 잤지? 운전하는 거 괜찮겠어?"

"괜찮아."

그가 즉각 그녀의 물음에 대꾸했다. 그러나 곧 차 운전석 문을 열고는 한숨을 내쉬었다. 그리고 고개를 돌리고 그녀를 바라보았다. 오늘 처음으로 그들은 제대로 얼굴을 마주 보았다.

"너무 멀쩡해서 나 자신도 소름끼칠 정도야."

"거짓말……."

그는 조금도 멀쩡해 보이지 않았다. 하지만, 그녀 역시 멀쩡해 보이지 않으므로, 더 이상 뭐라고 이야기할 수도 없었다.

서울로 돌아오는 내내 두 사람은 자신의 얼굴에 '대화 사양'이라고 써붙인 채 창 밖 풍경에만 열중했다. 지루한 시간이 끝나고 마침내 서울에 도착했다.

"어디로 갈 거야?"

그녀는 어디로 가겠다는 생각을 해두지 않아 뭐라고 대답할 말이 없었다. 그래서 생각나는 대로 이야기했다.

"오후에 회사에 나갈 거야. 그 사이에 사람 보내서 짐 정리할게. 우선 호텔에서 며칠 지내다가 나중에 다시 생각해 볼 거야."

"시작은 같이 했는데, 끝은 너 혼자 내는구나. 아니지. 시작도 나 혼자 했었지. 곧 나에게도 너란 사람 별 거 아니게 되는 날이 오겠지."

"그런 말 하지 마. 나도 이런 내가 싫어! 나도……."

참고 있었던 눈물이 저절로 방울져 뚝뚝 떨어졌다. 울지 않으려고 이를 악물고, 손으로 눈물을 닦아내는데도 주체할 수 없을 정도로 쏟아져 내렸다.

"나도 이거 너무 싫단 말이야. 너무 하기 싫고, 힘들단 말이야. 당신만 그런 거 아니라고……."

이젠 창피한 것도 없었다. 손으로 쉴 새 없이 흐르는 눈물을 닦아내며 엉엉 울었다.

준혁이 차를 세웠다. 안전벨트 푸는 소리가 들리고 곧 얼굴을 가리고 있는 그녀의 두 손을 붙잡았다. 그리고 그녀를 껴안고 조심스럽게 머리를 토닥여 주었다.

"울지 마, 내가 못되게 굴었어. 잘못했어."

미안함과 죄책감에, 그리고 여전히 따뜻한 그의 체온으로 인해 그녀는 어린애처럼 그의 품에 안겨 엉엉 울었다. 눈물은 영원히 멈추지 않을 듯 그렇게 흐르고 있었다.

아직 아침 해도 완전히 뜨지 않은 푸른 새벽이었다.

연우는 불도 켜지지 않은 사무실에 앉아 창 밖을 내려다보았다. 깨어나지 않은 도시는 그저 쥐죽은 듯 조용했다. 그녀는 오랫동안 그렇게 해왔듯이 가만히 앉아 저 멀리 DM 본사 빌딩에 시선을 고정시켰다.

준혁을 보지 않는다는 것은 그녀가 각오했던 것보다 훨씬 더 힘든 일이었다. 아니, 처음 며칠은 쉬웠다. 하지만 시간이 흐를수록 그의 존재를 절실하게 느끼고 있었다. 얼마나 그리운지 몇 번이나 오피스텔 근처를 서성였다. 그를 잃은 상실감은 날이 갈수록 그녀를 폐인으로 만들고 있었다.

그녀는 의자에 등을 기대고 눈을 감았다. 뻑뻑한 눈을 감자 피곤함이 몰려들었다. 며칠째 식사를 제대로 못했을 뿐만 아니라 숙면을 취하지도 못했다. 그녀는 허한 심장을 메우기 위해 일에만 죽기살기로 매달리고 있었다.

진우가 옆에 있었다면 잔소리를 해댔겠지만, 그는 뉴욕 출장 중이었다. 오늘 돌아온다는 연락을 받았다. 진우의 출장은 연우에게도 반가운 일이었다. 정리할 시간이 필요했고, 친근한 사람과 얼굴을 마주할 자신이 없었다. 아무렇지 않은 얼굴을 할 자신이 없었던 것이다.

그녀는 습관처럼 그를 생각했다.

그녀를 잊겠다는 그의 말은 진심이었나 보다. 연우가 오피스텔을 나온 후 준혁으로부터 어떤 연락도 받지 못했다. 그녀는 그가 한 번쯤은 연락을 해올 줄 알았다. 모질게 돌아섰지만, 그는 그러지 못할 것이라는 같잖은 기대를 걸었던 것이다.

쉽게 나를 잊지 못하리라…….

최연우, 너란 인간!

무슨 기대를 했었니? 넌 그를 버려도 그는 너를 버리지 못할 거라고 생각했니?

그녀는 자신을 비웃듯 짧은 헛웃음을 흘렸다. 감고 있던 눈을 뜨자 조금 전까지 머릿속을 헤집어 놓았던 두통이 조금 가신 듯했다. 해는 빠르게 떠올라 이미 주변이 훤하게 밝아오고 있었다.

손으로 눈을 비비고는 의자 바퀴를 굴려 책상 앞에 앉았다.

연우는 입술을 아프도록 깨물며 다시 한 번 마음을 다잡았다. 지금 준혁이 죽도록 보고 싶다거나 그의 체취, 체온……. 마주잡았던 커다란 그의 손을 다시 잡고 싶었지만, 모두 다 접어두어야 할 감정이었다. 그녀가 먼저 비겁하게 발을 빼서 그를 보냈다. 따라서 이 심장을 쥐어짜는 아픔은 그녀가 치러야 할 당연한 대가였다.

진우는 비행기에서 내리자마자 곧장 회사로 들어왔다. 피곤함이 어깨를 아프게 짓눌렀고, 시차 적응이 안 돼 정신을 차릴 수가 없었다. 하지만 어딘가에서 쉬고 싶었지만, 운전사를 닦달해 서둘러 회사로 돌아가고 있었다.

뉴욕에서의 출장 기간 동안 비서실장 김민태로부터 날마다 메

일과 전화로 한국의 회사 일을 보고받았다. 그가 없는 동안 연우
는 혼자서도 회사를 잘 이끌어가고 있었다. 하지만 출장 일정이
거의 마무리되었을 무렵, 비서실장의 보고는 그로 하여금 귀국을
서두르게 했다.

그가 엘리베이터에서 내리자 비서들이 놀란 표정으로 일어나
일제히 허리를 숙였다. 원래 귀국 날짜도 아직 남은 상태여서 오
늘 회사에 나오리라고는 누구도 생각지 못한 모양이었다.

"다녀오셨습니까?"

"잘들 있었습니까?"

그는 성마르게 인사를 건네고는 연우의 사무실로 향했다. 그리
고 노크와 동시에 문을 열고 들어갔다.

연우는 의자에 몸을 파묻고 책상에서 등을 돌린 채 창 밖을 내
다보고 있었다. 진우는 곧장 그녀의 곁으로 다가가며 추궁했다.

"최연우, 무슨 짓이야?"

"무슨 뜻으로 하는 말이야?"

그녀가 여전히 그에게 등을 보인 채 되물었다.

"지금 몰라서 묻는 건 아니지?"

연우가 의자를 돌려 그를 똑바로 바라보았다.

"뭘 묻는 거야? 계열 정리? 아님, 인원 감축? 이사진 명예퇴직?
어느 쪽이야?"

차갑게 묻고 있는 그녀의 모습에 그는 주춤 물러섰다. 잠깐 사
이에 그녀는 너무 말라 있었고, 얼굴은 차가운 가면을 뒤집어쓴
것처럼 표정이 없었다. 그녀가 너무나 낯설게 보였다.

"이 쓸데없이 덩치만 큰 회사를 살리려면 어쩔 수 없는 선택이

란 걸 알잖아. 매년 적자만 기록하면서 이름만 그럴 듯한 계열들
은 정리해야 해."

"진성모직은 앞으로 가능성이 커. 그래서 지금의 적자를 감수
하면서도 그냥 두는 거야."

"알아. 하지만 지금 회사는 그 적자도 감수하기 힘들다고."

두 사람의 시선이 팽팽하게 허공에서 부딪혔고, 먼저 진우가
입을 열었다.

"그 선택 때문에 얼마나 많은 사람이 밥그릇이 없어지는지 몰
라? 게다가 이사진들은 진성 창립 멤버들이야. 스스로 물러나기
전에는 명예퇴직은 없어."

진우는 앞으로 야기될 문제들 때문에 벌써 머리가 아파왔다.
인원감축이 알려지면 노조에서 가만 있지 않을 것이다. 게다가
이사진들이 명예퇴직을 받아들일 리가 없었다. 그들은 평생을 회
사에 바쳐 왔던 사람이었다. 순순히 물러나지 않을 것이다.

"이젠 쉴 때도 됐지. 그 고지식한 옛날방식을 고수하다가는 다
말아먹어. 하긴, 그걸 알면 2년 동안이나 경영자 자리를 비워두
지는 않았겠지. 물러나야 할 때도 모르는 욕심 많은 늙은이들일
뿐이라고."

"이건……."

"안 된다고?"

그녀가 그의 말을 잘랐다.

"왜 안 되는데? 오빠가 바랐던 일이잖아. 오빠는 이 회사를 살
리고 싶어했잖아. 내가 할 수 있는 한 가장 빠른 시간에 그걸 하
겠다는데 왜 안 돼? 뭐가 안 돼?"

연우가 자리에서 일어나 고개를 들고 그와 시선을 마주쳤다. 진우는 냉랭하기 그지없는 그녀의 눈빛에 가슴이 서늘해졌다. 생전 처음 보는 여자가 여동생의 얼굴을 하고 있는 것만 같았다. 형이 죽었을 때도 그녀의 얼굴이 이렇지는 않았다.

"이 방법은 아니야! 이건 안 돼! 접어둬. 너 혼자만의 회사가 아니잖아. 이 회사가 먹여살리고 있는 사람이 몇인데!"

그가 단호하게 말했다. 물론, 그 역시 일의 필요성을 인식하고 있었다. 하지만, 조금 더 조심스러워질 필요가 있었다. 노조에서 들고 일어서 파업으로 치달으면 정부에서 나설 것이다. 그건 우선 가장 피해야 할 일이었다.

"이 회사의 총수는 나야."

아버지가 돌아가시고 다음 진성그룹 총수는 연우였다. 하지만, 그건 아직은 가족밖에 모르는 일이었다. 길길이 날뛰시는 어머니와 회사 자금 사정의 악화로 공개가 미루어졌다. 언론의 주목을 받는 것은 피해야 할 일이었다.

"조각내서 갖다 팔아먹든, 해외에 전부 매각시키든 결정을 내리는 건 나야. 아버지가 내게 남긴 권리지. 내게 그럴 생각이 없다는 걸 다행으로 생각해."

이 여자가 도대체 누구야? 이토록 냉정하게 말하고 있는 사람이 정말 내 동생 최연우가 맞나?

진우가 자신도 모르게 손을 내밀었다. 하지만, 그의 손이 연우의 어깨에 채 닿기도 전에 그녀가 한 발자국 뒤로 물러났다.

"만지지 마."

"연우야, 너 무슨 짓이야? 뭐 하고 있는 거야?"

"글쎄……."

연우가 가볍게 어깨를 들썩거렸다.

"아직은 아무 생각도 없어."

진우는 비틀거리며 뒤돌아 천천히 문으로 향했다. 발걸음이 무겁기만 했다. 그는 눈에 눈물이 고여 시야가 흐릿해지자 날카롭게 숨을 들이마셨다.

'그 사람 없으면 나도 없어.'

'나 그 사람 잃으면 큰오빠처럼 죽을지도 몰라. 아니면, 오빠처럼 다 썩은 심장으로 허깨비처럼 살게 될지도 몰라.'

울면서 자신의 옷자락을 잡고 애원하던 그녀의 말이 기억났다.

그제야 그는 무서운 진실을 직시하게 되었다. 여동생 최연우는 죽고 없었다.

하! 아버지, 당신께서 연우에게 무슨 짓을 하셨는지 똑똑히 보셨습니까?

아니, 내가 저 애에게 무슨 짓을 했는지.

연우야, 내가 널 죽였구나. 널 이렇게 만든 사람은 나였어…….

경기도 일산에 위치한 작은 절이 현대적인 건물들 사이에서 고개를 삐죽 내밀고 있었다. 꽤나 울창한 나무숲에 둘러싸인 '장안사'는 잠시 도심 속이 아닌 고요한 산 속에 묻힌 듯한 착각을 일으켰다. 운치 있는 마당에서는 시끄러운 도시의 소음을 잊기에 충분했다.

진우는 절 안에 칸칸이 안치된 유골들 중 한 곳에서 멈추어 섰다. 그리고 노란 국화로 장식된 위패를 뚫어질 듯 바라보았다.

오늘만큼 위패에 새겨진 형의 이름 세 글자가 안타깝게 그리웠던 적은 없었다. 그는 형이 어떻게 망가지는지 옆에서 지켜보았기에 그의 죽음을 안식으로 받아들였었다. 하지만, 오늘은 형이 살아 있었다면 얼마나 좋을까 하는 생각이 들었다.

유골함에 장식된 사진에는 지금의 진우보다 더 어린 스물여섯 살의 젊은 청년이 미소를 지으며 멈추어진 시간 속에 있었다. 그는 사진을 원망스러운 듯 노려보았다.

형, 거기서 다 보고 있지?

내 대신 형이 아버지한테 좀 물어봐 줘. 왜 연우에게 그 짐을 지웠는지…….

형, 내가 연우를 어떻게 해야 할까? 내 동생 연우를 저렇게 두고 볼 수만은 없어.

그는 양복이 구겨지든 말든 신경 쓰지 않고 바닥에 주저앉아 벽에 등을 기댔다. 서늘한 벽의 감촉이 느껴졌다. 멍하니 고요하기만한 납골당에 주저앉아 있는 그의 눈에서는 눈물이 떼구루루 굴러 떨어졌다. 그는 애써 눈물을 참으려고 노력하지 않았다. 그냥 지금 이 순간, 그는 형 앞에서 울고 싶었다.

오랜 시간 동안 참아왔던 눈물이었다.

형이 죽었을 때에도 마음껏 울지 못했다. 그가 영원하리라 믿었던 사랑하는 여자가 떠났을 때에도 울 수 없었다. 자존심이, 상처받고 버림받은 사랑이 그로 하여금 울지 못하도록 했다. 그리고 절대로 여자 때문에 형처럼 무너지지 않겠다고 각오한 터여서 울 수가 없었다. 이사 자리에 올라 천근만근 같은 책임감이 어깨를 짓눌러도, 아버지가 돌아가셔도 사람들에게 약한 모습을 보여줄 수가 없어 참아왔었다.

진우는 납골당에 안치된 영혼들이 들을 수 있을 정도로 작게 흐느꼈다.

형, 내가 얼마나 참아왔는지 형도 잘 알잖아.

그는 고개를 벽에 기대고 천장을 바라보았다.

그래, 형.

내가 연우에게 못할 짓을 했지. 내가 그애에게 죄를 지었어. 이민주를 내 안에서 어떻게 몰아냈었는데⋯⋯. 그 일이 어떤 건 줄 알면서, 다 알면서 버리라고 했어.

알아, 내 잘못을 나도 알아. 그러니깐 잔소리 좀 그만해.

형은 정인누나랑 거기서 함께 있으니까 좋아? 비겁한 형. 형은 진짜 비겁해. 형이 좋으면 우리한테도 신경 좀 써주지. 나는 그렇다치더라도 불쌍한 우리 연우한테만이라도, 그렇게 좀 해주지.

나는 괜찮은데 연우는⋯⋯.

내 동생 연우는⋯⋯.

"저기⋯⋯."

누군가 정적을 깨뜨리며 말을 걸어왔다.

예상치 못했던 타인의 목소리에 그가 가슴속으로만 쏟아내던 말들을 멈추었다. 그리고 눈을 번쩍 떴다. 눈가에 맺힌 눈물 때문에 잠시 시야가 흐릿하게 보였다.

진우의 손이 다급하게 눈가로 향할 때 연한 하늘빛 손수건이 불쑥 코앞으로 다가왔다. 그는 내밀어진 손수건을 무시한 채 코앞에 주저앉은 소녀를 바라보았다. 하얀 얼굴에 슬픔을 가득 담은 까만 눈동자가 그를 바라보고 있었다.

"아저씨, 이거, 눈에……."

인형같이 자그마한 소녀의 맑고 청아한 목소리에 그의 얼굴이 순식간에 달아올랐다. 이 아이가 언제부터 자신의 우는 모습을 지켜보았을까? 그는 창피해서 얼굴을 들 수가 없었다.

진우는 소녀가 내미는 손수건을 피하며 벽을 더듬어 일어서려고 했다. 그러자 그 소녀가 믿을 수 없을 만큼 단호하게 바짝 다가와 직접 그의 눈가에 맺힌 눈물을 꼭꼭 눌러 닦아냈다. 하지 말라고 말하려고 해도 무슨 일인지 목이 콱 막혀 아무 말도 할 수가 없었다.

"괜찮아요. 우는 게 뭐 창피한 일인가? 세상에는 울고 싶어도 눈물이 안 나오는 사람이 많대요. 그게 더 창피한 일이지, 뭐……. 그러니까 창피해하지 말아요. 울었다고 어디 가서 소문 안 낼 테니까요. 비밀을 지켜줄게요."

종알종알 수다를 떠는 소녀의 조그마한 입이 오물거리는 게 신기해 보였다. 그는 잔뜩 굳은 채 소녀의 꼼꼼한 손길을 거부하지 못하고 있었다. 허리까지 내려오는 소녀의 검은 머리카락이 살랑이며 그에게서 멀어졌다.

소녀는 그의 형 유골함에서 그리 멀리 떨어지지 않은 곳에 나란히 놓인 두 개의 유골함에 준비해 온 하얀 백합을 놓았다.

"아저씨는 여기에 누구를 만나러 왔어요?"

"……."

그는 입을 꾹 다물었다.

"전 우리 엄마, 아빠요. 여기 나란히 안치되어 있는 유골이 우리 엄마, 아빠예요. 벌써 돌아가신 지 6개월이 넘었어요."

소녀는 처음부터 그의 대답을 기대하지 않은 듯이 주절주절 자신의 이야기를 털어놓았다.

"교통사고였어요. 함께 멀리 사는 친척집에 갔다 오는 길이었는데, 어떤 음주운전자가 사고를 냈고, 연달아 4중 충돌사고가 일어났거든요. 전 처음에 무슨 일이 일어나고 있는지도 몰랐어요. 아빠는 운전 중이었고, 엄마랑 저는 뒤에 타고 있었거든요. 기절했다가 정신이 들어보니 엄마가 저를 껴안고 있었어요. 너무 꽉 껴안고 있어서 숨이 다 막힐 지경이었어요. 내 노란색 원피스를 적시고 있는 게 엄마의 피라는 걸 알아차리기까지는 한참이나 걸렸죠."

진우는 듣고 싶지 않은 이야기를 늘어놓는 소녀에게서 벗어나야겠다고 생각했다.

"왜 그런 말 있잖아요, 죽은 사람은 죽은 사람이고 산사람은 살아야 한다는……. 그 말 거짓말이에요. 살아 있다고 그냥 살아지는 건 아니에요. 산사람은 죽은 사람이 너무 보고 싶고 그리워서 남겨준 사랑 때문에 마지못해 살아지는 거예요. 남겨진 그리움 같은 걸 놓으면 죽을지도 모른다고 생각하면서요. 차마 그 그리움도 잃게 될까 겁내면서요."

소녀가 고개를 들고 그를 바라보며 마무리지었다.

"전 그렇게 생각해요. 이건 경험에서 나오는 말이니까 믿어도 괜찮아요."

그는 뻣뻣하게 굳어 있는 몸을 일으켰다.

"전 아직도 엄마, 아빠 때문에 많이 울어요. 길을 가다가도 울고, 밥을 먹다가도 울어요. 매일 울면서 일어나요. 우는 건 창피

한 게 아니에요. 울고 싶은 때는 울어야 해요. 안 그러고 참기만
하면 속으로만 눈물이 고여 결국 눈물에 질식하고 말 거예요"
  얼굴의 반쯤을 차지하는 까만 눈동자에 눈물이 고여 있었다.
소녀가 훌쩍이며 손등으로 눈물을 닦아냈다. 그는 자신의 얼굴을
닦아주었던 하늘색 손수건을 손에 들고 엉거주춤 소녀에게로 다
가가 하얀 얼굴 위로 떨어지는 눈물을 닦았다. 어색하기 그지없
는 그의 손길에 소녀의 울음은 진정되었다.
  여기 더 있으면 안 돼.
  이유 없이 갑자기 찾아온 위기의식에 필사적인 기분으로 진우
는 밖으로 나왔다. 소녀의 손에 도로 손수건을 쥐어준 뒤 벌떡
일어나 발걸음을 재촉했다. 그는 자신의 눈물을 닦아주던 소녀에
게 인사도 하지 않은 채 도망치듯 뛰어나왔다. 그러면서도 자신
의 등뒤로 꽂히는 소녀의 시선을 느낄 수 있었다.
  그리고 서둘러 주차된 차에 올라타고 시동을 걸었다. 회사를
나와 이 절로 올 때까지 그는 아무 것도 생각할 수가 없었다. 하
지만 지금은 아니었다. 이 납골당에서 쏟아낸 눈물이 그가 가야
할 길을 알려주었다.
  한바탕 울고 나니 좀더 잘 보인다고 해야 할까?
  그는 진성이 아니라 DM 빌딩 주차장에 주차를 하고 있었다.

  엘리베이터가 DM 빌딩 가장 위층에서 멈추었다. 처음 엘리베
이터에는 빽빽할 정도로 사람이 많았지만, 올라오는 동안 다 내
리고 진우 혼자만이 꼭대기층에서 내렸다.
  그가 엘리베이터에서 내려 두꺼운 자동 유리문을 통해 들어오

자, 테이블에 앉아 있던 여비서와 비서실장으로 보이는 남자가
자리에서 일어나 그를 맞았다.

"어서 오십시오."

여비서가 철저하게 교육받은 적당한 예의로 인사말을 건넸다.
비서실장이 즉시 얼굴을 알아보았는지 인터폰으로 그의 방문을
준혁에게 알렸다.

"본부장님, 진성 최진우 이사님 오셨습니다."

진우는 비서실장의 말에 준혁이 뭐라고 대꾸도 하기 전에 본부
장실이라는 팻말이 걸린 나무문을 열어젖혔다.

"저기! 이러시면 곤란합니다."

여비서가 불만스럽게 항의하며 따라붙었지만, 진우는 무시한
채 사무실에 들어왔을 때처럼 갑작스럽게 문을 닫았다. 사무실
안에는 두 사람만이 있었다.

준혁은 양복바지 주머니에 두 손을 넣고 등을 보인 채 창 밖을
바라보고 있었다. 진우가 들어왔지만 그는 돌아보지 않았다.

"강준혁!"

진우가 그의 뒤에 서서 여전히 창 밖만을 바라보고 있는 준혁
을 불렀다.

"가시지요, 이게 뭡니까? 이렇게 불쑥 찾아와서……."

준혁이 분명한 거부 의사를 드러내며 진우의 갑작스런 방문을
비꼬았다.

"예의가 아니라는 건 나도 알아. 하지만, 지금이 아니면 안 된
다는 생각이 들어서 말이야. 우선 하나만 묻자."

"당신한테 질문 같은 거 받고 싶지 않은데요."

진우가 준혁의 말을 무시하고 빠르게 물었다.

"내 동생 연우한테 어떤 감정을 갖고 있는 거지?"

진우는 우선 확인하고 싶었다. 이 남자의 진심을 말이다. 그는 강준혁이란 남자를 제대로 모르고 어떤 사랑을 하는지도 모르고 있었다. 아무리 자신의 여동생이 간절히 원하고 있다고 해도 그는 지금 돌아서서 등만 보여주고 있는 남자가 그럴 만한 가치가 있는지 정도는 알아야 했다.

쾅!

요란한 소리가 갑작스럽게 사무실 전체를 울렸다.

준혁이 주먹으로 유리를 내리쳤으나 특별히 제작된 안전한 방탄유리는 그의 힘을 흔적조차 남기지 않았다. 오로지 살벌하게 떨리는 그의 주먹만이 조금 전의 소음을 짐작게 할 뿐이었다. 그는 뒤돌아 자신의 분노를 조금도 숨기지 않고 그대로 드러내며 진우를 죽일 듯이 노려보았다.

"나가! 꺼져! 난 최가라면 이가 갈려!"

준혁이 진우를 한 대 칠 듯한 기세로 으르렁거렸다.

진우는 자신의 눈앞에 선 남자를 침착하게 훑어보았다. 몇 번 보았지만 좋았던 적이 한 번도 없었다.

그가 기억하고 있는 강준혁은 키가 크고 덩치도 큰 남자였다. 쌍꺼풀 없이 모양 좋은 눈과 깔끔하게 몸을 감싼 최고급 양복을 입는 야심 많은 남자였다. 하지만 지금 강준혁은 살이 조금 빠진 듯이 보였고, 두 눈에는 누구라도 한 대 치고 싶은 것 같은 파괴적인 분노와 상처받은 마음을 드러내고 있었다. 머리카락은 손으로 쥐어뜯은 듯 엉망으로 흐트러져 있었다. 넥타이는 어디로 갔는지 없었고 팔꿈치까지 대충 걷어 올린 흰 와이셔츠는 단추가 하나 떨어져 나가고 없었다.

강준혁은 온전치 않아 보였다. 그가 보아왔던 그 야심만만한 모습 대신 상처입고 분노하고 있는 지금의 모습이 더 진짜 같아 보였다. 진심으로 보였다.

강준혁, 당신 마음이 어떤지 알 것 같군. 지금 당신은, 그래, 민주가 떠났을 때 내 모습과 똑같아.

진우는 분노로 씩씩거리는 준혁을 무시하고 부드러운 검은색 가죽소파에 느긋하게 앉았다.

"내가 실례되는 질문을 했군. 사과하지. 오늘 난 그저 강준혁이라는 남자를 한번 제대로 보고 싶었을 뿐이야."

그의 말에 준혁은 놀란 표정을 지었다.

"그래, 내가 욕심부린 건 사실이지. 하지만 이런 결과를 원한 건 아니었어. 연우가 저렇게 아파하리라고는 상상도 못했어. 우리 쪽 사람들이 원래 사랑이라는 것하고는 인연이 별로 없거든. 그래서 이렇게까지는 진심인 줄 몰랐어."

"뭡니까? 그 사람 지금 아픕니까? 얼마나요? 심각한 겁니까?"

준혁이 다가와 맞은편 소파에 앉으며 심각한 표정으로 물었다. 그러한 모습에 진우는 놀라 얼른 손을 내저었다.

"아니, 몸이 아픈 게 아니라 마음이 아파! 많이 힘들어해. 내가 보기엔 자네도 그렇게 좋은 것 같아 보이지는 않는군."

"신경 끄시지요. 제게 그녀의 소식 알려주러 온 거라면 그냥 가십시오. 친절하게 방문까지 해서 그런 소식을 알려줄 필요는 없으니까. 우리는 이미 끝냈습니다."

“들었어. 연우는 강준혁 씨 다 비워냈다고 하더군.”

그의 말이 신경에 거슬렸는지 준혁의 얼굴이 다시 굳어졌다.

“소원을 풀었으니 좋겠군요.”

“결정을 내린 건 연우야.”

“그 결정을 강요한 건 당신이지. 난 아무리 해도 당신들 모두 이해가 안 돼! 그녀가 어떻게 살아왔는데! 기댈 곳 하나 없이 외롭고 힘들게 자랐는데. 다 알면서 그녀의 마음은 눈곱만치도 알려고 하지 않는 당신이나, 뭐가 귀하다고 지키겠다고 뛰어드는 연우나 모두 이해가 안 돼. 그녀가 그 집안 귀하게 여기는 만큼 당신만이라도 그 사람을 아껴줘야지. 상처를 안 받게 해줘야 하는 거 아니야? 당신은 그 사람 오빠잖아!”

진우는 죄책감을 느끼며 희미한 한숨을 토해냈다. 가장 중요한 것을 잊고 있었다. 자신은 연우의 오빠라는 사실. 세상 사람 모두가 연우에게 등을 돌려도 끝까지 같은 편에 설 오빠라는 것을 잊고 있었다. 책임감에 짓눌려 회사에서 인정받기 위해 이것을 잊고만 있었다.

“미안하다, 이건 진심이야. 내 욕심으로 두 사람에게 상처를 줘서 정말 미안하다.”

어느새 준혁은 격해진 감정을 누르고 차분하게 그를 마주 보고 있었다.

“이미 늦었어. 사과받고 싶은 마음은 없어. 그 사과를 받아들여서 당신 죄책감를 덜어주고 싶은 마음은 없으니까. 변하는 건 하나도 없어.”

“아니, 앞으론 모든 게 변할 거다. 내가 모두 제자리로 돌려놓을 거니까."

"무슨?"

모호한 진우의 말에 준혁이 묻는 듯한 시선을 던졌다.

"난 이제까지 가장 중요한 것을 잊고 있었어. 최연우가 내 동생이라는 사실, 그리고 누구보다 그애가 행복해야 한다는 사실을."

그 말을 하고 나자 무겁던 마음이 가벼워졌다. 이제야 잘못 내디뎠던 길에서 빠져나와 제대로 가고 있는 기분이었다.

"돌려 말하자면, 연우를 위해서 진성전자쯤은 포기할 수도 있다는 얘기다."

연우는 퇴근 후 오늘도 오피스텔 근처를 서성였다. 갈 곳이 없었고, 그저 스치듯이라도 좋으니 준혁의 얼굴을 보고 싶었기 때문이다.

그녀는 도로 가에 차를 세우고 핸들 위에 두 손을 올려놓았다. 차 안에는 그녀가 듣지도 않는 심야라디오 DJ의 목소리가 작게 흘러나오고 있었다.

'내가 널 버려도, 넌 날 버리지 마. 어느 드라마에서 나온 이야기입니다. 그땐 의미를 잘 몰랐었는데, 이제는 너무나 잘 알 것 같아요. 그 사람이 잘 살고 있다는 소식을 들었습니다. 저 아니더라도 그 사람은 괜찮게 잘 살아가고 있다고요. 먼저 버린 건 저라고 생각했는데, 사실은 저는 아직도 그 사람을 버리지 못하고 있습니다. 버리는 것도, 버려지는 것도 너무 힘드네요. 신림동의 정유진님께서 보내주신 사연입니다. 신청곡을 틀어 드릴게

요. 토이의 '바램'입니다.'

맑고 서글픈 피아노 소리가 흘러나왔다.

용서해, 내 헛된 바램
하지만 그토록 내게 절실한 사람 너였어
……
곧 잊혀질 거야, 시간이 흐를수록
……
숨어서 널 지켜볼게
너에게 부담된다면
영원히 기억 속에서
널 간직할 수 있도록 도와줘
마지막 바램일 거야.

애잔한 노랫소리가 라디오에서 흘러나와 조용히 울려퍼졌다.
싫어. 기억하고 싶지 않아. 다 잊고 싶어. 당신을 몰랐던 그때처럼 하나도 남김없이 다 없었던 일처럼 다 지우고 싶어.
어떻게 해야 당신을 잊을 수 있을까?
어떻게 해야 이 미칠 듯이 그리운 마음을 달랠 수 있지? 정말 보고 싶다. 준혁 씨, 괜찮으면 그냥 얼굴만 한 번 보여줘. 그러면 나도 조금은 좋아질 것 같아. 며칠은 그래도 더 버틸 수 있을 것 같아.
뿌옇게 시야가 흐려졌다. 그녀는 노래 때문이라고 탓하며 눈물이 흐르기도 전에 마음을 억눌렀다.

차 안에만 있는 것이 답답하게 느껴졌다. 벌써 시간이 밤 11시가 다 되어가고 있었다. 오늘도 그의 모습은 볼 수 없었다.

연우는 차에서 내려 인적이 드문 도로가에서 차에 기대어 서서 하늘을 올려다보았다. 날씨가 많이 따뜻해져 있었다. 이제는 밤공기조차도 포근하게 느껴지는 계절이었다.

시커먼 하늘에 도시의 조명이 비추어져 별이 하나도 보이지 않았다. 춘천에서는 손에 잡힐 듯 촘촘하게 떠올랐던 별들이 이곳에서는 흔적조차 없었다. 연우는 속상한 마음에 하늘을 올려다보던 고개를 돌렸다. 그리고 보았다.

도로 반대편 그리 멀리 떨어져 있지 않은 곳에 검은 승용차에서 내려 똑바로 자신만을 바라보고 있는 그의 모습을.

누구도 소리내어 말하지 않았다. 이 환상 같은 순간이 깨질까 봐 두려워 입을 열 수가 없었다. 손에 닿기도 전에 사라져버리는 꿈속의 그와 너무도 닮아 두려웠다.

"연우야."

그의 낮은 목소리가 들리자 그녀는 눈을 감으려다가 마음을 고쳐먹고 열심히 그를 바라보았다. 꿈이 아니라 현실이었다. 그토록 보고 싶어했던 얼굴이었다. 그립기만 했던 목소리였다. 하나라도 놓치고 싶지 않았다.

준혁 씨, 나 내가 생각했던 것보다 더 당신이 보고 싶었나봐. 너무 고마워. 이렇게 얼굴을 보여줘서. 내 이름 불러줘서. 겁이 났었어. 나를 잊겠다던 당신 말처럼 정말 날 까맣게 잊어버려 내 이름도 기억하지 못할까봐, 당신이 나를 잊었을까봐 무서웠어.

연우는 당장이라도 그에게로 달려가 껴안고 싶은 마음 대신에
차 문을 열고 올라탔다.

"연우야! 최연우!"

큰소리로 그녀의 이름을 부르는 그의 목소리가 들렸지만 그녀
는 액셀을 밟고 그를 스쳐지나갔다. 터질 듯한 울음을 간신히 참
으며 너무 고마운 그의 모습을 기억 속에 차곡차곡 쌓아두었다.

이제 다시는 말할 수 없는 고백을 혼잣말로만 중얼거리면서.

사랑해.

사랑의 대가

준혁이 쭈그리고 앉아 기다란 속눈썹 그늘 아래 놓인 동그랗고 새까만 눈동자를 하염없이 바라보았다. 하지만, 보석처럼 까맣게 빛나는 눈동자는 그의 시선에는 아랑곳 않고 오직 그의 손에 들린 종이봉투에만 신경을 곤두세우고 있었다.

그래, 먹어라.

그는 속으로 중얼거리며 들고 있던 봉투를 뒤집어 내용물을 바닥에 쏟아 부었다. 비스킷 모양의 갈색 먹이가 우수수 떨어지자 주변에서 어슬렁거리면 어른 사슴들이 달려들었다.

"저리 가!"

그가 손을 내저어 어른 사슴들을 내쫓으려 애썼지만 막무가내로 모여드는 사슴 떼를 당해내기는 무리였다.

평일 대낮의 동물원에는 손님이 별로 없었다.

준혁은 먹이를 먹느라 정신없는 사슴 떼를 멍하니 바라보다가
털썩 풀밭 위에 주저앉아 무릎 위에 팔을 괴고 얼굴을 묻었다.
그녀를 처음 보았을 때 사슴을 닮았다고 생각했었다. 슬픈 아기
사슴의 눈망울을 닮아 있다고.

연우야.

가만히 그녀의 이름을 불러 보았다.

그녀를 안 보고 산다는 것은 힘든 일이었다. 그리고 잊고 산다
는 것은 죽을 만큼 힘든 일이었다. 잊겠다고, 노력해 보겠다고
했었지만 그럴 수가 없었다. 말처럼 쉬운 일이 아니었다. 두 사
람이 함께 생활했던 공간에 혼자 남아 매일, 매순간 그녀를 기억
하고 떠올렸다.

어젯밤 자정이 다 되어 가는 시간에 오피스텔 앞 도로에서 차
에 몸을 기대고 하늘을 올려다보던 연우를 발견했을 때, 그는 꿈
인가 싶었다. 너무나 그리워서 환상을 보고 있는 것이라고만 생
각했다.

밤바람에 흐트러진 머리카락과 그가 기억하고 있던 것보다 더
마른 몸, 그리고 검고 깊은 눈동자를 그는 여전히 사랑하고 있었
다. 시선을 돌릴 수 없을 정도로 그립고 보고팠던 사람이었다.

미친 듯이 뛰는 자신의 심장소리를 들으며 그는 꿈인 듯이 그
렇게 그녀의 이름을 속삭였다. 그녀의 목소리를 듣고 싶었고, 그
녀의 체온을 온몸으로 느끼고 싶었다. 그녀를 안고서 다시는 놓
고 싶지 않았다.

보고 싶었다고, 지금껏 그래왔듯이 여전히 사랑한다고.

다시는 헤어지지 말자고.

난 아직도 너를 기다리고 있다고.

준혁은 목울대에 뜨겁게 고인 감정을 애써 삼켰다. 그가 손으로 눈가를 비비고 고개를 드니 언제 왔는지 형 민혁이 앞에 서서 내려다보고 있었다.

"무슨 청승이야?"

청바지에 워커화를 신고 연두색 가운을 걸치고 있는 그는 정말 자유분방해 보였다. 준혁보다 나이가 네 살이나 많은 30대 초반의 민혁이었지만, 옷차림으로 보아서는 오히려 더 어려 보였다.

"들어가서 커피나 한잔 하자."

민혁이 동생의 어깨를 잡고 일으켰다.

동물원의 수의병동은 뒤편에 주차장을 끼고 있는 알록달록한 단층짜리 건물이었다. 스머프들이 살고 있는 듯한 버섯 모양의 건물은 그냥 딱 보아도 민혁의 취향이었다.

두 사람은 원장실이라고 팻말이 적힌 초록색 문을 지나 꽤 널찍한 민혁의 개인 사무실로 들어갔다.

민혁이 미리 내려놓은 원두커피를 머그 잔에 따를 동안 준혁은 오랜만에 오는 형의 사무실을 둘러보았다. 책상에 책들이 어지러이 쌓여 있었다. 혼자만의 룰로 존재하는 저 난장판 속에서 무언가를 찾을 수 있는 오직 형뿐일 것이다.

준혁이 시선이 마호가니 원목 책상 위에 꽂혔다. 그곳에는 「아프리카의 야생동물」·「파괴되는 생태계—아프리카 편」 등등의 아프리카라는 타이틀을 단 책들이 아무렇게나 놓여 있었고, 아프리카 지도가 반쯤 구겨진 채 구석에 처박혀 있었다.

준혁은 좀더 가까이 다가가 물건들을 살폈다. 그는 형의 책상에서 여행사에서 낸 아프리카 여행 안내 책자와 여권을 찾아냈다. 탁상달력에는 아프리카 국가번호를 앞에 단 전화번호가 줄줄이 적힌 메모지가 잔뜩 붙어 있었다.

"형, 아프리카 가려고?"

준혁이 달력에서 떼어낸 메모지를 흔들며, 두 개의 머그잔을 들고 다가오는 형에게 물었다.

"그거 있던 자리에 그대로 놔둬."

민혁의 얼굴에 망설임이 스쳤다. 준혁은 이야기를 해야 하나 말아야 하나 형이 고민하고 있다는 것을 알 수 있었다.

형의 망설임을 읽는 순간, 그는 형의 계획을 거의 대충 눈치챌 수 있었다.

민혁은 수의학과에 입학하면서부터 아프리카를 꿈꿔왔었다. 수의학과도 아버지와 싸워서 겨우 들어갈 수 있었다. 경영과를 고집하시던 아버지가 한 수 꺾고 의예과로 가라고 하시니 형은 등록하지 않고 바로 군에 지원해 버렸다. 그리고 제대를 앞두고 수의학과가 아니면 그냥 군에 말뚝을 박겠다고 협박해서 들어간 학과였다. 그 뒤로 형은 아버지를 얕보는 실수를 하고 말았다.

공공연히 아프리카로 떠나 야생동물을 보호하며 살겠다는 꿈을 떠들고 다녔었고, 한때 정말 심각하게 동물학과로의 편입을 고민했었다. 하지만 그가 졸업을 앞두고 아버지에게 자신의 꿈을 정식으로 이야기했을 때, 그의 꿈은 무너졌다. 아버지는 노발대발하면서 윽박지르고 다 큰 아들을 때렸으며, 시간이 얼마 지난 후에는 살살 달래서 동물원으로 낙찰을 보게 만들었다.

그러나 준혁은 알고 있었다. 민혁의 꿈은 꺾이지 않았으며 언제든 준비가 되면 떠날 것이라는 것을.

　준혁은 메모를 다시 달력에 붙여놓고 형이 내미는 커피를 받아 들고서 소파에 앉았다.

　"아버지가 절대로 허락하지 않으실 거야."

　"알아. 집안 시끄럽게 만들지 말고 가만히 있어."

　"형! 설마……."

　준혁이 민혁을 바라보자 그가 긍정의 표시로 고개를 살짝 끄덕였다.

　형이 도망을 치겠다고?

　아버지와 어머니 모두에게 말도 안 하고 아프리카로 도망을 친다고?

　오늘 준혁이 찾아와 그의 계획을 눈으로 보지 못했다면 준혁 역시 형이 아프리카 행 비행기를 탈 때까지 몰랐을 것이다.

　집안이 또 뒤집히겠군.

　"모르겠다, 난. 형이 알아서 해."

　준혁은 관심 없다는 듯이 고개를 흔들며 무심히 말하고는 커피를 마셨다. 유유자적하며 원하는 대로 다하고 살아온 형이지만, 자기 앞가림 정도는 할 줄 아는 사람이었다.

　그는 지금 자신의 연애사만으로도 미칠 지경이었기에 다른 데 신경 쓸 겨를이 없었다.

　"무슨 일 있냐? 얼굴이 왜 그 모양이야?"

　민혁의 말에 준혁이 새삼 까슬까슬해진 자신의 얼굴을 두 손으로 비볐다. 어제 불쑥 찾아와 폭탄선언을 하고 사라진 최진우도 그를 보고 비슷한 말을 했었다.

"으아! 미치겠다. 최연우 때문에 미치겠어."

"뭐야? 최연우가 누구야? 너 여자 있어?"

"있어. 혼자서 엄청 똑똑한 척하면서 속으로만 끙끙 앓는 여자. 떼쟁이 헛똑똑이 최연우라고 있어. 그런 여자가."

"뭐야? 알아듣게 얘기해."

준혁이 짜증스럽게 중얼거리자 민혁이 좀더 자세한 설명을 요구했다.

민혁은 아예 회사에 관심이 없어서 회사가 어떻게 돌아가는지, 비슷한 배경을 가진 사람들이 누가 있는 줄도 모르는 사람이었다. 준혁이 대충으로만 자신과 연우의 사정을 설명했다.

사실, 위로를 기대하면서 슬쩍 말을 꺼냈지만, 돌아오는 것은 천하의 멍청이를 바라보는 듯한 형의 따가운 시선이었다.

"놀고 있네. 니들이 무슨 로미오와 줄리엣이야?"

"형이 생각하는 것처럼 그렇게 쉬운 게 아니야!"

"에라, 이 병신자식아! 뭘 복잡하게 꼬고 뒤집어서 생각해? 못 잊겠으면, 정말 그 여자 없이 못 살 것 같으면 데리고 와서 옆에 앉히면 되지. 여자 오빠가 회사 포기하겠다며! 뭐가 문제야? 이것도 저것도 아니면 네가 합병 포기하면 되잖아."

민혁의 말에 준혁이 경악했다. 아무리 회사 일을 모른다지만 이렇게 쉽게 포기하라는 말이 나올 수는 없었다. 아무리 몰라도 그렇지……

"모르는 소리 하지도 마! 내가 진성전자 합병시키려고 그 동안 들인 공이 얼만데! 돈도 엄청 들었고, 시간도 엄청 들여서 조금씩 겨우 내 계획대로 일이 굴러가는 이 마당에 포기하라고?"

결국 준혁의 얼굴로 구겨진 종이가 날아왔다. 그가 재빠르게 몸을 피하자 종이뭉치는 그의 귀를 아슬아슬하게 지나서 소파 뒤로 사라졌다.

"욕심 많은 놈! 넌 어렸을 때부터 원래 그런 놈이었어! 지금 돈이 문제냐? 막말로 진성전자 합병을 안 하면 DM이 무너지냐? 쓰러져? 그 일도 처음부터 네가 욕심부리고 너 혼자 다 갖겠다는 심보로 벌인 일 아니야? 하지만, 진성은 뭐냐? 진성전자 넘어가면 다른 계열 줄줄이 위태로운 거잖아. 야! 입장 바꿔 생각해 봐라. 그 여자 심정이 어땠겠냐? 냉큼 너한테 오면 회사 쓰러지고 진성그룹 밥 먹고사는 직원들 다 밥그릇 뺏기는 거고, 그래도 가족인데 땅바닥에 나앉을 테고! 이 새끼 진짜! 왜 이렇게 못되게 굴어?"

민혁의 뼈 있는 잔소리가 그의 심장을 마구 찔러댔다.

제3자의 입장에서 보면 이렇게도 간단한 일이란 말인가?

민혁의 말은 하나도 틀린 게 없었다. 진성전자 합병을 포기해도 DM에서 특별히 손해날 것은 없었다. 만약 합병을 하면 앞길이 훤하게 트이겠지만 말이다.

"인마! 매각을 포기하지 못하겠으면, 그 여자라도 포기하든가!"

"그건 안 돼!"

그의 필사적인 대답에 민혁의 얼굴에서 피식 비웃음이 새어나왔다.

"아버지가 골라주는 그럴 듯한 집안 딸내미랑 결혼해 딴 생각하면서 평생 후회스럽게 살든가, 잠깐 손해 보고 그 여자랑 알콩달콩 검은머리 파뿌리 될 때까지 아들, 딸 낳고 잘 살든가, 이 한심한 놈아!"

준혁의 얼굴이 일그러졌다. 그에게는 잠도 제대로 못 이룰 정도로 복잡한 일인데, 어째서 형한테 가면 이토록 쉬운 일이 되는지 알 수 없었다.

상상할 수 있었다. 연우와 결혼식을 올리는 장면이나, 별장에서 얘기했던 것처럼 서양식의 고풍스러운 서점에 나란히 서 있는 모습. 아이들을 키우며 함께 늙어 가는 모습. 싸우고 화해하고 사랑하고 이해하며 나이를 먹는 평범한 부부의 모습이 연속적으로 그의 머릿속을 지나갔다. 상상만으로 입가에 미소가 그려지는 풍경이었다.

"결론이 난 모양이네. 뭐하냐? 얼른 가라."

민혁이 비웃는 소리가 들렸다. 준혁은 비실비실 미소를 머금고 있는 형의 얼굴을 한 대 쳐주고 싶은 마음이 들었지만, 그에게 길을 알려준 고마움의 표시로 꾹 참았다.

준혁이 자리에서 일어나 문을 열고 나가려 할 때, 그의 뒤통수에다 대고 형이 냅다 소리쳤다.

"야! 아버지한테는 내 일 얘기하지 마!"

그는 형의 부탁에 대답도 하지 않고 주차장에 세워진 차로 뛰어갔다.

어디로 갈 것인지는 이미 정해졌다.

준혁의 차가 멈춰 선 곳은 부모님이 살고 계시는 본가였다. 그는 주차장에 차를 주차시키는 것도 시간이 아까워 대문 앞에 그대로 세워 놓고 초인종을 눌렀다.

"네가 웬일이냐? 회사에 있을 시간 아니니?"

어머니가 현관 앞까지 나와 그를 맞았다. 어머니의 얼굴에는 혹시 무슨 일이 있나 싶어 걱정으로 가득 차 있었다.

"아버지는요?"

평소 때라면 당장 어머니를 껴안고 장난을 쳤을 그였지만, 지금은 다른 일 때문에 마음이 급했다.

"뒤뜰에 계신다."

"에이."

거실까지 다 들어왔는데 아버지가 뒤뜰에 계신다는 소리에 다시 현관으로 가서 신발을 신는 준혁의 입에서 짜증 섞인 한숨이 새어나왔다. 그러자 어머니는 정말 무슨 일이 있나 싶어 그의 팔을 붙잡고 물었다.

"애! 정말 무슨 일 있는 거야? 그런 거니?"

"아니에요. 걱정 마세요. 저 아버지한테 갑니다."

그는 아무 것도 아니라며 손을 흔들어 보이고는 새파란 잔디가 깔린 마당을 걸어 뒤뜰로 돌아갔다. 뒤뜰에는 아버지가 오랫동안 직접 심으시고 가꾼 나무들이 늘어서 있었다. 그리고 제법 큼지막한 텃밭에는 당근과 상추, 토마토가 줄을 맞춰 심어져 있었다.

아버지는 텃밭 한가운데서 밭일을 하시느라 여념이 없었다. 늘 아버지 옆에서 비서로, 운전기사로 수족처럼 일하는, 아버지만큼이나 나이가 든 정 실장이 밭 한구석에 쭈그리고 앉아 장갑 낀 두 손으로 푸른 잎이 돋아나는 토마토를 돌보고 있었다.

준혁이 회사에 출근하면서 아버지는 한 걸음 물러난 상태였다. 요즘은 밭을 돌보는데 온 정신을 쏟고 계셨다. 이러실 거면 차라리 공기 좋은 시골에서 하시고 싶은 일 하면서 사시면 좋으련만, 아직은 안 보는 곳에 두면 무슨 딴 짓을 할지 모르는 두 아들 때문에 그것도 못하고 계셨다.

"아버지!"

준혁이 다가서자 아버지가 밭에서 얼굴을 들었지만, 땅을 돌보고 있는 당신의 흙 묻은 두 손은 멈춰지지 않았다.

"웬일이냐? 땡땡이야?"

그가 아버지에게 바짝 다가가서 옆에 쭈그리고 앉았다.

"이놈아, 어디에 앉는 거야? 저리 가!"

준혁이 촉촉한 흙 위에 얼굴을 내민 싹을 못보고 무심코 밟고 쭈그리고 앉자, 아버지는 대번에 호통을 치시며 흙 묻은 손으로 아들을 떠밀었다. 준혁은 아버지의 고함에 놀라 얼른 자리에서 일어나 주춤주춤 조심스럽게 발을 디뎠다.

"아버지, 드릴 말씀이 있습니다."

"해 봐."

아버지가 고개도 들지 않고 간단하게 대답했다.

"저 결혼하고 싶습니다."

"여자는 있는 게야?"

"예."

잠시 아버지의 시선이 준혁에게 향했다.

"어리벙벙하게 하고 다니는 줄 알았더니 어디서 그래도 여자 하나는 만들어 놓은 모양이구나. 그래, 어느 집 여식이냐?"

지금부터가 문제다.

"진성그룹 고명딸입니다."

그의 말이 끝나기 무섭게 아버지의 웃음소리가 쩌렁쩌렁 뒤뜰을 울리자 멀리서 정 실장이 고개를 돌리고 궁금한 듯이 그를 쳐다보았다.

그는 심각한데 아버지가 너무 유쾌하게 웃으셔서 심통 섞인 말투로 물었다.

"왜 그렇게 웃으세요?"

"어디서 말장난이야? 진성그룹에 딸이라고는 하나 있다. 최 회장이 밖에서 낳아 온 딸이지."

"예, 맞습니다."

"안 된다!"

자르듯이 단호하게 한마디만을 남기시는 아버지의 반응은 이미 예상한 것이었다. 이 정도로 물러날 수는 없다. 준혁은 밭고랑을 따라 앞으로 움직이는 아버지를 따라 조심스럽게 싹을 밟지 않으려 노력하며 한 발자국 내디뎠다.

"왜 안 됩니까? 현명하고 착한 여잡니다. 예쁘기도 예쁘고요. 아버지 어머니께도 잘할 겁니다."

"글쎄 안 된데도! 저리 가, 이놈아!"

아버지가 흙이 잔뜩 묻은 손으로 준혁의 발목을 세게 치자, 그는 재빨리 옆의 빈 고랑으로 몸을 피했다.

"몰라서 묻는 거냐? 벌여 놓은 일은 어떻게 할 거야? 그래, 얘기해 봐. 일은 어떻게 할 테냐? 다 포기할 마음인 게야?"

"예, 아버지. 포기하겠습니다. 그러니 저 결혼 허락해 주세요."

"네 놈이 단단히 미쳤구나. 하긴, 그러니까 결혼한다는 얘기도 나오는 거겠지."

"허락하시는 겁니까?"

"내가 노망이라도 났는 줄 알아? 네 놈이 뭐가 그리 대단하다고 그 돈 들여 장가보내, 그 일에 쏟아 부은 돈이 얼만데? 이 지경으로 만들려고 맡겨 달라고 했던 거냐?"

아버지에게 죄송한 일이지만, 여기서 물러날 생각이었으면 애초에 포기할 생각도 안 했을 것이다. 그리고 이쯤에서 주춤한다면 아버지는 사정없이 공격해 올 것이라는 것을 알기에 준혁은 당당하게 이야기했다.

"아버지, 죄송합니다. 하지만 그 사람 그 정도 가치는 있습니다. 제가 한 선택입니다. 지켜봐 주십시오. 그렇게 해서라도 제 옆에 앉히고 싶습니다."

강 회장은 혀를 끌끌 차며 못마땅하다는 듯이 '에잇'하며 다시 흙바닥으로 고개를 돌렸다.

"그래도 안 된다."

한 치의 틈도 주지 않고 바로 잘라버리는 아버지의 말에 준혁이 화가 나서 말했다.

"아버지! 그녀의 출생 때문에 꺼리시는 겁니까? 그런 것입니까? 그러면 저 아버지에게 실망했습니다. 그 사람 잘못 아닙니다. 연우가 선택한 일이 아닌 걸로 그녀에게 책임 물으시는 겁니까?"

"어디서 큰소리를 내는 거냐? 그래, 내가 네 말대로 그 애 잘못 아닌 걸로 책임 물을 사람으로 보이냐? 그것 때문에 반대하는 거 아니다."

"그럼 뭡니까?"

"버티고 있는 네 형은 어떻게 하고? 지금 순서 어기고 너부터 장가가겠다는 거야?"

준혁은 허탈감에 무릎이 꺾이는 기분이었다. 집으로 와서 아버지에게 결혼 이야기를 하면서 가장 걱정했던 게 연우의 출생 문제였다. 그런데 그 문제는 아무렇지도 않게 넘어가면서 순서 때문에 반대하신다는 말을 들으니 화가 날 정도로 허무했다.

"형이 언제 결혼할 줄 알고요? 형은 지금 만나는 여자도 없어요. 그리고 요즘 세상에 누가 순서 지키면서 결혼을 해요? 그냥 저부터 보내 주세요. 저는 지금 해야 돼요. 내일 당장이라도요."

하지만 아버지의 생각은 흔들림이 없었다.

"안 그래도 병신소리 듣는 게 네 형이야! 길바닥에 나사 하나둘쯤 흘리고 다니는 놈이고. 그런데 너부터 장가를 보내면 사람들이 뭐라 떠들겠어? 민혁이 녀석, 아예 집에서 호적 파낸 줄 알 거 아니야!"

손에 꼽히는 대기업 장남인 민혁이 수의학으로 진학했을 때부터 소위 같은 계층이라고 이야기하는 부류의 사람들은 철저히 그를 몰아냈다.

사실, 민혁은 다른 사람들 생각 따위 별 신경 쓰지 않고 살아서 사람들의 수군거림은 무시했다. 하지만, 어찌된 일인지 부모님은 행여나 그런 수군거림 때문에 아들이 상처받을까 노심초사했다.

"저 먼저 결혼해도 형은 섭섭하게 생각하지 않을 겁니다. 저부터 보내 주세요."

"안 된다면 안 되는 줄 알아! 내가 그 애를 만나는 건 반대 안 하마. 결혼을 전제로 진지하게 만나면서 조금 기다려. 안 그래도 지금 세한물산 둘째딸을 큰며느리로 점찍어 놨으니 곧 소식 있을 거다."

세한물산 둘째? 그의 머릿속에 한 여자의 얼굴이 스쳐 지나갔
다. 선이 가는 예쁜 얼굴에 얌전한 여자였다. 지나치게 얌전했다.
형이랑 절대로 어울리지 않았다.

일이 커지는군. 형은 당장 도망칠 준비중인데 아버지는 선 자
리를 알아보고 계시니.

준혁은 준비해 둔 히든카드를 내밀었다.

"아버지, 절대 거절할 수 없는 정보를 제공하지요."

그의 말에 아버지가 고개를 들고 옆에 선 아들을 올려다보았
다. 아버지의 눈이 계산기를 두드리는 듯이 순간 반짝였다.

"지금 나하고 거래를 하자고?"

"절대 거절하지 못하실 겁니다. 제가 정보를 드리면 아버지는
결혼을 허락하시는 거지요."

"앉아봐, 뭐냐?"

"거래하시겠다는 겁니까?"

"그래, 이놈아! 대신 허튼소리를 지껄이면 한 푼도 없을 줄 알
아라."

오, 이런 때에도 금전적 단위로 계산하시다니! 아버지는 역시
사업가시군요.

준혁은 바닥에 쭈그리고 앉아 아버지를 마주 보았다.

"형이 도망갈 준비를 하고 있습니다. 아프리카로요. 아마 곧 떠
날 겁니다."

아버지의 얼굴이 순식간에 얼어붙었다.

미안해, 형!

준혁은 전혀 죄책감을 느끼지 못했지만 그래도 속으로 중얼거

렸다. 사실, 형 일에는 상관하고 싶지 않았지만 도망가는 것은 방법이 아니라는 것을 알았기 때문에 무작정 아버지에게 털어놓은 것은 아니었다.

형이 이대로 아프리카로 날라버리면 정말 아버지는 무슨 수를 써서라도 아프리카를 다 뒤져 형을 찾아낼 터였다. 그 뒤로는 유혈사태가 벌어지는 건 안 봐도 그냥 상상이 되었다. 아예 처음부터 다 이야기하고 정식으로 허락받고 떠나는 게 나았다. 허락을 받고 못 받고는 오직 민혁에게 달렸지만 말이다.

"정 실장, 당장 민혁이 녀석 잡아와!"

아버지의 얼음장같은 말에 정 실장이 하던 일을 멈추고 손을 털면서 뒤뜰을 나갔다. 아버지는 다시 땅으로 시선을 돌리셨다.

"조만간 그 애를 집으로 데리고 와라."

허락하겠다는 뜻이었다.

"예, 그렇게 하겠습니다. 그럼 저는 그만 가보겠습니다."

"가긴 어딜 가? 이왕 왔으니 저기 정 실장이 하던 토마토나 좀 잘 심어봐라. 정성 들여서 해야지 여름에 맛있는 토마토를 먹을 수 있지."

"다음에 할게요. 회사 일이 웬만큼 바빠야지 말입니다."

준혁은 아버지가 더 붙잡기 전에 재빨리 뒤도 돌아보지 않고 뒤뜰로 나왔다.

얼른 이곳을 떠야 했다. 정 실장에게 잡혀 온 민혁에게 맞아 죽지 않으려면 말이다.

다음날 준혁은 평소 때보다 더 바쁜 하루를 보내고 있었다. 운전을 하면서도 전화로 비서에게 지시를 내리기 바빴고, 사무실에 들어서자마자 비서가 건네주는 서류를 받아들고 정신없이 정리하기 시작했다.

"본부장님, 홍 실장님 오셨습니다."

비서의 말이 끝나기 무섭게 노크 소리가 들렸다.

"들어오세요."

홍 실장이 한 손에 서류 봉투를 들고 들어왔다. 준혁이 앉으라고 고갯짓을 해 보이자, 홍 실장은 안경알을 치켜올리며 소파에 앉아서 서류를 꺼내기 시작했다. 준혁은 책상에서 돌아 나와 소파 상석에 앉아 홍 실장이 건네주는 서류를 받아서 일일이 확인했다.

"다 됐군요, 수고하셨습니다."

"본부장님께서 직접 내리신 결정이니 제가 왈가왈부할 사항은 아니라는 것 알고 있습니다. 하지만, 솔직하게 말하겠습니다."

"하세요."

준혁이 고개를 들고 홍 실장을 바라보았다. 갑작스러운 M&A 백지화 선언으로 많이 당황했을 것이다. 거의 홍 실장이 주도하고 있던 일이어서 그가 납득하기 힘들다는 것을 알기에 준혁은 너그러운 마음으로 어서 이야기해 보라는 뜻을 보였다.

"왜 포기하시는 건지 이해할 수 없습니다. 진성의 특수관계자 지분율이 18.99퍼센트 정도밖에 되지 않는 것만으로 충분히 이 일은 가능성 있는 일입니다. 외국인 주주들을 통해 자금 확보도 긍정적인 답변을 받고 좋게 진행되고 있었습니다. 시장 논리상 충분히 가능한 일이었습니다. 전 지난 2년여 시간 동안 이 일에 매달려 왔습니다. 한 번도 실패할 가능성은 생각해 본 적이 없었습니다. 본부장님과 함께라면 해낼 수 있을 거라고 생각해 왔습니다. 그런데 갑자기 백지화 선언이라니, 저로서는 받아들이기 힘듭니다."

"이해합니다. 무슨 말씀인지도 알겠고요."

준혁이 담담하게 대답했다. 아버지 같았으면 간섭하지 말고 일이나 잘하라고 했을 터이다. 하지만 그런 시대는 지났으니 그는 침착하게 말했다. 물론 자세한 설명은 피했지만.

"물론 홍 실장님께서 얼마나 이 일에 열심히 매달려 왔는지 잘 알고 있습니다. 더구나 이 일을 포기함으로써 우리 측에 끼칠 손해 또한 제대로 인식하고 있습니다. 그걸 모두 감수하고 내린 결정이니 아무 말씀 마시고 따라 주십시오."

홍실장은 여전히 납득이 안 간다는 표정이었지만, 더 이상 아무 말도 하지 않았다. 그가 사무실을 나가자, 준혁은 다시 책상으로 돌아와 하던 일을 계속했다.

서류봉투를 하나 꺼내 무언가를 쓰려고 펜을 들었다. 까만 펜촉을 내려다보고 있는 동안, 머릿속에는 아무 생각도 들지 않았다. 결국 그는 펜을 내려놓고 준비한 서류를 차곡차곡 챙겼다.

그의 손이 마지막 서류 한 장에서 멈칫했다. A4 용지의 상단에 명시된 서류 명칭을 가만히 손가락으로 쓸어 내렸다.

최연우, 이 서류를 받고 네가 무슨 생각을 하건 이건 내 뜻이야. 내 진심이야.

제대로 일을 처리하자면 끝도 없겠지만, 우선은 간단하게라도 자신의 뜻을 전하고 싶었다.

조심스럽게 마지막 한 장까지 챙겨서 봉투에 담았다. 봉투 끝을 탁탁 두드려서 반듯하게 각을 잡고 비서를 호출했다. 가벼운 기계음이 끝나자 그가 말했다.

"퀵 서비스 좀 불러줘요."

"네, 알겠습니다."

예의바른 비서의 대답을 뒤로 하고, 그는 봉투 뚜껑을 봉했다.

해야 할 일을 다 끝내 놓고 그는 잠시 바쁘게 움직이던 손을 놓았다. 이제 어떤 결과가 닥치든 기다리는 일만 남았다.

"아니, 잠깐! 이러시면……."

"왜 이러……."

밖이 소란스러웠다. 검은색 가죽의자에 등을 기대고 있던 그가 몸을 일으키고 귀를 기울이다가 나가봐야겠다는 생각을 할 때 익숙한 목소리가 들렸다.

"이거 놔! 저 안에 있는 놈이 내 친동생이라고!"

"그건 아는데요, 그래도 이러시면……."

민혁이 화가 나서 질러대는 고함소리가 고스란히 들렸고, 말리는 비서들의 목소리도 들렸다.

순간 준혁이 어떻게 해야 할지 미처 판단도 내리기 전에 문이 벌컥 열렸다. 그리고 자신이 지금 머리끝까지 화가 났다는 것을 그대로 보여주는, 전투의지에 불타는 민혁의 눈이 곧장 준혁에게로 날아왔다.

"잠깐, 형!"

그가 다급하게 두 손을 올리고 소리쳤지만 통하지 않았다.

민혁은 쾅 소리나게 사무실 문을 닫는 걸로 대답을 대신했다.

그리고는 성큼성큼 사무실을 가로질러 거의 달리다시피 해서 준혁에게 덤벼들었다. 엉거주춤 의자에서 일어서던 준혁은 날아오는 민혁의 주먹을 맞고 뒤로 넘어졌다.

"윽!"

형의 주먹이 강타한 아래턱에 욱신거리는 통증이 느껴졌다. 입술이 찢어졌는지 비릿한 피맛이 느껴졌다.

민혁은 한 대 친 걸로는 분이 풀리지 않는지 준혁의 멱살을 잡고 일으켜 세웠다.

"치사한 새끼, 네가 그러고도 내 동생이냐? 여자 때문에 형제를 팔아? 내가 분명히 아버지한테 이야기하지 말랬지? 근데 그걸 못 참고 그새 가서 일러 바치냐?"

코앞에서 소리치는 형의 얼굴을 보고 준혁은 반항하려던 몸짓을 멈추었다. 형은 아버지에게 맞았는지 왼쪽 광대뼈 부근에 시퍼렇게 멍이 들어 있었다.

다시 민혁의 주먹이 준혁의 명치를 강하게 치고 들어왔다. 준혁은 눈을 질끈 감았다.

좋아, 지은 죄가 있으니까 맞아주자.

민혁이 한 번 더 준혁의 턱을 때리고 뒤로 물러났다.

"끝났어? 실컷 때린 거야?"

준혁이 벽에 기대고 있는 상체를 천천히 일으키며 물었다. 말하는데 입에 피가 고여 티슈를 뽑아 닦느라고 말끝이 흐려졌다.

"실컷 때렸냐고? 실컷 맘대로 했다가는 사람 하나 죽일 것 같아서 참는 거다. 젠장, 이런 걸 동생이라고!"

"아씨, 지독하게도 세네."

준혁이 거울에 비친 자신의 몰골을 보고 얼굴을 찌푸리자, 소
파에 털썩 앉아 담배를 찾아 물던 민혁이 보고 픽 웃었다.

"웃지 마, 보기 싫어."

준혁이 슬쩍 제 형을 노려보고는 비서를 호출해서 커피를 부탁
했다. 여전히 찢어진 입술에 티슈를 대고 그는 민혁의 맞은편에
털썩 앉았다.

"비서들 교육을 잘 시켰던데! 나도 못 들어가게 하더라."

"프로가 그 정도는 해야지. 뭐, 형 얼굴도 말이 아닌데! 아버지
한테 맞았어? 얼마 만이냐, 아버지한테 맞아본 지."

"이게 다 너 때문이잖아!"

민혁이 멍든 턱을 쓰다듬으며 다시 한 번 동생을 노려보았다.
준혁이 슬며시 시선을 피했다.

"아버지는 뭐라고 하셔? 다리 안 부러진 거 보니 좋게 넘어간
것 같은데……."

"허락하셨어."

"뭐? 아버지가?"

커피 잔을 들던 준혁이 놀란 얼굴로 민혁을 바라보았다.

그 완고한 쇠심줄 같은 고집을 가지신 아버지가 허락하셨다고?
절대로 먼저 굽히시는 일은 없는 분이신데, 아버지도 늙으셨군.

"웬일이야, 아버지가?"

"무릎 꿇고 빌었다. 제발 보내 달라고. 안 그러면 나 또 언제
도망갈지 모른다고. 허락은 하셨는데, 갔다가 힘들다고 금방 돌
아오면 수의사 면허 처분하고 회사 들어오라신다. 싫으면 무슨
일이 있어도 1년 동안 버텨보래. 어디 내 생각만큼 편하고 좋은

가 직접 겪어 보라신다."

"그럼 그렇지. 아버지가 맨 입으로 허락하실 리가 없지."

그가 고개를 끄덕일 때 비서가 노크를 했다.

"본부장님, 퀵 서비스 도착했습니다."

"아, 잠깐만요!"

준혁은 몸을 일으키고 책상으로 가서 준비해 둔 서류를 챙겼다. 그런 그를 보고 민혁이 물었다.

"그거 뭐야?"

"이거?"

민혁의 물음에 준혁이 잠시 자신의 손에 들린 서류봉투를 내려다보았다. 그리고는 이내 고개를 들고 씩 웃으며 대답했다.

"최후의 카드!"

동행

벽에 걸린 시계는 오전 10시 20분을 가리키고 있었다.

11시부터 중역회의가 있을 예정이었다. 오늘 회의에서 그녀는 6명의 그룹 창단 멤버들에게 명예퇴직을 권고할 계획이었다. 그 누구의 항의도 받아들이지 않을 것이다.

물론, 이사진들이 젊은 날 얼마나 고단하게 일을 해왔고, 그들이 세운 업적 또한 지대하다는 걸 잘 알고 있었다. 하지만 시대는 빠르게 변화하고 있었다. 이 흐름에 맞추지 못하면 너나 할 것 없이 도태되고 말았다. 따라서 이들은 이미 오래 전에 물러나야 했다. 그들이 시기를 모르고 있다면, 가르쳐 주는 수밖에 없었다.

연우는 책상을 등지고 창 밖으로 보이는 거대한 빌딩 숲을 하염없이 바라보았다. 의자 등받이에 깊숙이 몸을 기댔다. 며칠째

잠을 자지 못했고, 제대로 식사를 한 것이 언제인지도 기억도 나
지 않았다.

알고 있었다, 자신이 망가지고 있다는 것을.

큰오빠가 사랑하는 사람을 잃고 무너졌듯이 자신 또한 그렇게
무너지고 있다는 것을.

그래, 오빠. 이해할 것도 같네. 그렇게 철저하게 망가졌던 오
빠를 이해할 것도 같아. 내 꼴 좀 봐. 오빠보다 더하면 더했지 덜
하지는 않아. 사랑이라는 그 감정이 어떻게 날 좀먹고 있는지 봐.
하지만…….

하지만 오빠, 난 죽을 것같이 아파도, 이렇게 숨쉬는 게 힘들
어도 오빠처럼 죽어버리지는 않을 거야. 절대로 이 싸움에서 지
지 않을 거야.

사랑이라는 것, 그 사람, 그래, 강준혁 그 이름을 평생 내 심장
에 없고 살아도, 그래도 난 살아남을 거야.

그녀는 손등으로 이마를 가만히 누르며 눈을 감았다. 남은 몇
분 동안 잠시 휴식을 취할 요량으로 참아왔던 억눌린 신음소리를
토해냈다.

똑, 똑.

노크소리가 그녀의 휴식을 방해했다.

"예."

힘든 몸을 간신히 추스른 연우는 눈을 뜨고 의자를 돌려 책상
앞에 단정하게 앉았다.

그녀의 대답에 조용히 문이 열리고 말끔한 회색양복 차림에 옅
은 핑크빛 실크 넥타이를 맨 진우가 들어왔다.

"얘기 좀 하자."

"빨리 끝내. 11시부터 회의가 있어."

진우는 건조한 그녀의 대답에 얼굴을 찌푸리며 소파에 앉았다.

"얼굴이 많이 안 좋다. 밥은 제대로 먹고 있는 거야?"

연우의 안색을 살피던 그가 창백하게 굳어 있는 얼굴을 보고 걱정스럽게 물었다.

"응, 괜찮아."

성의 없는 대답이었다.

진우는 그런 그녀의 대답이 안타까웠지만 애써 무시하고 곧바로 이야기를 꺼냈다.

"그래, 그 사람 만났다."

그의 어깨 언저리에 머물던 그녀의 시선이 곧장 그의 눈으로 향했다.

"무슨 뜻이야?"

"강준혁 그 남자를 만났다고. 너처럼 안 좋아 보이더라. 그래, 내가 네게 못할 짓 한 것 알아. 내가 지금 죄 짓고 있다는 거."

연우는 진우의 말에 눈을 질끈 감았다. 처음에는 오빠가 무슨 말을 하고 있는지 이해할 수 없었다. 하지만 곧 분노가 치밀어올랐다. 결코 작은오빠가 그 사람의 이름을 입에 올리는 것을 용납할 수가 없었다.

혹시 눈물이 날까봐, 이 찢어질 듯한 그리움에 무작정 그를 찾아가게 될까봐 의식적으로 입 밖으로 내지 않는 이름이었다.

자정에 가까운 시간, 고요하기까지 하던 인적 없는 텅 빈 도로에서 그를 보았을 때에도 부를 수 없었던 이름이었다. 생각하지 않으려고, 애써 잊으려고 하는 이름을 진우가 다시 기억하게 만들었다.

"그 사람 이름, 오빠는 입에 올릴 수 없어. 이젠 나도 부를 수 없는 이름이야! 그런데 왜? 왜 오빠가 그 사람 이야기를 하는 거야? 무슨 마음으로 그 사람을 만난 거야?"

"연우야, 미안해. 미안하다, 오빠가 정말 미안해."

순식간에 가슴이 무너져 내렸다.

탄식처럼 참회하듯이 미안하다는 말을 건네는 오빠를 보다 저절로 눈물이 쏟아졌다. 결코 이런 모습을 보고 싶지 않았다.

언제나 무너지지 않고 산처럼 굳건하던 진우였다. 무슨 일이 있어도, 이런 모습을 그녀에게 보여주어서는 안 된다.

"사과하지 마!"

무릎 위에 가지런히 놓인 그녀의 주먹이 가늘게 떨렸다.

"오빠가 뭐가 미안하다는 거야? 내가 결정한 일이야. 먼저 버린 것도 나고, 그 사람을 잊을 수 있다고 믿었던 것도 나였어. 오빠 잘못이 아니야. 내가, 내가……."

차가운 눈물이 볼을 타고 흘러내려 그녀의 손등 위로 툭하고 떨어졌다. 흐르는 눈물을 닦을 생각도 하지 못했다.

연우는 진우의 넓은 가슴에 얼굴을 묻고 눈처럼 희디흰 셔츠에 눈물을 떨어뜨리고서야 그에게 안겨 있다는 것을 깨달았다. 여전히 변함 없이 따뜻하고 편안한 품이었다.

"괜찮아, 연우야. 괜찮아, 이젠 애쓰지 않아도 돼. 괜찮아."

진우는 가녀린 그녀의 어깨를 다독이며 귓가에 속삭였다.

"오빠, 나도 괜찮을 줄 알았어. 며칠 아프고 나면 다 나을 줄 알았어. 그 사람 없어도, 사랑 같은 것 없어도 살 수 있을 거라고 그렇게 믿었어. 그런데, 너무 아파. 오빠, 아파서 죽을 것 같아. 너무 힘들어."

그녀는 속에 묻어 두었던 상처를 드러냈다. 누구에게도 보여주지 않겠다고 결심했던 아물지도 못하고 곪을 대로 곪아버린 사랑의 상처를 보여주었다.

그는 그녀를 안아 어깨를 토닥여 주었다. 너무 안쓰럽고 외롭게 자란 동생이었다. 처음에는 그저 동정으로 다 큰 여동생이 생겨 신기하기만 했었다. 하지만 어느새 그가 의식하지도 못하던 순간에 그는 그녀를 가족으로 완전하게 받아들이고 있었다.

무엇보다 속이 깊은 아이였다.

세상 누구보다도 행복해져야 하는 여동생이었다.

연우의 흐느낌이 잦아들었다. 그녀는 천천히 그의 품에서 벗어나 가라앉은 목을 가다듬었다.

"얼굴이 엉망이 됐어, 회의에 들어가야 하는데."

한바탕 눈물을 쏟아내고 나니 온몸이 노곤해지면서 졸음이 쏟아졌다. 하지만 억지로 몸을 일으켜 거울을 들여다보며 중얼거렸다. 퉁퉁 부은 눈과 눈물자국이 남아 있는 두 볼 때문에 얼굴을 찌푸리지 않을 수가 없었다.

"회의에는 내가 들어갈게. 넌 너하고 싶은 대로 해. 아버지의 유언을 저버려도 좋아. 더 이상 아파하지 말고 강준혁에게로 가."

"오빠?"

진우의 입가에 쓸쓸한 미소가 머물렀다. 하지만 눈빛만은 흔들림이 없는 깊은 마음을 그대로 내보였다.

“미안해. 난 너만 행복하면, 그래, 강준혁 그 사람이라면 널 보내줄 수 있을 것도 같아. 연우야, 이제 그만 그 짐을 내려놔.”

“그게 무슨 말이야?”

연우는 거울을 들여다보다가 고개를 벌떡 들었다.

진심이었다. 오빠는 지금 진심으로 이야기하고 있었다.

하지만 그녀는 무슨 말을 해야 할지, 어떻게 행동해야 할지 몰랐다.

강준혁에게 가라고? 그 사람에게 돌아가라고?

심장이 미친 듯이 뛰었다.

그에게, 다시 그에게로……

하지만, 하지만……

그녀는 천천히 고개를 내저었다.

“오빠, 오빠가 얼마나 큰 결심을 했는지 알아. 하지만 나 이제 그 사람한테 못 돌아가. 비겁하게 그렇게 하고 돌아섰는데 어떻게 다시 돌아가. 그 사람은 나를 잊었을 거야. 그러겠다고 했었어. 그 사람은, 준혁 씨는 날 벌써 잊었을 거야.”

“아니야. 내가 강준혁을 만나고 왔다고 했지? 너처럼 그 사람도 힘들어 보이더라. 네가 잊지 못하면 그도 잊지 못할 거야.”

정말일까?

내가 잊지 못하면 그도 날 잊지 못할까? 나만큼이나 아프고 보고 싶어했을까?

희망이라는 단어가 고개를 발딱 쳐들고 그녀를 바라보았다.

겁쟁이 정소희답게도 그녀는 선뜻 나서지 못한 채 망설였다.

겁이 나서…… 희망이 깡그리 무너질까 두려워서……

똑, 똑.

또 한번의 노크소리가 사무실을 울렸다. 비서인 현정이 두툼한 노란 서류 봉투를 들고 들어왔다.

"퀵 서비스가 왔습니다."

연우는 비서가 내미는 봉투를 엉겁결에 받아 들었다. 누구에게서 온 건지 알 수 없었다. 그녀는 아무 것도 적혀 있지 않은 봉투를 뜯어 내용물을 끄집어 꺼냈다.

헉!

놀란 숨소리가 그녀의 입에서 터져 나왔다.

봉투 안에는 차례대로 주식증권이 차곡차곡 들어 있었고, 각종 주식시세표와 회사기밀인 대차대조표 장부가 함께 있었다.

"이게?"

어느새 진우가 가까이 다가와서 그녀의 손에 들린 내용물을 내려다보고 있었다. 연우는 눈물이 나 급히 입을 막았다. 격렬하게 들썩이는 심장은 그녀의 이성을 무시한 채 흐느낌을 토해냈다.

"하하! 강준혁, 내가 졌다."

울음을 터트리는 그녀와 달리 진우는 웃음을 터트렸다.

그녀는 눈물 때문에 흐릿한 시야로 믿을 수 없는 서류의 제목을 들여다보았다.

가장 마지막에 빳빳한 서류 가장 위쪽에는 '혼인신고서'라고 적혀 있었다.

치마정장 차림에 하이힐을 신은 여자가 가로수가 심어진 인도의 사람들 틈을 헤치고 앞만 바라보며 정신없이 뛰었다. 그녀는 손에 구겨진 서류 한 장을 소중하게 꽉 붙잡고 빌딩 숲 사이를 가로질렀다.

연우는 높다랗게 솟아 있는 DM그룹의 정문 앞에 다다라서야 숨을 고르며 안으로 들어갔다. 그동안 아팠다고, 고생했다고 상이라도 주듯이 기다리고 있었다는 듯이 때맞춰 도착한 엘리베이터에 오르고서야 그녀는 손에 들고 있던 구겨진 '혼인신고서'를 조심스레 쓰다듬었다.

혼인신고서.

구청에 가면 얼마든지 구할 수 있는 서류 한 장에 그녀는 울음을 터트렸다. 이번에도 먼저 손을 내밀고 다가온 것은 그였다. 겁쟁이 정소희답게도 또 도망칠 구실을 찾았던 그녀에게 날아온 그가 선물을 보냈다. 주식증권도 아니고, 합병을 포기하겠다는 그 마음보다도 더 그녀를 행복하게 만들어 준 것은 이 서류 한 장이었다. 그 서류가 자신에게 은밀히 속삭이고 있는 것 같았다.

아직 기다리고 있다고, 변함없다고.

이제는 그녀가 가야 할 때였다. 많이 늦었고, 바보같이 굴었지만 결국은 이렇게 그에게 가야 할 일이었다.

안 그래도 퉁퉁 부어 있던 눈에서 눈물이 하염없이 쏟아졌다. 그러면서도 그녀는 이 서류 한 장을 생명줄처럼 꼭 부여잡고 한 블록 건너에 있는 그의 회사에까지 단숨에 달려왔다.

연우는 가만히 서류의 제목을 손끝으로 쓸어 내렸다.

엘리베이터에서 내렸지만, 비서실은 텅 비어 있었다. 덜컥 혹시 그가 없을지도 모른다는 생각이 들자 갑자기 불안했다. 그녀는 거대한 빛깔 좋은 나무문을 빠끔히 열고 안을 들여다보았다.

준혁이 보였다.

그는 등을 돌리고 창 밖을 내다보며 서 있었다. 넓은 어깨를 감싼 흰 셔츠가 팽팽하게 당겨졌고, 몸이 순식간에 뻣뻣하게 굳어지는 것을 보니 그녀의 방문을 알아챈 모양이었다.

연우는 문을 닫고 안으로 들어가 그의 등을 바라보았다. 그를 돌려세워 마주보게 만드는 일은 그녀의 몫이었다.

"준혁 씨."

준혁은 대답을 하지도 몸을 돌리지도 않았다. 다만, 약간 고개를 숙이고 있었다.

"서류를 받았어. 당신이 얼마나 큰 결심을 했는지 알아. 그래서 너무 미안하고, 고맙고 그래. 준혁 씨, 잠깐만, 나 좀 봐주면 안 될까?"

그녀가 그의 곁으로 다가가 소매를 잡아당겼다.

그제야 그가 고개를 돌리고 그녀를 마주보았다. 오빠 말이 맞았다. 그는 안 좋아 보였다. 그녀보다 훨씬 더.

그의 입술이 찢어졌고, 오른쪽 눈 밑 광대뼈 부근에 푸르스름하게 멍이 들어 있었다. 그 모습을 본 그녀는 놀란 숨을 들이마셨다. 어디 가서 실컷 주먹싸움이라도 한 듯한 모습이었다.

하지만 얼굴은 엉망이었는데도 여전히 따뜻하고 다정한 모습으로 그녀를 내려다보았다.

무슨 말을 해야 할까?

그녀는 순간 당황했지만, 불쑥 마음속에 담아두었던 말이 튀어나왔다.

"보고 싶었어."

그가 그녀와 눈을 맞추며 손을 내밀어 그녀를 안았다.

그는 기억하고 있는 것보다 훨씬 더 따뜻하다는 걸 알아챘다. 그의 체온이 얼어붙었던 그녀의 몸을 녹였다.

"그래, 그거면 돼."

준혁이 그녀의 어깨에 얼굴을 묻고 한숨을 토해냈다.

"내가, 많이 늦었지? 미안해."

"결국 왔잖아. 널 잊겠다고 했던 건 다 거짓말이었어. 그래, 난 널 기다리고 있었어."

연우가 손끝으로 그의 턱을 쓰다듬었다. 익숙한 살결과 향기에 눈물이 날 지경이었다.

"나도 그랬어. 난 거짓말쟁이에 바보 멍청이야. 뭐가 중요하고, 뭐가 중요하지 않은지 제대로 아는 게 없어. 당신, 마음 고생시켜서 정말 미안해."

"울지 마."

그가 그녀의 뺨을 타고 흘러내리는 눈물을 닦아주었다. 그리고 고개를 숙이고 바짝 말라 있는 그녀의 입술에 온기를 전했다.

"당신이 보낸 거, 안 그래도 돼. 오빠가……."

그녀가 채 말을 맺기 전에 그가 나섰다.

"그래, 당신 오빠는 내가 생각했던 것과는 많이 달랐어. 우린 서로 많이 다르지만 공통점은 하나 있지. 당신을 사랑한다는 것."

그녀가 가장 사랑하는 두 남자 역시 그녀를 사랑하고 있다는 이야기는 감동 그 자체였다.

"회사는 진작 내가 포기했어야 했을 일이었어. 욕심부리고, 당신에게만 포기를 강요했었어. 이젠 다 제쳐두고 우리 둘만 생각하자."

연우는 여전히 자신의 손에 구겨진 채 있는 '혼인 신고서'를 바라보았다.

"진심이야? 이거?"

"그래, 우린 서로 바보같이 굴었었어. 이제라도 제정신이 든 게 다행이지."

그가 장난기 어린 얼굴로 씩 웃다가 돌연 진지하게 말했다.

"결혼하자."

혼인신고서를 받는 것과 그가 직접 결혼하자고 프러포즈하는 것은 달랐다. 연우는 놀란 눈으로 진지하기 이를 데 없는 준혁을 올려다보았다.

그가 또박또박 한마디씩 말했다.

"결혼해 줘, 겁쟁이. 떼쟁이 정소희를 사랑해. 차가운 헛똑똑이, 바보 같은 최연우를 사랑해. 우리 하느님께 맹세하고, 법적으로 신고한 뒤 죽을 때까지 함께 하자. 그렇게 해줘."

두 사람의 시선이 얽혔다. 그의 눈길은 숭고하기까지 했다.

"이번엔 내가 먼저 말하려고 했는데."

이번에도 그가 먼저 선수를 쳤다. 그녀는 손등으로 눈물을 닦으며 목이 메인 소리로 작게 웅얼거렸다.

"평생 경제적으로 힘든 일은 없을 거야. 주말마다 애들과 같이 도시락 싸들고 소풍갈 수 있는 아빠가 될게. 매일 아침, 저녁으로 서점 문을 열어주고 닫아줄게. 다정한 남편, 든든한 가장, 아버지의 역할을 잘할게. 절대로 바람은 안 필게. 평생 딴 여자 생각하는 일 없이 너 하나만 바라보면서 살게."

경건하게 맹세하는 그의 귀한 말, 토씨 하나까지 연우는 가슴 속에 새겨두었다. 세상에서 이보다 감동적인 말을 들은 적이 없었다. 바로 이 순간이야말로 가장 행복한 순간이었다.

"잘할게. 매일 당신을 아침밥 먹여서 출근시킬 거야. 아이도 누가 말릴 때까지 많이 낳고, 부모님 사랑을 못 받은 만큼 당신 부모님한테 잘해서 사랑을 받을 거야. 현명한 엄마가 될 거야. 언제나 당신이 나한테서 쉴 수 있도록 할게. 마음 편하게 해줄게. 누가 뭐래도 당신 옆자리를 포기하지 않을 거야. 매일매일 사랑한다는 말 아끼지 않을게. 사랑해, 사랑해. 준혁 씨, 결혼해 줘."

준혁이 그녀의 말을 음미하며 고개를 숙이고 깃털처럼 가볍게 입술을 스치며 키스했다.

사랑해.

흔해빠진 말이고 진부하다고들 하지만, 여전히 세상에서 가장 아름다운 말이었다. 그러한 말이 차례로 두 사람의 입에서 터져 나왔다.

사랑해…….

사랑해…….

"근데, 얼굴이 왜 이래?"

연우는 키스로 발갛게 달아오른 얼굴로 숨을 몰아쉬며 처음부터 궁금했던 물음을 던졌다.

"아, 이거?"

준혁이 얼굴을 찡그리며 찢어진 입가를 슬쩍 문질렀다.

"형한테 맞았어."

“왜?”

“아, 뭐. 아버지한테 결혼을 허락받으면서 형을 좀 팔았거든. 필사적으로 피해 다녔는데, 결국은 맞닥뜨려서 얻어 터졌지.”

그는 생전 회사에 드나드는 일 없는 형 민혁이 자신의 사무실에까지 쳐들어온 것을 떠올렸다.

형은 아버지에게 맞았는지 퉁퉁 부은 얼굴로 그를 보자마자 죽일 듯이 노려보며 주먹을 날렸다. 힘 좋은 동물들을 진료해 온 탓인지, 아니면 제멋대로 사는 인생이라 풍파가 많았는지 형의 주먹은 그가 예상했던 것보다 훨씬 더 강했다.

“그런다고 맞고만 있었어? 얼굴이 이게 뭐야!”

그녀가 상처투성이인 그의 얼굴을 걱정스럽게 올려다보며 말했다.

“지은 죄가 있으니까 어떡해. 그냥 맞고 있어야지.”

“정말 속상해.”

연우가 불만스럽게 투덜거리며 그의 멍든 광대뼈를 손가락으로 아프게 꽉 누르며 심통을 부렸다.

갑자기 그가 생각났다는 듯이 소리쳤다.

“아! 너 이리 와.”

준혁은 그녀의 손을 이끌고 책상으로 가 구겨진 ‘혼인신고서’를 손으로 폈다.

“어서 주민등록번호랑 이름을 여기에 적어. 너 마음이 바뀌면 안 되니까 오늘 바로 신고해 버리자.”

“뭐? 아직 결혼도 안 했는데 무슨 혼인신고야?”

놀라서 묻는 연우를 무시하고는 계속 말하며 볼펜을 그녀의 손에 쥐어 주며 빨리 적으라고 닦달했다.

"음, 증인은 당신 오빠랑 우리 형 정도로 하면 되겠네. 형이 아직 화가 안 풀렸으면 우리 아버지나……. 아, 이참에 우리 부모님한테 인사드리면 되겠다. 안 그래도 아버지가 너를 데리고 오라고 했거든. 빨리 적어. 내가 대신 적어줄까?"

"잠깐만, 준혁 씨. 너무 갑작스러워서."

준혁은 그녀의 손에서 볼펜을 빼앗아 들고는 옆에서 말리는 그녀를 무시하고 부인 란에 '최연우'란 세 글자를 힘주어 적었다.

높다란 담장이 거의 골목 처음부터 끝까지 이어진 집 앞에 까만 승용차가 멈추어 섰다. 담장만큼이나 대문도 거창했다.

"들어가자."

"잠깐만!"

운전석 문을 열려고 팔을 뻗는 준혁에게 연우가 다급하게 소리쳤다. 그녀가 차의 거울을 내려 멀쩡한 머리를 정리한 뒤 새하얀 블라우스의 깃을 바로 했다.

"나 괜찮아?"

그녀의 눈동자에 불안감이 일렁였다.

그는 장난기가 발동해 커다란 손을 내밀어 그녀의 머리를 마구 흩트려 놓았다.

"괜찮아, 예뻐."

"하지 마! 왜 이래!"

연우가 필사적으로 그의 손을 뿌리치며 뒤로 뺐다. 그녀가 금방 울상을 하고 손가락으로 다시 머리카락을 정리했다.

"이게 뭐야! 준혁 씨 때문이잖아."

연우가 투덜거리며 파우치에서 분첩을 꺼내 콧잔등 위를 두드리다가 찡그린 얼굴로 거울을 뚫어지게 쳐다보았다. 그런 그녀를 쳐다보던 준혁이 더 이상 못 기다리겠는지 한숨을 내쉬며 말했다.

"얼래? 최연우. 왜 이래? 대범, 냉철을 자랑하던 최연우답지 않게 왜 그렇게 긴장하는 거야? 겁나?"

"그럼 겁나지. 나 괜찮아? 괜찮아 보여?"

"괜찮다니까."

그가 건성으로 대답하며 뒷좌석에 놓아둔 종이상자를 꺼냈다.

"이런 건 뭐 하러 사오냐? 어머니가 없어서 못 드시는 것도 아닌데."

"그래도 어떻게 빈손으로 와. 어머니 화과자 좋아하신다는 얘기를 듣고 일부러 인사동까지 가서 사온 건데."

"그래, 어서 좀 내리자. 많이 늦었어."

연우는 싫은 걸 억지로 참으며 차에서 내렸다. 굳게 닫힌 대문을 올려다보며 그녀는 꿀꺽 마른침을 삼켰다.

오늘은 바로 그녀가 그의 부모님을 찾아뵙기로 한 날이었다. 낮만 해도 별로 신경 쓰지 않고 열심히 일하고, 아무렇지 않게 사무실을 나와서 준혁을 만났다.

하지만 점점 그의 집에 가까워지면서 긴장감은 깊어졌고, 결국에는 그가 차를 집 앞에 세우자 바짝 얼어버리고 말았다. 숨이 막히고, 손바닥에는 땀이 고였다. 그녀는 지금 자신이 느끼는 감정이 공포의 수준이라는 것을 알았다.

　그녀가 겁에 질린 얼굴로 집을 올려다보자 준혁이 다가와 그녀의 손을 잡았다.

"내가 하나도 안 무서워지는 방법을 가르쳐 줄까?"

"어떻게?"

"바이어 만나러 왔다고 생각해. 엄청난 계약을 성사시켜야 하고, 그 작전의 일환으로 집에 초대되어 밥까지 먹게 되었다고 생각하면 훨씬 편해지지. 든든한 파트너인 강준혁도 있고. 좋네!"

"결혼이 무슨 사업이야?"

"일종의 사업이자 계약이라고 할 수 있지."

준혁이 싱긋 웃으며 초인종을 눌렀다.

"미운 말만 골라서 해."

그의 등을 한대 때리려는 순간, 인터폰에서 사람 목소리가 들려왔다. 그 목소리에 그녀는 화들짝 놀라 얼른 손을 내려놓았다.

"준혁이니?"

"예."

그가 대답하자 곧바로 대문이 열렸다. 대문 안으로 들어가자 잔디가 깔린 넓은 마당엔 은은한 수은 등이 밝혀져 있었고, 아담하게 자란 정원수들이 운치를 더해 주었다. 돌바닥 위로 그녀의 또각 거리는 구두소리가 울려 퍼졌다.

현관문을 열자 세련된 투피스 차림에 곱게 늙은 중년 부인이 반갑게 그들을 맞았다. 한눈에 그의 어머니라는 걸 알 수 있었다.

"왔니, 들어오렴."

연우는 숨을 들이쉬며 긴장해서 얼어버린 입 꼬리를 기계적으로 치켜올리며 단정하게 인사를 했다.

뭐라고 했었지? 바이어 만나러 온 걸로 생각하라고?

"안녕하세요? 처음 뵙겠습니다."

"반가워요, 어서 들어와요."

그의 어머니가 미소를 지으며 한 걸음 뒤로 물러났다. 준혁이 신발을 벗고 집안으로 들어가며 어머니를 끌어안았다.

"어머니, 오늘 진짜 우아하시네. 신경 좀 쓰신 모양이죠?"

"얘는……."

"이거요, 이 사람이 어머니께 드린다고 일부러 사온 거예요. 일종의 뇌물이죠."

어머니가 선물 상자를 받아들며 소리 내어 웃었다.

"어머, 뭘 이런 걸 다. 사왔으니까 정성으로 받을게요. 뇌물을 안 줘도 난 우리 아들이 좋다고 하면 다 좋은데."

그가 어머니를 껴안고 있던 팔을 풀고 연우의 손을 잡아 안으로 이끌었다. 그새 역정이 났는지 거실 저쪽에서 근엄한 남자의 목소리가 울려 퍼졌다.

"현관에서 뭣들 하고 섰어? 들어오지 않고."

"예, 들어가요. 저 양반도 참. 들어와요, 들어와."

나이에 비해 지나칠 정도로 쾌활해 보이시는 어머니가 들어오라는 손짓을 하며 먼저 안으로 들어갔다.

"긴장 풀어."

"잘 안 돼."

준혁이 연우를 껴안아 안으로 안내하며 귓가에 속삭였다.

그의 아버지 강지룡 회장을 실제로 뵙는 것은 처음이었다. 하지만 잡지나 매스컴에서 몇 번 보아서 그런지 왠지 친근한 느낌이 들었다.

가죽소파 상석에 앉아 있던 강 회장은 그들이 거실로 들어서자 고개를 들었다. 목소리만큼이나 완고해 보이는 그의 두 눈동자가 거침없이 그녀를 위 아래로 훑어내렸다.

"아버지, 제가 말씀드렸던 최연우입니다."

"처음 뵙겠습니다."

"앉아. 늙은이 목 꺾이게 할 일 있냐? 어디 앉아 봐, 자세히 좀 보자."

연우는 그가 권하는 대로 소파에 앉았다. 하지만 말과는 달리 특별히 대답하기 곤란한 질문은커녕 그저 얼굴을 쓱 보더니 아무 말씀이 없으셨다.

그때, 쿵쾅거리는 요란한 발자국 소리와 함께 한 남자가 거실에 불쑥 나타났다.

"아, 이쪽이 그 소문의 주인공인 최연우 씨?"

웃는 모습이 어딘지 소년 같아 보이는 남자는 준혁의 형 민혁이었다. 그들은 누가 보아도 형제라고 할 수 있을 정도로 닮아 있었다.

"예, 안녕하세요."

"와, 어떻게 생겼는지 되게 궁금했었는데, 오늘 집에 오길 잘했네. 생각 잘했어요. 준혁이 놈이 거의 다 죽어갔거든요. 사람 하나 살리는 셈치고 결혼하는 것도 괜찮죠."

"형!"

민혁이 떡하니 소파에 팔을 기대며 거침없이 말하자 준혁이 잔뜩 굳은 얼굴로 소리쳤다. 하지만 민혁은 조금도 신경 쓰지 않은 채 연우에게 개구쟁이 같은 미소까지 씩 지어 보였다.

"근데, 밥 안 먹어요? 왜 이러고 여기 다 모여 있대?"

"그래요, 여보. 얼른 들어가서 저녁부터 듭시다. 민혁이가 배고 프다는데."

그들은 식당으로 자리를 옮겼다. 날마다 이렇게 거한 음식을 챙겨놓고 먹는지 아니면 오늘 특별히 신경을 썼는지, 식탁에는 다리가 부러질 정도로 갖가지 반찬이 차려져 있었다.

막 숟가락을 드는데 준혁이 차가운 물 주전자를 들고 연우에게 로 고개를 돌렸다.

"연우야, 물."

그녀는 그의 팔을 슬그머니 밀어낸 뒤, '안 돼, 그러지 마'라는 뜻의 눈빛을 보냈다. 그녀는 그저 그와 텔레파시가 통하기만을 빌었다. 예전에는 텔레파시도 통하는 사이라고 농담하기도 했지 만, 지금처럼 간절히 원한 적은 없었다. 어른들 앞에서 밥에 물 을 말아먹는 것은 정말 해서는 안 될 일이었다.

준혁이 그런 그녀의 뜻을 알아챘는지 슬그머니 물 주전자를 식 탁 위에 도로 내려놓았다.

연우는 성찬인데도 밥인지 모래알인지 헷갈릴 정도로 밥맛이 없었다. 얼마나 긴장했는지 어서 이 시간이 끝나기만을 기다렸 다. 그때 지나가는 투로 강 회장이 불쑥 이야기를 꺼냈다.

"날짜를 잡자. 내 편한 대로 날짜를 잡아도 괜찮겠냐?"

"예, 그러세요."

"최대한 빨리요, 아버지."

그녀의 대답에 뒤이어 그가 뻔뻔스럽게 덧붙이자 그의 어머니가 혀를 끌끌 차며 눈을 흘겼다.

"저 팔불출 녀석."

이 집에서는 모든 게 쉬웠다. 이상하게도 유쾌하고 따뜻한 가족이었다. 세상에 이런 가족이 존재할까 싶을 정도로 서로의 의견을 존중해 주었다. 아마 준혁에게서 보이던 따뜻함과 당당함이 아마 이러한 환경에서 비롯된 거라는 걸 알 수 있었다.

"이 녀석이 이렇게 몸 달아하는데 시켜야지. 그래, 애기 너도 좋아서 그러는 거냐? 아니면, 민혁이 말마따나 사람 하나 살리는 셈치고 하는 거냐?"

강 회장이 다시 확인하듯 물었다.

"저도 좋아요."

연우는 저도 모르게 불쑥 대답했다. 놀라서 쳐다보는 준혁의 시선이 느껴졌다. 말을 뱉고 보니 창피한 생각이 들었다. 그녀는 발갛게 달아오른 얼굴을 폭 숙이며 말을 이었다.

"저도 이 사람이 좋아서 하는 거예요. 이 사람을 제가 많이 좋아해요, 아버님."

그녀는 말 끝에 아버님이라는 말을 덧붙였다. 그녀의 말에 그의 가족들은 갖가지 반응을 했다.

"그 얘길 왜 아버지한테 하는 거야? 나한테 해야지!"

"와하하하! 진짜 귀엽다!"

준혁이 일부러 투덜거렸고, 민혁은 밥을 먹다 말고 소리내어 크게 웃었다.

"어머, 저 연우 씨, 얼굴이 발개졌어요."

민혁의 말에 그의 아버지는 못마땅하다는 듯 고개를 돌렸고,

그의 어머니 역시 혀를 끌끌 찼다.

떠들썩한 저녁식사가 끝나자 거실로 나와 후식까지 들었다. 모처럼 행복한 시간이었다. 연우는 처음에 이곳에 발을 들여놓을 때와는 180도 달라져 어느새 긴장을 풀고 있었다.

드디어 그의 집을 나와 차에 올라탄 그녀는 안도의 한숨을 내쉬었다. 2시간이 20시간쯤 된 것 같았다.

"그렇게 잘할 거면서 내숭은. 야, 최연우! 너 또 한 건 올리더라. 여우는 어딜 가도 여우라니까!"

그가 만족스러운 듯 크게 웃자 그녀가 눈을 흘기며 투덜거렸다.

"난 하나도 재미없었으니까 웃지 마. 뭐? 바이어 만나러 간다고 생각하라고? 속으로 아무리 그렇게 생각하려고 해도 그거 하나도 안 먹히잖아."

그녀는 시무룩한 얼굴로 안전벨트를 맸다. 그 순간 뱃속이 뒤틀리며 통증이 느껴졌다. 아마 긴장해서 그럴 것이다.

앞으로 그와 결혼을 해도 가족 관계 때문에 힘든 일은 없을 것 같았다. 그의 집은 그녀의 집과는 완전히 정반대의 분위기였다. 그러한 생각을 하자 가슴 한 구석이 따뜻해지며, 갑자기 눈물이 핑 돌았다.

"어? 왜? 그 정도였어? 눈물날 정도로 힘들었던 거야?"

"그게 아니라, 샘이 나서 그래. 부러워."

정말로 부러웠다. 충분히 사랑받고 자랐을 그의 성장기를 떠올리자 그녀는 갑자기 자신이 너무나 초라하게 느껴졌다. 그렇게 사랑받고 자랐으니, 제대로 사랑할 줄도 아는 것이리라.

그는 그녀가 무엇을 부러워하는지 알고 있었다. 그래서 더욱 가슴이 아팠다. 그는 살아가면서 그녀의 결핍감을 채워주리라 마음먹으며 그녀의 머리를 쓸어올렸다.

"울지 마. 곧 다 네 것이 될 건데 뭘. 우리 아버지, 어머니, 형 모두 내가 줄게. 최연우, 욕심쟁이! 내가 다 줄 테니까 너 가져. 난 이제 그걸 가진 널 가질 테니까."

그가 너스레를 떨자 그녀는 금세 토라진 얼굴로 반박했다.

"무슨 소리! 내가 언제 운다고 그래?"

"그래야지. 그러니까 최연우지, 이 여우야."

그가 웃으며 시동을 걸었다.

그녀는 눈가에 고인 눈물을 눈을 깜박이면서 얼른 감추었다.

자동차 좌석에 느긋하게 등을 기대는데 또다시 뱃속이 뒤틀렸다. 이번에는 통증이 가라앉지 않았다.

"준혁 씨."

준혁은 연우가 배를 움켜쥐고 몸을 비틀자 걱정스런 얼굴로 돌아보았다.

"나 체했나봐. 아까부터 배가 아프더니 지금은 좀 심하네."

"어이구, 그러게 어머니가 권하는 대로 꾸역꾸역 다 먹을 때 알아봤다."

그가 핀잔 섞인 잔소리를 늘어놓았다가 곧이어 걱정스럽게 덧붙였다.

"괜찮아? 많이 아파? 병원으로 가고 있으니까 조금만 참아. 괜찮아?"

병원에 가서 진찰을 받은 결과 별거 아니라는 진단이 나왔다. 급체였다. 천하의 최연우도 시댁 어른 될 분들을 처음 뵙는 자리는 결코 편안하지만은 않았던 것이다.

진우는 책상 위에 놓인 단정한 글씨체로 반듯하게 〈사직서〉
라고 적힌 봉투를 바라보며 소리쳤다.
"이거 뭐야?"
"보는 대로."
그의 턱이 순간 굳어졌다. 그는 당장이라도 갈기갈기 찢어버리
기라도 할 듯이 힘주어 봉투를 움켜쥐었다.
하지만 연우는 태평하기만 했다. 마치 그가 이렇게 나올 거라
는 걸 예측했다는 듯 책상 앞에 서서 느긋하게 서 있었다. 그와
그녀의 모습은 사무 대조적이었다.
"갑자기 무슨 마음이 들어서 사직서를 내는 거야?"
"나 결혼하면 일은 안 할 거야. 살림만 할 거야."
하! 기가 막혔다. 미국에서 어렵게 공부를 하고 돌아온 동생이
오로지 한 남자를 위해 모든 걸 포기하겠단다. 말도 안 되는 소
리였다. 진우는 기가 막혀 말이 나오지 않았다.
이제 결혼을 한 달여 앞둔 이 시점에서 수순을 밟고 있었다.
그만둘 수순을, 그로부터 멀어지는 수순을. 진우는 도저히 용납
할 수가 없었다. 마음에도 들지 않는 녀석에게 보내는 것만 해도
인내심 테스트였는데, 일까지 그만둔다고! 어림없는 소리였다.
"결혼해도 일할 수가 있잖아."
그는 태연자약한 그녀의 얼굴을 보자 더욱 심사가 뒤틀렸다.
요즘 세상에 결혼한다고 일을 관두겠다니, 이 무슨 시대착오적
인 발언이란 말인가?

"나 결혼하면 바로 아이를 가질 거야. 당장 임신해도 내년이나 되어야 낳을 텐데, 늦은 출산은 산모나 아이에게 모두 위험해."

"네 나이가 뭐가 많아? 그리고 아이 낳고도 일할 수 있잖아. 키워줄 사람이 없어, 봐줄 사람이 없어? 뭐가 없어서 사표야?"

이제 작전을 바꿔 살살 달래는 쪽으로 방향을 틀었다. 그런데도 그녀는 자신의 뜻을 꺾지 않았다.

"오빠가 뭐라고 얘기해도 난 벌써 마음을 굳혔어. 내일부터 출근하지 않을 거니까 그렇게 알아둬."

진우는 입을 딱 벌렸다. 이건 아예 통보였다. 설득이고 나발이고 없었다. 그는 이제 자신의 방법대로 나가는 수밖에 없었다.

"후임자를 구할 때까지는 있어야지!"

"후임자야 금방 구하는 거고, 나 없어도 아무 문제 없잖아."

진우는 기가 막혔다. 사직서를 움켜쥔 그는 분노로 바르르 떨며 입술을 깨물었다. 하지만 그는 현실을 받아들여야 할 것이다. 그녀는 무슨 말을 해도 안 들을 터이므로.

그가 천천히 체념하고 있을 때 그녀가 반짝이는 바닥에 하이힐 소리를 내며 그에게 다가와 어깨를 감싸안았다.

"오빠, 자신감을 가져. 나 없어도 오빠는 충분히 할 수 있어. 오빠는 그냥 오빠일 뿐이야. 큰오빠 대신 하고 있는 거 아니야."

형 대신…….

태어날 때부터 이 회사는 형 것이었다. 어느 누구도 의심하지 않았다. 어려서부터 총명했던 형은 후계자로서 손색이 없었다. 하지만 이제 형은 없었다.

이 자리에 앉는 순간부터 진우는 자신이 형보다 결코 못하지 않는다는 걸 증명하기 위해 발버둥쳤다. 이겨 보이겠다고, 형에게 이겨 보이겠다고. 형을 이기겠다고, 형 없이 혼자 힘으로도 얼마든지 이 회사를 경영할 수 있다는 생각으로 이를 악물었었다.

그는 한숨을 내쉬며 여동생의 가슴에 얼굴을 기댔다.

"그래도 난 네가 내 옆에 있어줬으면 좋겠다."

"윤우가 있잖아. 처음부터 이 자린 내 자리가 아니었어. 혼자서 철저히 소외당한 우리 동생 윤우를 생각해 봐. 이젠, 윤우한테 신경 좀 써줘야 해. 알았지, 오빠."

최윤우.

그러고 보니 윤우와는 살갑게 이야기 한 번 한 적이 없었다. 뜻하지 않게 그들은 남동생을 따돌린 채 살아왔다. 그러한 생각을 하자 갑자기 죄책감이 밀려들었다. 얼마나 외로웠을까. 철저히 그들로부터 소외되었던 동생.

진우는 윤우의 얼굴이 떠오르자 죄책감에 잠시 목이 메었다.

"내가 이렇다, 연우야. 내가 아직 이렇게 어리고, 어리석어. 생각하는 것도, 하는 짓도. 그래서 네가 더 있어야 돼."

그가 고집을 피우자 연우는 그를 다독였다. 남자란 그런가 보다. 나이가 먹어도 영원히 철들지 않는 존재 말이다.

"오빠는 누구보다 잘하고 있으니까 너무 몰아붙이지 마. 조금 여유를 가져보는 것도 괜찮을 거야."

"그래, 알았어. 잠시만 이렇게 있자. 잠시만 오빠 좀 안아 줘."

그의 부탁에 그녀는 말없이 안아 주었다.

진우는 이상한 기분이 들었다. 앞으로 행복하기만 할 아이인데, 여전히 내 동생일 텐데, 변한 건 없을 텐데.

그래도 연우야, 난 널 그리워할 것 같구나.

아! 신경 쓰지 마. 이건 그냥 질투일 뿐이야. 이렇게 행복한 널 보니까, 괜히 준혁이 녀석한테 심통이 난 거야.

연우야, 내 동생. 아주 많이 보고 싶을 거야.

그는 눈을 감고 그녀의 심장박동 소리를 들었다.

연우는 서둘러 자리에서 일어나는 비서에게 얼른 앉으라는 손짓을 해 보이며 장난스런 미소를 지었다. 그녀는 살금살금 소리 없이 육중한 문을 열고 안으로 들어갔다.

역시나 준혁은 그녀의 존재를 알아차리지 못하고 컴퓨터 모니터에서 시선을 뗄 줄 몰랐다. 그는 한 손에는 서류를 들고 있었고, 다른 한 손으로는 연신 마우스를 굴리고 있었다.

"준혁 씨!"

갑작스러운 그녀의 외침에 그가 눈에 띄게 허둥대며 들고 있던 서류를 놓쳤다.

"야! 왔으면 기척을 해야지. 깜짝 놀랐잖아."

준혁이 얼굴을 찡그리며 나무랐다. 하지만 그녀는 그의 불평은 한 귀로 흘려들으면서 냉큼 그의 무릎에 앉았다. 그는 망설임 없이 단단하게 그녀의 허리를 감싸안았다.

"바빠?"

"조금. 최연우 데리고 온다고 손해가 이만저만이어야지. 차라리 지금이라도 생각 바꾸는 게……. 아얏!"

그는 그녀가 볼을 꼬집자 얼른 말을 멈추었다.

"나가자, 데이트하자고!"

"안 돼. 2시부터 간부회의가 있어."

그는 재고의 여지도 남기지 않은 채 그 말이 튀어나오기 무섭게 거절했다.

연우는 거절당했다는 생각에 괜히 더 오기를 부렸다.

"놀아 줘. 나 오늘부터 백수란 말이야. 엄청 한가하다고."

그녀의 말에 그가 놀란 표정으로 내려다보았다.

"결국은 사직서를 쓰고 나온 거야? 근데, 웬일이야? 최진우가 그렇게 쉽게 널 보내주다니."

"미래의 형님한테 최진우가 뭐야? 그럼 나도 미래의 아주버님에게 '강민혁 씨'라고 부른다! 아버님, 어머님한테도 '강 회장님', '사모님'이라고 부르고!"

준혁이 다급하게 고개를 저어 보였다.

연우가 수줍게 얼굴을 붉히고 약간 더듬으며 '아버님'이라고 불렀을 때 아버지는 한마디로 녹았다. 평생 말 안 듣는 두 아들만 보시며 사신 분이 그 뒤로 '새 아기, 우리 새 아기'라며 다정하게 미래의 며느리의 손등을 토닥이셨다.

이제 와서 그녀가 '강 회장님'이라고 부른다면 아마 그는 한 대 맞는 것으로 끝나지 않을 것이었다.

"미안! 형님. 형님! 됐지?"

그때 그는 자신의 아내 될 여자의 얼굴에 사악한 미소가 스쳐 가는 것을 보았다.

"잘못했지? 용서해 줄 테니까 나가자."

그는 그녀가 떼를 쓰자 어쩔 수 없다는 듯이 과장되게 한숨을 내쉬며 자리에서 일어나 양복 재킷을 걸쳤다.

"세상에, 어떤 사람이 최연우가 이렇게 떼쟁이라고 생각하겠어? 내가 완전히 사기당한 거야. 난 결혼을 하는 게 아니라 입양을 하는 거라고!"

"그래서 싫어?"

준혁은 연우가 삐치기 전에 얼른 입을 맞추었다.

"아니, 너무 좋아."

그는 미소를 짓는 그녀의 입술을 천천히 맛보았다.

평생 이 여자에게 휘둘리며 살 테지.

하지만, 세상 누구보다도 행복할 것이다.

 **행복 열차**

6월 둘째 주 일요일, 오후 1시를 10여 분 앞둔 시각.

민혁

몸에 딱 맞게 재단된 검은색 양복을 말끔하게 차려입은 정 실장이 초조하게 연신 손목시계를 들여다보며 호텔 입구에서 들어오는 차들을 살폈다.

이거 큰일났군.

정 실장의 선 굵은 얼굴에는 근심이 가득했다.

뭐 한다고 아직도 안 오는 거야, 비행기 도착한 지가 언젠데?

정확하게 11시 30분에 인천공항으로 떨어진 비행기에서 내려 걸어와도 벌써 왔을 시간인데도, 그가 기다리는 사람은 코빼기도 보이지 않고 있었다. 그가 호텔로 들어오는 차들을 노려보고 있을 때 휴대폰이 울렸다. 강 회장이었다.

"네, 회장님!"

"뭐야? 그 녀석 아직도 안 온 거야? 대체 어떻게 된 거야?"

정 실장은 입 밖으로 새어나오는 억눌린 신음을 간신히 다시 집어 삼켰다.

"곧 도착하실 겁니다. 너무 걱정 마십시오. 오시는 대로 모시고 들어가겠습니다."

마침 휴대폰을 끊고 돌아설 때 그의 앞에 까맣게 반짝이는 모범택시가 멈춰 섰다. 동시에 뒷좌석 문이 벌컥 열리고 꼬질꼬질한 행색의 남자가 급하게 내렸다.

"도련님, 어떻게 된 겁니까?"

정 실장이 남자를 한눈에 알아보고는 다가서서 화난 심정을 미처 다 감추지 못한 채 딱딱하게 물었다.

"버스를 잘못 탔어요. 그것보다 정 실장님, 빨리 택시비 좀 계산해 줘요."

태연한 민혁의 대답에 정 실장이 속으로만 욕설을 중얼거리며 지갑을 꺼내 택시비를 계산했다. 아무리 집안과 상관없이 산다고 하지만 그래도 재벌집 장남이었다. 귀하게만 자란 사람이 무슨 바람이 들어 공항에서 버스를 타고 오겠다고 생각을 했을까?

꼬질꼬질한 차림새에 아무렇게나 뻗친 머리카락과 까맣게 그을린 얼굴은 누가 봐도 금방 아프리카에서 온 모양 그대로였다. 아프리카, 아프리카 노래를 부르더니 결국은 소원대로 아프리카로 날아간 지 벌써 두 달째였다. 오늘은 동생의 결혼식에 참석하기 위해 돌아온 것이었다.

그래, 이 꼴로 퍼스트 석에 앉아서 왔단 말이지?

정 실장이 민혁을 끌다시피 해서 호텔 안으로 데리고 들어갔다. 그리고 미리 준비해 두었던 양복의 포장비닐을 벗겨내 민혁의 품에 안겨 주었다.

"지금 샤워하실 시간이 없습니다. 우선 옷만이라도 갈아입고 가시죠."

씻지 못한다는 소리에 민혁이 불만스러운 표정을 지었지만, 아무 말도 하지 않고 양복을 입었다. 그런 민혁을 정 실장은 호텔 연회실에서 손님을 맞고 있는 강 회장에게로 데리고 갔다. 손목시계를 힐끔 쳐다보니 거의 1시가 다 되어 있었다.

"이놈아, 뭐 한다고 이제야 와?"

강 회장이 거칠게 아들을 끌어당겨서 옆에 세우고는 으르렁거렸다.

"오긴 왔잖아요. 그럼 됐지. 그나저나 무슨 결혼식을 이렇게 크게 해요? 아이고, 대한민국 사람이란 사람은 다 온 모양이네."

민혁은 이제까지 늘 그래왔듯이 윽박지르는 아버지를 겁내지 않고 하고 싶은 말을 했다.

"간소하게 한다고 한 게 이거다. 그래, 넌 속도 없냐? 동생이 먼저 결혼하는데도 배 아프지 않는 거냐?"

"배 안 아픕니다. 안 아파요. 그러니 그 얘기 좀 그만하세요. 결혼을 뭐 혼자 합니까? 같이 살고 싶은 여자도 못 만났는데 무슨 결혼이에요. 결혼하란 얘기, 이제 지겨워 죽겠어요."

"얼씨구! 내가 세한물산 둘째딸이랑 선 보라고 그렇게 얘기해도 아프리카로 휑하고 내빼더니 뭐? 결혼을 혼자 하냐고? 차려준 밥상도 못 먹는 못난 놈. 그 애가 얼마나 예쁘고 참했는데, 아깝다, 아까워!"

부자지간의 다툼이 끊이지 않고 이어졌다. 그때 곱게 한복을 차려입고 머리를 쪽진 어머니가 두 사람에게로 다가왔다. 잠깐 신부대기실로 가서 예비 며느리의 드레스 입은 모습을 보고 돌아오니 새까맣게 그을린 얼굴의 큰아들이 있었다.

"민혁아!"

"어머니!"

어느새 어머니의 주름진 눈가에 눈물이 고였다.

"왜 이렇게 살이 빠졌다니? 타지에서 고생을 얼마나 했으면……. 애! 이제라도 맘 바꾸고 들어와. 응? 내가 네 얼굴 보니깐 속상해서 원……."

정 실장은 옆에서 지켜보다가 자신이 나서야 할 때라는 것을 알아챘다.

아버지와 아들은 끊임없이 투덜거리며 다투고 있었고, 어머니는 금방이라도 눈물을 쏟아내려 하고 있었다. 작은아들 결혼식에 말이다.

"그만 들어가세요. 식을 시작하겠습니다."

정 실장은 서둘러 그들을 식장 안으로 안내했다.

윤우와 성경

윤우와 성경은 신부측 가족석에 앉아 식이 시작되길 기다리고 있었다.

"와! 호텔이 좋긴 좋다. 이 호텔 연회장에서 결혼할 수 있는 사람은 별로 없지?"

성경이 신기하다는 듯이 환한 샹들리에 조명과 끊임없이 들어오는 거만한 표정의 하객들을 힐끔거리며 옆에 앉아 있는 윤우의 무릎을 찌르며 중얼거렸다.

"왜? 부럽냐?"

그의 물음에 그녀가 웃음을 터트렸다.

"부럽기는, 난 여기 조금 무섭다. 너무 넓잖아. 뭘 건드리기도 겁나고. 그리고 사람은 또 왜 이렇게 많아?"

그녀가 살짝 얼굴을 찌푸리며 조금 그에게 다가가 붙어 앉았다. 노란 원피스 치맛자락이 그의 다리에 감겼다. 앞머리를 옆으로 늘어뜨리고 틀어 올린 머리카락이 몇 가닥 빠져나와 조그만 귀 근처에서 흔들렸다. 그가 손을 뻗어 머리카락을 넘겨주었다.

"윤우야!"

"응?"

"저기 너희 어머니 맞지?"

윤우가 손을 내리고 성경의 시선이 머무는 곳으로 고개를 돌렸다. 정말 어머니였다. 한눈에 보기에도 값비싼 비취색 한복을 차려입고 느지막하게 식이 시작되려고 할 때쯤 들어와 가족석 가장 앞줄에 앉았다.

"와, 의외다. 난 너희 어머니 안 오실 줄 알았거든. 사실 연우 결혼에 어디 관심이나 있으셨니!"

성경이 목소리를 낮추고 그의 귓가에 속삭였다.

"안 오실 수가 없었겠지."

그는 앞줄에 앉은 어머니의 굳은 옆모습에서 시선을 돌렸다.

사실 이 결혼이 발표된 후 언론은 지대한 관심을 보였다. 아무래도 거물급 두 집안의 아들과 딸이 결혼을 하는 것이다 보니 정략적이다, 합병이다 하며 말들이 많았다.

실제로야 어떻든 오늘 이 결혼식을 지켜보는 사람은 많았다. 어머니는 사람들의 시선을 무시하지 못하고 싫은 자리에 억지로라도 참석해야 했다. 혼자 앉아 계신 어머니를 보니 새삼 아버지의 부재를 강하게 인식할 수가 있었다.

"어? 시작한다."

성경의 말에 그의 시선이 막 식장을 입장해 오는 신랑의 모습으로 향했다.

연우의 남편이 되는 준혁은 까만색 턱시도 차림이었다. 화려한 조명 아래 행복한 얼굴이 더욱 환하게 빛나고 있었다.

그 역시 다른 사람들과 마찬가지로 이 결혼에 무슨 다른 뜻이 있나 싶은 의구심이 들었었다. 하지만 다같이 함께 한 저녁식사에서 준혁의 진실한 눈과 수줍게 미소짓는 연우의 모습을 보고 그는 고개를 끄덕일 수밖에 없었다. 누가 봐도 두 사람은 진심으로 서로를 사랑하는 연인이었다.

곧 형 진우의 손을 잡고 들어오는 하얀 웨딩드레스 차림의 연우가 보였다.

곱게 틀어 올린 까만 머리칼을 살짝 감춘 면사포 아래 고요한 그녀의 얼굴이 보였다. 새하얀 웨딩드레스가 붉은 카펫을 쓸고 지나갔고, 장갑이 감싸고 있는 작은 손이 형의 굳건한 손을 마주

잡고 있었다.

인정하지 않았지만 그보다 5개월 빠른 누나. 그의 방황에 가장 큰 이유를 차지했던 누나.

언제나 그보다 앞섰고, 언제나 그보다 더 많은 관심과 애정을 받아왔던, 그래서 미워했던, 단 한 번도 먼저 마음 열어 보인 적 없었던 겨우 5개월 빠른 누나였다.

아프고 아팠을 내 누나, 그 자신만큼이나 힘들고 아팠을…….

윤우는 목울대가 뜨겁게 욱신거리자 오랜만에 입은 양복을 탓하며 넥타이를 당겨 조금 느슨하게 했다.

"윤우야, 연우 너무 예쁘다. 그지?"

옆에 앉은 성경이 그의 귓가에 목소리를 낮추고 속삭였다.

그는 고개를 돌리고 부럽다는 듯이 눈을 반짝이며 결혼서약을 하고 있는 부부를 바라보고 있는 성경의 모습에 미소를 지었다.

이성경.

10년 동안 단 한번도 떠나지 않고 늘 옆자리에 있어 주었던 그의 여자였다. 그의 방황을 끝내게 만들었고, 그조차도 몰랐던 꿈을 잡을 수 있게 해주었으며, 받아본 적 없었던 가장 큰 사랑을 준 여자였다.

"왜?"

성경은 결혼식에는 관심 없다는 듯이 자신의 얼굴만 들여다보고 있는 윤우의 시선에 당황스럽다는 듯이 물었다.

"잘 봐둬. 공부다라고 생각하고 어떻게 하는 건지 잘 봐두란 말이야. 그래야 우리 결혼할 때 실수 안 하고 잘하지."

성경의 눈이 동그래졌다. 그리고는 곧 웃음을 담느라 반달 모양으로 가늘어졌다.

"웃겨. 내가 언제 너랑 결혼한댔니?"

"뭐? 계집애, 퉁기기는……. 좋으면 좋다고 그냥 인정해라. 입
은 헤벌쭉 웃으면서 침도 안 바르고 거짓말하지 말고."

그의 말에 그녀가 얼른 손을 들어 미소짓고 있던 입을 가렸다.
하지만 곧 그가 그녀의 손을 잡고 끌어내려 여전히 웃음 가득한
그녀의 얼굴을 들여다보며 함께 미소를 지었다.

두 사람이 손을 마주 잡았다. 10년 동안을 하루같이 함께 했던
연인은 혼인서약을 하고 있는 연인과는 또 다른 사랑을 맹세하고
있었다.

준혁과 연우

"예, 맹세합니다."

수많은 하객들이 지켜보고 있는 가운데 연우가 긴장을 감추고
대답했다.

그녀는 어서 식이 끝나기를 기다리고 있었다. 긴장감으로 쓰러
질 것만 같았다. 쏟아지는 조명은 뜨겁기 그지없었고, 하루 종일
아무 것도 먹지 못해 허기져서 어지러웠다.

사진 촬영, 부케 던지기, 폐백, 뒤풀이까지 끝없이 이어지는
스케줄을 생각하니 당장 다 때려치우고 밖으로 나가 아찔한 하이
힐을 벗어 던지고 싶었다. 정신이 하나도 없었다.

어느새 벌써 준혁이 그녀의 손에 반지를 끼워주고 있었다.

"당장 도망이라도 가고 싶은 표정이네."

준혁이 그녀에게만 들리도록 작은 목소리로 웅얼거렸다.

"응, 미칠 것 같아. 뭐가 이렇게 길어?"

"도망가기만 해봐라. 끝까지 쫓아가서 그땐 정말 너 죽고 나 죽는 거다."

그가 협박의 말을 서슴없이 내뱉으며 그녀의 손을 힘주어 꽉 잡았다. 터져 나오는 한숨을 삼키는 연우의 얼굴에 장난기가 스쳤다.

"정말 도망이라도 가야 할까 봐……."

그녀의 속삭임에 그가 엄한 표정으로 슬쩍 노려보았다.

"강준혁 씨, 나랑 도망갈래요?"

준혁이 연우의 말에 피식 미소를 지었다.

"조금만 더 참아봐. 아직 우릴 부부로 선포하지 않았잖아. 그건 들어야지."

연우는 미소를 지으며 아프게 쑤셔대는 하이힐의 통증 때문에 체중을 그에게 기댔다. 준혁은 든든하게 흔들림 없이 편하게 자신에게 기댄 그녀의 팔을 잡았다.

축복받은 결혼식이었다.

마지못해 왔겠지만 어쨌든 와준 아버지의 아내와 사랑하는 작은오빠가 있었고, 윤우의 오랜 연인 성경, 아프리카에서 한국까지 날아와 준 그의 형 민혁과 처음 본 순간부터 그녀를 며느리로 받아들인 사람 좋으신 시어머니와 투박하시지만 따뜻하신 시아버지가 있어 행복한 순간이었다.

엄마, 보고 있어?

나 예쁘지 않아? 이 드레스를 처음 입었을 때 준혁 씨가 얼마나 좋아했었는데. 엄마, 엄마 사위 참 좋은 사람이지? 나한테 정말 잘하지?

참 행복한데, 그래도 엄마가 있었으면 하는 생각이 들어.

오늘은 정말 엄마가 보고 싶어지는 날이야.

난 불행한 인생이라고 생각했는데 아니야. 나도 모르는데 날 이렇게 사랑하는 사람이 많아.

잘 살게.

지켜봐 줘.

"이 두 사람을 부부로 선포합니다."

주례사가 애정이 듬뿍 담긴 길고 지루한 주례사를 끝내고 마침내 선언했다.

연우는 이제 막 영원한 사랑을 맹세한 남편에게 고개를 기울이며 작게 속삭였다.

"사랑해."

"나도!"

진우

다 보았지?

오늘 연우 결혼식이었어.

진우가 작은 정사각형의 유골함 앞에 서서 속으로 형에게 말을 걸었다. 그가 안주머니에서 빳빳한 청첩장 하나와 오늘 결혼식에서 가슴에 꽂았던 꽃을 꺼내 유골함 위에 조심스럽게 놓았다.

비행기 타는 것을 보고 곧장 여기로 온 거야.

연우는 잘 살 거야. 행복하겠지.

이상하지?

난 기분이 좋으면서도 조금 섭섭해. 꼭 다 키워놓은 딸 시집 보낸 기분이야. 아마 이 기분 때문에 그 애 결혼을 그렇게 반대 했을지도 몰라.

연우의 손을 잡고 입장해 준혁을 마주했을 때의 자신의 감정을 떠올리니 헛웃음이 나왔다. 그는 싫은 마음을 억지로 누르고 신 부의 손을 신랑에게 넘겨주어야 했다.

웃지 마, 나도 내 기분을 잘 모르겠으니까.

그래, 형은 좋기만 하지?

나도 내 할 일 다 했어. 형이 부탁했었던…….

진우는 격해지는 감정을 간신히 참으며 두 눈을 감았다.

계절에 어울리지 않는 비가 억수같이 쏟아지던 새벽. 그의 형 현우는 정말 오랜만에 멀쩡한 모습으로 진우의 방을 찾아 들어 왔었다.

'연우 부탁한다. 이상하게 난 그 애가 가장 걱정이 돼. 진우야, 연우 부탁해.'

그는 그 말의 의미를 눈치챌 수 있었다. 형이 무슨 생각을 하 는지, 무얼 어떻게 하려는 마음인지 다 알면서도 붙잡지 않았다. 형에게 죽음은 안식이라는 것을 알고 있었기 때문이다. 정인누나 없는 삶은 형에게 지옥이라는 것을 알고 있었기에 보내주어야 한 다고 생각했었다.

모두가 사고로 알고 있는 형의 죽음. 하지만 진실은 자살이었 다. 그는 말짱한 정신으로 집을 나갔었다.

　진실을 알고 있는 사람은 오직 진우 그 혼자뿐이었다. 무덤까지 혼자서 지고 가야 할 비밀이기도 했다.
　배신자, 지독한 이기주의자.
　진우는 목을 조인 넥타이를 잡아당겼다.
　그래, 거기서 실실 웃으면서 언제까지나 행복하게 잘 살아봐라.
　그는 어울리지도 않는 비웃음을 지으며 몸을 돌렸다.
　"또 만났네요."
　웃음기 섞인 여자의 목소리였다. 낯설지 않은 낭랑한 맑은 목소리가 예전에도 그랬던 것처럼 갑자기 말을 걸었다.
　"저 기억나죠?"
　몇 개월 전 이곳에서 만났던 그 소녀였다. 자그마한 몸에 인형같은 얼굴을 한 여자애. 잔뜩 얼어 있던 그에게 다가와 손수건으로 눈물을 닦아주던, 여자라고 부르기도 민망한 그 소녀였다.
　창피한 마음이 들었다. 어째서 이 아이는 이렇게 그가 엉망일 때만 나타난단 말인가. 가장 혼자 있고 싶을 때 불쑥 나타나다니, 재주도 좋다.
　아무 대꾸 없이 그냥 스쳐지나가려는 진우의 발걸음은 소녀의 말 한마디에 멈추었다.
　"오늘은 안 울어요?"
　얼굴이 달아오르는 것을 느낄 수가 있었다.
　"꼬맹이, 그런 건 그냥 모른 척하는 게 예의란다."
　"이 아저씨가! 다 큰 처녀한테 무슨 꼬맹이예요?"
　무뚝뚝한 그의 말에 소녀가 고개를 획 돌리고 그를 노려보며 따졌다.

"어? 근데 아저씨 말할 줄 아네요. 전에 만났을 때는 말 한마디도 안 해서 전 아저씨가 벙어리인 줄 알았어요. 목소리 죽인다. 그렇게 목소리가 좋으면서 왜 말을 안 했던 거예요? 이제야 들려주다니, 억울해!"

눈을 동그랗게 뜨고 그를 올려다보는 소녀는 정말 인형 같았다. 커다란 눈동자를 감싼 긴 속눈썹, 까맣게 빛나는 눈동자와 장밋빛 입술, 탐스러운 볼의 홍조까지…….

진우는 황급히 고개를 돌렸다.

"그만 하자."

얼른 이곳을 벗어나야겠다는 생각에 그는 부랴부랴 몸을 돌려 납골당을 나왔다. 납골당을 나오는 그의 뒷모습을 바라보며 소녀가 혼잣말로 속삭였다.

"우연히 세 번 만나면 운명이래요. 다음엔 어디서 어떻게 만날까요, 우리?"

또 다른 사랑이 시작되고 있었다.

DM그룹 강 회장의 아내 김명순 여사와 며느리가 탄 검은색 승용차가 본사 사옥의 로비로 미끄러지듯이 들어와 멈추어 섰다.

"조심해서 움직여라. 지금이 한창 조심해야 할 때야."

"예, 그럼 조심하셔서 들어가세요."

며느리가 화사한 미소를 지어 보이자 김 여사의 얼굴에도 미소가 머물렀다.

"그래, 네 남편이 오늘 놀라겠구나. 내 그 어른께도 말 안 할 테니, 네가 직접 하렴. 이참에 그 수전노 영감에게 보석반지라도 하나 얻어 끼고. 네 남편이 오죽 알아서 잘하겠냐마는……."

"예."

며느리가 웃음을 터트렸다.

김 여사는 며느리의 뒷모습이 건물 안으로 완전히 사라지고 나서야 차를 출발시켰다.

김 여사의 얼굴에 흐뭇한 미소가 떠올랐다. 가능하면 세간에 오르내릴 일없는 평범한 집안의 며느리를 맞고 싶었다. 하지만 아들의 강권에 못이겨 결국 결혼을 허락했다. 아들이 그렇게 죽고 못 산다고 하니 얼굴이나 한번 보자 하는 심정으로 인사를 오라고 했다. 하지만 해사한 얼굴에 반듯한 태도, 실력까지 갖춘 요즘 보기 드문 아이였다.

먼 타국에서 자유분방한 큰아들과 살고 있는 큰 며느리도 예뻤지만, 지척에 둔 작은 며느리큼은 아니었다. 외롭게 자라서 그런지 마음 씀씀이도 너그러웠다. 그래서 그런지 오히려 더 마음이 쓰였다.

작은아들 내외는 분가해서 살고 있었다. 며느리는 결혼하기 전에 들어와서 살겠다고 했지만, 남편 강 회장이 거절했다.

얼마 지나지 않으면 지방의 전원주택에서 살 예정이므로 들어올 생각은 꿈도 꾸지 말라고 아예 못을 박았다.

흥! 그 영감, 나한테는 물어볼 생각도 않고…….

아직도 그때 일을 떠올리면 화가 났다.

오늘 아침, 며늘애가 불쑥 찾아와 부탁했다.

'확실하지 않지만, 어머님께서 같이 가주세요. 괜찮으시다면 그렇게 해주세요. 어머님이 가장 먼저 아셨으면 좋겠거든요.'

며느리의 말에 그녀는 두 번 생각할 것도 없이 외출복으로 갈아입었다.

첫 임신은 제 신랑과 함께 확인하는 게 보통인데도 며느리는 시어머니를 택했다. 그들은 중년을 넘긴 여의사가 전해 주는 소식을 들었다. 김 여사의 얼굴에는 웃음이 떠나지 않았다.

"긴급 데이트 신청!"

준혁은 자신의 무릎에 앉은 연우의 입술과 뺨에 키스를 하며 불만에 찬 신음소리를 냈다.

"안 돼, 오늘은 바쁘단 말이야."

그녀는 여전히 꼼짝도 하지 않은 채 어깨가 들썩일 정도로 웃었다. 그는 평소와 다른 그녀의 행동에 의아한 듯 바라보았다.

"무슨 좋은 일 있어?"

"물론이지. 자, 놀라지 마."

연우는 혼자 즐거워하며 약 올리는 듯한 표정을 지었다.

"뭔데?"

"데이트해 주면 이야기해 주지!"

그는 궁금한 마음에 얼른 이야기하라며 종용했다. 하지만 그녀는 여전히 조개 입처럼 꾹 입을 다물고 있었다. 그는 어쩔 수 없이 줄줄이 잡힌 회의와 약속을 미룬 뒤 아내를 따라나섰다.

도대체 무슨 일이야?

준혁이 궁금해하는 걸 아랑곳하지 않은 채 연우는 후식으로 나온 아이스크림을 맛있게 먹고 있었다.

오늘 하루종일 그는 투철한 헌신정신으로 아내를 보필했다. 대학로에서 연극을 봐야 했고, 보드게임 카페에서 일부러 져줘야 했고, 백화점의 엄청난 인파 속에서 그녀의 손에 이끌려 다녀야 했다. 그리고 오늘의 마지막 코스로 별 다섯 개짜리 호텔의 고급 프랑스식 레스토랑에서 좋아하지도 않는 양식을 먹고 있었다.

그런데도 그녀는 여전히 헤죽헤죽 웃으며 궁금증을 더욱 증폭시키고 있었다.

"정말 이야기 안 할 거야?"

"선물 줄게."

연우는 뜬금없이 엉뚱한 말로 받으며 대꾸했다. 순간 그는 심장이 내려앉는 것 같았다.

오늘이 무슨 날이지?

잠깐! 무슨 날인가? 연우 생일은 다음달인데? 뭐지?

그는 신경이 쓰여 굳은 손으로 멍하니 커피 잔을 든 채 열심히 머리를 굴렸다. 그동안 연우는 자리에서 일어나 그의 옆자리로 옮겨 앉으며 바짝 달라붙었다.

대체 무슨 날인 거야?

만난 지 500일쯤 됐나? 모르겠어! 대체 뭐지?

"자, 눈 감고 손 좀 이리 주세요."

준혁은 필사적으로 머리를 굴리며 연우가 시키는 대로 눈을 감고 손을 내밀었다. 그러면서도 머릿속은 여전히 필름 돌아가듯 계속 뭔가를 떠올려 보았다.

"이제 눈 떠."

그는 영문을 모르겠다는 얼굴이었다. 그녀는 그의 손을 잡아 배에다 갖다 댄 뒤 기대에 찬 표정으로 그를 올려다보았다. 납작한 그녀의 배 위에 머문 그의 손이 유난히 크게 보였다.

"뭐야? 무슨 선물이 뱃속에 있……. 야! 설마! 너!"

그녀가 고개를 끄덕였다.

아기, 임신이라는 두 단어가 그의 눈앞에 아른거렸다. 그는 뜨겁게 솟구치는 감정에 그녀를 와락 끌어안았다. 사람들이 무슨 일인가 싶어 일제히 그들을 바라보았다.

결혼한 부부에게는 너무나 당연한 일이겠지만, 그에게는 아니었다. 최연우 하나면 되었다. 그녀가 있다면, 어떠한 것도 욕심내지 않고 살겠다고 굳게 다짐했었다.

이런 기적 같은 일이…….

이처럼 감동적인 선물은 난생 처음이었다.

"축하해."

연우가 그의 품에 안긴 채 말했다.

"응, 고마워. 너무 근사한 선물이야."

"좋아?"

"물론이지. 정말 행복해. 연우야, 사랑해."

"나도, 준혁 씨." 🍎

작가 후기

책을 펴내면서 제목이 맞춤법에 맞지 않아 출판을 준비하는 내내 고민을 했습니다. 하지만 처음 인터넷에 연재했던 대로 『바램』이라는 제목으로 빛을 보게 되었네요.

이 책의 출판을 준비하면서 느낀 것은 정말 쉬운 일은 하나도 없다는 것이었습니다. 수정을 하기 위해서 파일을 열어 놓고도 아무 것도 하지 못한 채 멍하니 시간만 보낸 적도 많습니다. 겨우 날짜에 맞추어 일을 끝내 놓고도 저의 마음 한 구석에 채워지지 않은 부분으로 인해 불면의 밤을 보내기도 했습니다.

작가후기를 쓰는 지금도 마찬가지입니다. 하얀 화면 위에 깜박이는 커서를 보면서 저는 할말을 찾지 못했습니다.

만화가 김혜린님은 처녀작 『북해의 별』을 펴내시며, 이런 말을 했습니다.

"무언가를 창조한다는 게 대낮 번화가의 스트리킹보다 더 부끄럽고 뻔뻔스러운 한편, 신나는 천형(天刑)이라는 것을 어렴풋이 깨달았다고……."

천형까지는 안 되더라도 좀더 과장하자면 대낮의 스트리킹의 절반 정도로 부끄럽습니다. 물론 겁이 나고, 설레기도 합니다.

하지만 다시 한다고 해도 이보다 더 잘해 낼 자신은 없기에 저는 이쯤에서 물러나려고 합니다. 이제 제 손을 떠났고, 여러분들의 평가만이 남았습니다. 칭찬이든 냉혹한 비판이든 모두 수용할 수 있는 그릇이 되길 저 자신에게 기대해 봅니다.

『바램』을 마치면서 이분들에게 감사의 인사를 하지 않을 수가 없군요.

이사 온 저에게 기꺼이 자리를 마련해주시고, 여전히 따뜻하게 품어주시는 네버엔딩스토리 운영자님과 넘치는 관심과 리뷰로 저를 도와주시는 네버 가족 분들께 감사드립니다. 지켜봐 주시고, 독촉해 주시고, 염려해 주셨기에 여기까지 올 수 있었습니다.

출판의 기회를 주시고, 너그러운 마음을 보여주신 아름다운 날들 출판 관계자 분들 감사합니다. 저 때문에 고생 많으셨죠?

책의 마지막 한 장을 넘기시는 모든 분들 행복한 사랑을 하시길 기도합니다.

2004년 여름
김 상 미

원고를 모집합니다

『아름다운날』은 사랑으로 세상이 아름다워지는 글, 사랑으로 사람살이의 때를 씻어내는 로맨스 작품들을 모집합니다.

봄을 맞아 피어나는 들꽃처럼 온 - 오프라인 글판을 아름답게 수놓고 있는 로맨스 문학을 새로 적극적으로 받아 안으려 하는 『아름다운날』은 신인과 기성의 구분없이 수준 높은 로맨스 작품들을 그에 합당한 예우로 대접할 것입니다.

채택된 작품에는 원고료 지급과 아울러 앞으로의 작품 활동에 대해서도 적극 지원하겠습니다.

로맨스 작가 여러분의 많은 관심과 참여를 바랍니다.

보내실 곳

주소 (121-885) 서울시 마포구 서교동 351-10 동보빌딩 108호
　　　『아름다운날』 편집부 앞

문의전화 (02) 3142-8420

전자우편 arumbook@hanmail.net